박목월 서정시의

예술가곡화 연구

이 저서는 2016년 산업연계 교육활성화 선도대학(PRIME) 사업으로 연구되었음. [HY-2016-P]

박목월 서정시의 예술가곡화 연구

김용범 지음

국학자료원

머리말

　박목월 서정시의 예술가곡화 연구를 진행하는 동안 새삼스럽게 목월선생님과의 인연을 되돌아 보았다. 내가 목월선생님을 처음 뵌 것은 1972년 3월이었다. 한양대학 국문과에 입학하고 첫 번째 문학개론시간 한복 두루마기를 입고 강의실에 들어오신 선생님은 두 시간 동안 '문학이란 무엇인가'를 강의하셨다. 그 인연을 빌미로 나는 1974년 선생님이 창간하신 시전문지 <심상>에서 신인상을 받게 된다.

　만일 선생님이 78년에 돌아가시지 않고 좀 더 오래 살아 계셨더라면 나는 아마도 지금 대학에서 시와 시학을 연구하며 시를 쓰는 제자를 기르고 있었을지 모른다. 먼 길을 에돌아 오늘에 이르러 정년을 2년 남기고 <예술가곡>이란 테마로 다시 선생님과 조우했다.

　선생님 사후 목월 문하門下의 제일 끝자리에 있었던 나로서 내가 할 수 있는 선생님에 대한 숭모崇慕는 한정적이었다. 그러나 선생님의 5주기 추모로 당시 내가 편집주간으로 있던 민족문화사에서 신준호 사장의 도움으로 <박목월문학연구>라는 박목월 연구의 성과를 모은 책을 펴냈으며, 10주기에도 편집주간을 맡고 있던 신구미디어에서 이사형 사장의 도움으로 박목월의 동요와 동시를 모은 <얼룩송아지>를 만들어 헌정했다. 그리고 선생님의 탄생 100주년이 되는 해 <백남의 가곡과

목월의 시>를 동학同學 박상천과 함께 지금 몸 담고 있는 한양대학교 문화콘텐츠학과 제자들과 한양대 출판원에서 박목월과 김연준의 예술적 협업을 살펴보았다.

이번에 묶어내는 책자는 그 연장선상에서 집필된 것이고 이것이 내가 내 힘으로 할 수 있는 마지막 작업일 것이다.

누군가 내게 박목월 선생님의 5주기 또는 10주기 같은 계기에 집착한다고 했다. 그렇게 본다면 이 책자는 내년으로 40주기가 되는 선생님의 영전에 바치는 마지막 숭모의 작업이 될지 모른다. 갓 스물 하나 어린 나에게 시인이란 명예로운 길을 걷게 해 주신 선생님의 은혜에 보답할 수 있는 뜻밖의 기회가 찾아와 글을 쓰는 겨울 내내 행복했다. 한국 예술가곡사에서 박목월을 김소월에 버금가는 시인으로 자리 매김하게 한 작곡가는 바로 김연준이다. 한양의 터전인 행당동산에서 맺어진 두 예술가들의 만남은 <예술가곡>, <성가곡>, <연가곡> 등의 협업을 통해 많은 작품을 남긴다.

이 작품들 대부분은 시인 전작全作 작품으로 박목월 시인이 생전과 사후 발간된 시집과 시전집 어디에도 실려 있지 않는 전인미답의 작품들이다. 따라서 음악과 문학의 협업을 풀면 앞으로 박목월 문학연구의 새로운 지평이 될 것이다.

내가 행당 동산에 첫발을 내딛은 1972년부터 오늘까지 나의 예술과 학문과 교직이라는 생업까지가 이 두 분의 아우라 속에서 존재한 것인지 모른다. 그러기에 교직 생활의 마지막 테마로 선택한 이 작업에 내

나름대로의 의미를 붙여보았다. 그러나 여력이 있어 <김연준과 박목월의 예술적 협업>과 악보와 음원의 디지털 복원 등을 마무리 하고 싶었으나 만일 뒷마무리가 되지 않는다고 해도 시와 음악의 협업으로 만 창출될 수 있는 예술가곡 연구의 초석은 되었으면 하는 바람이다.

이 연구가 완성되는 동안 함께 연구를 진행해준 문화콘텐츠 학과 박사과정 제자들인 시인 송화와 맨해튼 음대 출신 피아니스트 이지연의 도움이 컸다. 자료의 정리와 편집에 도움을 준 박사과정의 박부원과 석사과정의 권문영, 최영훈, 촉급한 연구기간에 쫓겨 집필해야 했던 겨울 방학 내내 고생한 학부생 박예진과 우지아에게 고마움을 전한다.

2017년 3월
김용범

목 차

제2부 박목월 서정시의 예술가곡화

제1부

예술가곡의 발현과
한국 전래

1. 인트로

　문학은 언어의 예술이고 언어를 표현 매체로 한다는 것은 문학을 다른 예술과 구분하는 본질적 요소이며 그리고 문학은 즉 문자라는 표현 매체를 전제한다. 그리고 광의의 문학은 구비문학口碑文學까지를 모두 문학의 영역에 포괄한다. R. G. Moulton(1849~1924)은 그의 저서 '문학의 근대적 연구(The modem study of Literature. 1915)'에서 문학이란 "서사시, 서정시, 희곡, 역사, 철학, 웅변 등 여섯 개를 문학 형태"라고 했다. 이는 역시 타 장르 예술과 문학을 변별하여 내린 범주다.

　그리고 문학의 시원은 무엇인가로 소급할 때 우리는 항용 원시종합예술原始綜合藝術을 거론한다. 이는 원시시대에 주술을 목적으로 시, 음악, 무용이 분화되지 않은 형태의 예술로, 민요 무용(발라드 댄스, Ballad Dance)이라 한다. 라틴어 'ballare'라는 어원으로 춤추는 사람 자신이 노래하는 몇 개의 연을 이루어진 짧은 노래라는 이태리의 'ballata'의 고대 원형이다. 우리에게는 구지가 같은 원시서정가요 서사민요에 해당된다. 발라드는 '가사가 있는 짧은 노래와 춤'이란 뜻이니, 광의의 문학 개념과 함께하는 춤이란 뜻이다. 그렇다면 문학, 음악, 무용 등은 각각의 독립적 예술장르로 분화되기 전 모태母胎적으로 발라드 댄스라는 원형을 공유하고 있다는 것이 된다. 그 중 특히 음악과 문학은 특히나 친연성이 강한 장르이다. 이 두 장르는 오랜 시간 동안 서로 상보적相補的으로 불가분不可分의 관련을 맺어왔다. 이렇듯 예술의 시원으로서의 원시종합예술原始綜合藝術이란 개념은 타 장르예술 뿐만 아니라 문학원론의 허두虛頭를 여는 개념이다.

음악이란 소리(음, 音)의 조직과 배합에 의한 감정의 언어이다. 그러나 일상日常의 언어에서 낱말의 표현이 매우 구체적인데 비해, 음악적 낱말인 소리는 추상적이다. 구체적인 실체가 없이 모호하며 일정한 고정적 의미를 갖지 못하고 다른 소리들과 음악적 결합과 연결로서만 어떤 의미를 나타낸다. 음악이 소리를 이용하여 인간의 순수한 감성에 다가가는 데 반해, 문학은 의미를 지닌 언어라는 매체를 사용함으로써, 의미 이해 과정을 통해 미적 체험을 한다.

문학에서의 언어는 일상적日常的인 사고思考를 문자文字를 통한 구체적 방법으로 기술記述함에 비해 음악은 개개의 음音들은 어떤 확정된 고정적 의미를 갖지 못하며 비구체적인 추상적 의미를 나타낼 뿐이며, 문자적 의미를 갖지 못하고 음에音 대한 단순한 시각적視覺的 기호인 악보로 표시된다.

음악언어는 추상적이며 소리를 재료로 한다는 제한성, 한계성, 애매함과 비실제적非實際的인 모호성, 표현양식의 비구체성非具體性을 보완하는 방법이 바로 음악과 문학의 결합이다. 그러기에 이 두 장르는 암수의 눈과 날개가 각각 하나씩이라서 짝을 짓지 아니하면 날 수 없는 비익조比翼鳥와 같은 관계이다.

따라서 본 연구의 출발점은 음악과 문학의 상보적 결속을 통해 나타난 예술장르인 예술가곡을 대상으로 삼기로 했다.

이를 풀어나가기 위해 문화콘텐츠학의 창작이론인 문화융합 방법론을 적용했는데, 이는 시문학과 작곡 성악의 음악. 융복합장르인 예술가곡을 바라보는 관점에 가장 유효한 방법론이기 때문이었다. 그리하여 아트 콜라보레이션collaboration협업의 산물로 대표되는 장르인 '예술가곡' 을 선택하고 독일에서 괴테와 슈베르트에 의해 그 장르의 개념이 창출된 배경과 한국적 전래. 그리고 한국예술가곡의 장르 정착과정을 살핀 뒤 시인 박목월의 서정시를 가사로 한 예술가곡을 규찰한다는 것으로 연구 범위를 한정했다.

2. 예술가곡이란 무엇인가?

2.1. 슈베르트 이전 독일의 가곡[1]

흑해와 도나우 강의 유역에 걸쳐 흩어져 살던 게르만 종족은 남쪽으로부터 침투해 오던 로마제국과의 투쟁과정에서 지중해 및 기독교 문화와 접촉하게 되고, 4~5세기경에는 아시아로부터 이주한 훈족의 세력에 밀려 로마제국의 영역으로 침투하기 시작한다. 이 과정에서 호전적인 게르만족은 세련된 로마문화를 접하고 수용하게 되어 본격적인 독일역사와 문화의 전환점을 이루게 된[2] 당시 이들이 향유했던 노래는 원시적인 문학, 즉 격언, 수수께끼, 주술문 등이 운문(Vers)의 형태로 존재했는데 이는 운문은 산문보다 기억하기가 용이하며 리듬적이어서

---

1) cf: 김학인(1995), 「F. Schubert 以前의 독일 예술가곡」, 『예술논집』 Vol.1.
2) 북부와 중부 유럽의 제 민족에 관한 최초의 문헌으로는 J. Caesar (100-44 B. C)의 「갈리아전기, Gallischer Krieg」와 역사가인 Tacitus(55-120 A. D)의 「게르마니아, Germania」와 「연대기, Annalen」 등 로마인들의 저서에서 비롯된다. 특히 Tacitus는 이들 민족을 농업과 사냥으로 생업을 삼은 호전적 종족이라고 했으며 게르만 민족이라고 칭하고 이들이 사는 땅을 Germania라고 했다.

노래하기에 편리했기 때문이다. 민족의 이동기에는 전사의 삶을 그린 영웅의 노래가 생겨나기 시작했다. 그러나 대부분이 구전에 의한 관계로 수많은 노래들은 소실되었다.

이들 노래들은 9세기에서 12세기까지의 아이슬란드의 방랑가수들의 모음곡집인 에다(Edda)에 완성 혹은 미완성의 형태로 수록되어 있는데 그 중에는 <힐데브란트의 노래(Hildebrandslied)>, <니벨룽겐(Nibelungen)> 등의 영웅들의 투쟁을 노래한 서사시들이 발라드 양식으로 노래된 흔적을 보여주고 있다.3) 4) 이 당시의 독일문화는 대단히 미개한 상태였다. 언어는 있었지만 문자가 발달하지 못하여 저술이라는 것이 거의 없었고 오직 구전에 의해서 전달되다가 8세기부터 승려들에 의해 기록되어 오늘날까지 보존되어 있다.5)

이것이 뮌헨München의 베네딕트Benediktbeuern수도원에서 발견된 중세의 라틴어 및 독일어에 의한 노래의 모음곡집인 <카르미나 부라나(Carmina Burana)>이다. 13세기의 필사본으로 당시의 방랑가인(Vagaten)

---

3) Edda는 두 개가 있는데 Ältere Edda는 작자(혹은 수집자) 미상이며 Jüngere Edda는 아이슬란드인 Snorri Sturluson(1178~1241)에 의한 것이다. 고대 게르만의 노래들이 덴마크를 거쳐 북구로 유입되어 아이슬란드까지 전해져 문자화된 것으로 추정되고 있다. 이밖에 모음곡 집 Saga가 전해지고 있는데 역시 아이슬란드에서 나온 것이다. 노래의 詩만 수록된 것이어서 실제의 연주상태는 알 수가 없다.

4) Edda는 두 개가 있는데 Ältere Edda는 작자(혹은 수집자) 미상이며 Jüngere Edda는 아이슬란드인 Snorri Sturluson(1178~1241)에 의한 것이다. 고대 게르만의 노래들이 덴마크를 거쳐 북구로 유입되어 아이슬란드까지 전해져 문자화된 것으로 추정되고 있다. 이밖에 모음곡 집 Saga가 전해지고 있는데 역시 아이슬란드에서 나온 것이다. 노래의 詩만 수록된 것이어서 실제의 연주상태는 알 수가 없다.

5) 게르만語중에서 가장 오래된 것은 Rune 문자이다. 이는 2세기 말 혹은 3세기 초부터 11세기까지 사용된 것으로 희랍, 혹은 라틴어의 알파벳에 근거를 두고 생겨난 것으로 보인다. 나무 막대기나 술잔, 창날 끝이나 방패, 칼집 등에 陰刻되어 전해 내려오고 있다. 역사적 혹은 문화적 내용의 기술보다는 주술적인 목적으로 사용된 것으로 보고 있다.

들이 지은 서정시들의 수록되어 있다. 이후 르네상스 시기에 이르러 기사계급에 의해 발전되었던 서정가곡은 14세기에 이르러 중산계급인 상인들과 장인들이 구성원을 이루고 있는 마이스터쟁어Meistersänger에 의해 계승된다. 이들은 어느 일정한 도시에 정주하는 시민들로 다른 생업을 가지면서 엄격한 규율에 입각한 음악가들의 모임인 조합(Guild)을 결성하고 정기적인 모임을 갖고 음악적 기량을 겨루었다.6) 이들이 향유한 노래는 소박하고 유모어적인 시에 자유로운 리듬과 단선율에 의한 Bar형식을 결합하여 독일 사회에서 대중들의 사랑을 받으며 애창되었는데 이는 신흥시민계급사외의 신장을 반영한 문화적, 음악적 운동이라고 할 수가 있다.

르네상스 시대에 이르러, 균형 있는 조화는 후퇴하고 대립, 계층간의 격렬한 투쟁, 정열적인 삶에의 동경, 학문적인 욕구 등이 사회 발전의 원동력이 되었으며 예술은 영주와 상류사회, 교회와 국가와 찬양에 이용되었다. 1550년 이후 독일인들의 취향은 마드리갈Madrigal과 빌라넬레Villanelle로 점차 바뀌게 되어 예술가곡은 쇠퇴의 길을 걷게 되고, 이태리의 음악이 그 자리를 메우게 된다. 16세기 말에 이르러 이태리에서 시작되어 전 유럽으로 확산되고 있던 바로크 음악의 요소가 독일의 가곡에도 등장하기 시작하는데 이는 통주저음가곡(通奏低音歌曲, Generalbass Lied, 혹은 Continuo)의 탄생인 것이다. 이들 가곡은 본질적으로 세속적이며 유절형식(Strophic Form)으로 이루어져있다.

1670년대에 이르러 예술가곡의 근본을 흔드는 중요한 일이 생긴다. 이태리의 칸타타와 독일 오페라가 대단히 유행되어 이후의 가곡

---

6) 남부 독일의 도시, Mainz, Worms, Ulm, Nürnberg, Augsburg들이 마이스터 쟁어의 중심지였다.

집에는 이들 오페라와 칸타타의 아리아를 모방한 곡들로 채워지게 되었다.7)

이후 독일의 통주저음가곡은 급격히 감소되었으며 차츰 쇠퇴의 길을 걷게 되었다. 18세기 초에 콘티누오Continuo반주가 있는 성가곡들이 한때 유행되는데 이는 예술가곡 보다는 교회음악의 역사에 포함된다. 바로크 시대의 궁정 중심의 문화는 18세기에 이르러 함부르그Hamburg, 취리히Zürich, 라이프지히Leipzig 같은 부유한 상업도시로 그 중심지를 옮긴다. 젊은 괴테(Johann Wolfgang von Goethe, 1748~1832)와 뜻을 같이하는 문학가들에 의해 촉발된 질풍노도운동(Strum und Drang)은 계몽주의의 오성문화 대신에 감정의 권리를 내세웠다.8) 그들은 창조적인 정신과 개인의 정신적으로 자유로운 권리를 주장하였다. 감정이 이성보다 훨씬 중요하다고 생각한 그들은 관습과 선입관에 대한 투쟁 등을 목표로 삼았다.9) 그러나 이와 같은 급격한 사상은 질서와 가치를 다시 인정하는 고전주의 시대로 자연스럽게 연결되었다. 특히 괴테는 1786~1788년에 걸친 이태리의 여행 이후 고대 로마와 그리스 문화에 관심을 돌려 고전주의 개념에 의한 새로운 문학사조를 탄생시켰다.10)

이는 독일의 예술가곡에도 영향을 미쳐 조화와 질서 있는 고전시대

---

7) 유럽에서 이태리의 Venice에 최초의 오페라 극장이 생겼다. 독일에서의 최초의 오페라 극장은 1678년 Hamburg에 생겼는데 이는 전 유럽에서 Venice 다음인 2번째인 것이다.

8) 계몽주의의 형식을 노래한 Friedrich Gorrlib Klopstok과 감정이 이성보다 훨씬 중요하다고 주장한 Jean Jacques Rousseau의 영향이 Strum und Drang의 탄생에 결정적인 역할을 했다.

9) Johann Gottried Herder(1744~1803), Johann Georg Hamann (1730~1788) 등이 Goethe와 뜻을 같이 하는 문학가들임.

10) 사상적으로 배경이 된 것은 I. Kant(1724~1804)의 고전주의 이상론이었다. Goethe는 10년 연하의 Friedrich von Schiller (1759-1805)와 더불어 고전주의 문학을 완성했다.

의 예술가곡이 탄생되는 계기가 된다. 18세기 후반에 이르러 새로운 가곡의 중심은 베를린Berlin이 되는데 이는 프러시아Prussia대제가 예술의 후원자로 등장했기 때문이었다.

당시 중요한 작곡가로는 크반츠(J. J. Quantz, 1697~1773), 그라운K. H. Groun 그리고 가장 중요한 위치에 있는 바하C. P. E. Bach였다.11) 이들의 가곡은 자연스럽고 표현적인 민요 같은 양식으로 이루어져 있으며 단음적(Syllabic)이며 유절로 되어있다. 반주는 가능한대로 가장 단순하게 만들어 선율에 종속적으로 붙어 있다. 1770년경에 이르러 베를린 악파에는 새로운 작곡기법이 도입되기 시작했다. 리듬과 선율, 화성적 구조를 다양하게 하고 건반악기에 의한 반주를 중요하게 처리했으며 민요다운 유절형식을 점차 통절형식으로 발전시켜 계속되는 시의 연에 새로운 음악이 붙도록 했다.

작곡가들은 훌륭한 시의 선택이 훌륭한 가곡의 창작을 위해 필수적이라는 사실을 깨닫기 시작한다. 요한 아브라함 피터 슐츠(Johann Abraham Peter Schulz, 1747~1800)는 특히 진부하고 멋없는 가사를 피해야 한다고 주장하고 괴테, 쉴러, 뷔르거들의 시를 사용했다. 그는 비록 선배들의 단순하고 재미없는 가사의 사용을 경멸했지만 자신 역시 민요의 원칙에 집착했으며 예술적이기 보다는 민요다운 곡들을 많이 남기고 있으나 일반적으로 고전주의적 특징을 나타내고 있다. 요한 프리드리히 라이하르트(Johann Friedrich Reichart, 1752~1814)는 프러시아 교회의 지휘자로서 슐츠의 주장에 동조하여 수준 높은 시의 필요성을 깨닫고 있었는데 가장 우수한 곡들은 괴테의 시에 붙인 곡들이다. 상당히

---

11) Carl Philipp Emanuel Bach(1714-1788)는 J. S. Bach의 아들. 그는 고전음악의 창시자로 불린다.

긴 길이의 곡을 남기고 있는데 곡의 가운데 부분은 낭송조로 길게 이루어져 있는 것이다.[12)]

칼 프리드리히 첼터(1758~1832)는 괴테의 친한 친구로서 수백 곡의 가곡을 주로 괴테의 시에 붙여 썼다. 괴테 자신도 다른 음악가들보다 첼터가 그의 시를 작곡하는 것을 즐거워 한 것으로 알려지고 있다. 그는 비록 몇 개의 대규모적인 칸타타와, 수많은 유절 및 통절가곡을 썼지만 가장 훌륭한 곡들은 짧은 서정적인 곡들이다. 반주에 관한 관심이 대단하여 그의 첫 가곡집의 제목을 「노래를 위한 피아노에 붙인 가곡들, Lieder am klavier zu Singen」이라고 붙이고 있다.

요한 루돌프 춤스티크(Johann Rudolf Zumsteeg, 1760~1820)는 발라드 형식에 의한 가곡의 창작에 관심이 많았다. 원래 발라드는 서사시적인 개념으로 잉글랜드와 스코틀랜드의 유행적인 발라드를 독일적으로 모방 발전시킨 것으로 1774년 유명한 레오노레Leonore의 출판을 계기로 하여 급속히 보급되었다. 그는 이러한 발라드적인 서사시들을 가곡화 하는데 특징이 있었다. 18세기 말에 이르러 가곡의 중심지는 오스트리아의 비엔나(Wien)로 바뀐다. 원래 비엔나는 범 유럽적인 음악 활동의 중심지였으나 가곡의 중심지는 아니었다. 그러나 글룩, 하이든, 모차르트의 시대에 즈음하여 상황이 바꾸어진 것이다.

크리스토퍼 빌리발트 글룩(Christoph Willibald Gluck, 1714~1787)은 보헤미야 태생으로 이태리에서 공부하고 영국을 방문했으며 오페라단의 지휘자로서 독일을 여행한 뒤 비엔나 황실의 궁정 작곡가로 취임했다. 그의 중요한 업적은 오페라의 개혁이었으나 예술가곡에도 동일한, 중요한 결과를 남기고 있다. 가곡 작곡가들은 오페라 개혁에 관

---

12) Fink, Henry T. Song and Song writers(1976), 「가곡의 역사와 작곡가」, 『국민음악연구회』, 국민음악연구회, 41쪽.

한 그의 영향을 깊이 받아 더욱 단순하고 민요다운 예술가곡들을 썼다.

그는 몇 안 되는 가곡들을 남기고 있는데 클롭시톡의 송가(Ode)에 붙인 몇 개의 가곡들은 서정적이며 잘 정리되어 구성된 것으로 이름나 있다.13) 란츠 요셉 하이든(Franz Joseph Haydn, 1732~1809)은 로라우 Rohrau에서 태어나 6세에 삼촌으로부터 기초적인 음악 훈련을 받고 8세에 비엔나의 슈테판St. Stephen성당의 소년합창단의 일원이 된다. 17세에 변성기가 와서 성가대를 그만둔 뒤 대위법을 책에 의해 독학으로 배운 뒤 더욱 공부를 계속하여 교향곡을 쓰기 시작했고 1761년에는 헝가리의 귀족인 에스텔하찌Paul Anton Esterházy공의 궁정 음악가로 채용되었다.

그의 가곡에 대한 관심은 냉담하여 독일어에 의한 詩는 음악적 언어, 즉 노래의 가사에는 부적합하다고 주장했다. 성악곡들은 2차에 걸친 영국 방문동안 의뢰받은 영어 가사에 의한 12개의 노래와 25개의 독일곡이 전부이다. 그는 영어에 의한 노래를 더욱 정성들여 쓴 것으로 짐작되는데 「인어의 노래(The Mermaid's Song), <목동의 노래(A Pastoral Song), <영혼의 노래(The Spirits Song)」들은 세련되고 섬세하게 구성되어 있다. 가곡에 대한 냉담함에도 불구하고 그의 가곡은 안정되고 균형 잡혀있어서 고전주의 가곡의 특징을 잘 보여주고 있다.

볼프강 아마데우스 모차르트(Wolfgang Amadeus Mozart, 1756~1791)는 글록이나 하이든처럼 가곡에 깊은 관심이 없어서 40여개에 불과한 곡을 남기고 있다. 그러나 서정적 표현에 있어서 타고난 재능을 가진

---

13) Friedrich Gottlieb Klopstok(1724~1803)은 집안 대대로의 종교적인 경건한 감정을 대담하고 긍정적인 자신의 열정과 결합하여 계몽주의 형식을 타파하여 젊은이들에게 희망을 줌. 고상하고 격정적인 언어를 구사하여 사상과 감정을 표현함. 괴테와 쉴러에게 영향을 주었음.

그는 슈베르트 이전의 최고 수준의 작품을 남기고 있다.

독일, 프랑스, 이태리어에 의해 가곡을 썼는데 양식은 유절부터 통절에 이르기까지, 민요형식부터 아주 극적인 노래까지 다양하다. 첫 가곡은 11시에 피아노 반주에 의한 곡 <An die Freude>를 썼으며 이후 20세 초반까지는 독일어보다 외국어에 의한 노래들을 썼다. 이태리어에 의한 「Ridente la calma」, 프랑스어에 의한 <Oiseaux, si tous les ans>와 「Dans un bois solilaire」등이 있다. 29세 때인 1785년에 괴테의 시를 처음 접하고 크게 감동되어 독일어에 의한 첫 명작인 <Das Veilchen>을 작곡했다.

루드비히 반 베토벤(Ludwig van Beethoven, 1770~1827)은 하이든처럼 본격적으로 기악곡을 통하여 작곡에 입문한 음악가로 가곡에 대한 업적은 미미하기 짝이 없으나 60곡이나 되는 곡을 남기고 있다. 그의 초기의 가곡 <Adelaide>는 곡의 주제가 반복되는 화성위에 계속적으로 나타나며 여러 가지의 음악적 동기와 광범위하게 조화되어 미묘한 느낌을 만들어 내고 있다. 그러나 이 곡은 오히려 이태리의 독창 칸타타(Solo-Cantata)에 가깝다고 할 수가 있다.[14] 1822년의 <Der kuss>는 베토벤 다운 순수성이 돋보이며 6개의 종교적 가곡으로 이루어진 <An die ferne Geliebte>는 그의 최고의 작품이라고 할 수가 있는데 마지막의 「Busslied」를 제외하고는 모두 소품이나 위엄과 힘을 느끼게 한다. 1816년에 작곡된 연가곡 <An die ferne Geliebte>는 후기의 성악곡 중 가장 훌륭한 것으로 작곡의 주제들은 서로 분리된 것이 아니고 가사의 정서를 살리면서 연관 지어져 있어서 중단 없이 계속되고 있다. 민

---

14) Fink, Henry T. Song and Song writers(1976), 「가곡의 역사와 작곡가」, 『국민음악연구회』, 국민음악연구회, 37쪽.

요 같은 선율과 소박한 화성, 변주곡적인 형식 등은 그 시대로서는 가장 독창적인 것이다. <In guesta tomba oscura>는 이태리의 시에 의한 곡으로 간결하면서도 폭발적인 격정을 나타내고 있어서 이태리의 오페라 아리아적 요소와 독일적인 우울함과 간결함이 결합되어 있다.

18세기 중엽의 독일에서는 징슈필Singspiel이라는 희극적(Comic)인 오페라의 한 형식이 등장한다. 이는 영국의 발라드Ballad적인 오페라의 형식에서 처음 비롯된 것이나 곧 프랑스적인 것으로 변화되었다. 독일 작곡가들은 이를 받아들여 익숙하고 호소력 있는 독일적 선율을 결부시켰다. 이후 북독일에서는 19세기의 낭만적인 독일 오페라로 발전되고 비엔나를 중심으로 한 남부에서는 이태리의 오페라 부파Opera-Buffa와 결합되어 대중적이고 유행적이며 익살맞은 양식으로 발전되었다. 징슈필의 선율들은 이 시대의 예술 가곡집들에서 발견되고 있다. 실제로 징슈필의 작곡가들은 또한 독일 예술가곡의 작곡가이기도 했다. 따라서 이들 두 양식간의 비슷한 선율은 동일한 작곡가에 그 원인이 있었다.

이와 같은 유행적이고 대중적인 선율은 시간의 흐름에 따라 민요로서 변질되어 독일인의 귀에 친밀하고 익숙한 음악으로 계승되어 1811년에 슈베르트가 가곡을 쓰기 시작했을 때 그는 이와 같은 오래되고 풍부한 음악적 전통을 밑바탕으로 하여 예술가곡을 완성했다고 할 수가 있다.

2.2 독일 예술가곡의 효시 슈베르트의 '실 잣는 그레첸(Gretchen am Spinnrad)'

예술가곡은 시적 이미지와 감정 그리고 언어의 특질이 음악적으로 결합 한 시에 선율을 붙여 만들어진 성악곡이다.[15]

예술가곡은 시와 선율이 결합하여 탄생하는 것으로 언어와 시적 상념이 없는 음악은 예술가곡이 아니다.16) 예술가곡은 시문학과 음악의 합일된 예술장르로서 독일과 오스트리아를 포함한 독일어권에서 발달된 가곡으로, 시인의 시에 작곡가가 선율을 붙이고 이를 성악가가 부르는 음악 양식이다. 음악사가들은 그 효시를 슈베르트의 <'실 잣는 그레첸(Gretchen am Spinnrad)'>로 비정하고 있다. 이 작품은 슈베르트가 괴테의 파우스트 제1부를 보고 감동을 받아 1814에 작곡한 작품으로 이듬해에 작곡한 괴테의 담시 <'마왕(Erlk nig)'>으로 이어지며 음악사에 자리 잡고 있다. 이 작업은 음악은 시의 전달을 보조하는 보조적 수단에 지나지 않았던 그 이전의 '낭만적 가곡'과 달리 작곡가가 텍스트에 단순히 선율을 붙이는 것이 아니라 텍스트를 읽고 난 후 거기에서 얻어진 영감을 가지고 작품을 창작하여 언어적 텍스트가 미처 '형용할 수 없는 것'을 음악적으로 표현하는 한 단계 진전된 음악의 양식이며, 문학과 음악의 등가等價로 합일된 문화융합의 결과물이다. 예술가곡이라고 부를 수 있는 최초의 형태는 바로크시대의 '모노디Monody'에서 시작된다. 형식적 구성이 아직 미흡하기는 해도 반주부가 딸린 독창곡 형태의 공식적 선언은 모노디에서 찾을 수 있다. 그러나 이탈리아에서 발생된 모노디는 독창곡에서 완숙한 예술가곡의 형태로 발전되기보다는 다른 음악향식에 직접적인 영향을 주면서, 오페라나 오라토리오 등의 극음악과 심지어는 기악곡의 구성 요소로 되어 버렸다.17) 유럽에 있어

---

15) 홍세원, 『서양음악사』, 연세대학교 출판부, 2001, 434쪽. 예술가곡이라는 것은 자국어 가사의 언어적 시적특성과 민요선율의 음악적 특성을 융화시킨 예술의 한 장르 이며 서양의 예술가곡이란 시와 선율 그리고 피아노 반주가 하나로 융합되어 가사와 음악의 내용을 충분히 표현한 가곡이다.

16) 조현정(2010), 「한국예술가곡의 음운학적 분석 및 가창지도 방법연구」, 한국교원대학교 대학원 석사학위 논문, 42쪽.

서의 예술적인 가곡은 음유시인들의 노래에서 비롯된다. 십자군의 원정 이래로 기사계급은 유럽문화에 중요한 구실을 하게 되었으며, 그 사회에서는 가곡도 불리게 되었다. 그 기사들 중에는 스스로 작사 작곡을 하여 이것을 부르는 음유시인들이 태어났다. 프랑스 남부에서는 이들 음유시인을 트루바두르라고 불렀으며, 12세기 반 무렵을 중심으로 하여 번성했다. 음악은 단선율로서 발라드, 론도 같은 가곡 형식을 지닌 것이나, 이야기 식으로 된 것이 있으며, 악기를 곁들이기도 했다.

한편 독일에서는 트루바두르에 자극을 받아 12세기 중엽에 미네징거가 태어났다. 이 중세시인의 노래는 성모 마리아를 찬양한 것, 민속적인 신앙, 소박한 연애, 정치적인 문제 등을 다루었다. 훨씬 뒤이지만 미네징거를 본받아 상공업 계급 사이에 15, 16세기에 마이스터징거가 태어났다. 그들은 한 도시에 사는 구둣집, 빵집들의 수공업자인데 본직의 조합조직을 본뜬 노래의 조합을 만들어 노래솜씨를 겨루었다. 주로 무반주 단선율이지만 전통적인 바르형식(Barform, 중세 이래 독일에서 사용하던 중요한 악곡형식)을 지닌 노래가 많다.

복음악적인 마드리갈의 반동이라 할 만한 것에 빌라넬라가 있다. 나폴리에서 생겨 16세기에 불린 것으로서 전원풍의 소박한 것이다. 바로크 시대가 되자, 이탈리아에서는 복음악이 쇠퇴하고 마드리갈마저 단성이 되었다. 유명한 <아름다운 아마릴리, Amarill mia bella>등은 그 한 예이다.

독일은 헨델과 바하 이래 베토벤(1770~1827)에 이르는 위대한 작곡가의 시대가 이어지는데 그들에게는 가곡이 그 작곡 분야의 중요한 위

---

17) 김학용 · 권호종(2015), 「"괴테 시가 독일예술가곡(Lied)형성에 미친 영향 연구」, 『세계문학비교연구』51권, 세계문학비교학회, 373~402쪽.

치를 차지하지 않았다. 글룩(1714~1787)이나 모차르트(1756~1791)는 수많은 아름다운 가곡들을 썼는데 그것은 심심풀이로서 한 것이며 가곡의 예술성을 깊이 인식한 뒤의 창작이 아니었다. 베토벤은 연가곡 형식으로 작곡했으나 이탈리아 오페라 양식에서 완전히 벗어날 수가 없어서 기악의 영역에서와 같은 독창성은 보이지 않는다. 그 무렵 가곡의 작곡가가 없는 것은 아니었으나 거의 아류들이었다. 이윽고 슈베르트(1797~1828)가 나타났는데 그는 창작 중에서 가곡이 가장 중요한 위치를 차지한 최초의 위대한 작곡가다. 그러나 슈베르트 자신은 오페라나 심포니를 자기 작곡 분야의 중요한 영역이라고 생각하고 있었던 모양이다. 그것은 어쨌든 슈베르트에 의하여 가곡이 처음으로 예술성을 얻었다.

슈베르트의 뒤를 이은 낭만파 음악에서는 가극이나 피아노곡과 함께 가곡이 중요한 장르가 되었다. 슈만(1810~1856)의 가곡은 시에 대한 깊은 해석, 말의 억양의 처리, 낭만적인 감정의 순수한 표현, 피아노 반주의 큰 구실 따위로 슈베르트가 개척한 가곡의 길을 더욱 넓혀 <리더 크라이스>, <밀테의 꽃>, <여인의 사랑과 생애>, <시인의 사랑> 등의 걸작이 나왔다. 브람스(1833~1897)도 낭만적인 감정을 불어넣으면서도 고전적인 밸런스를 존중한 중후한 가곡을 남겼다.

그리고 낭만파 시대의 말기에는 볼프, 말러, R. 스트라우스의 세 거장이 하나의 정점을 이루었다. 후고 볼프(1860~1903)는 슈베르트 이상으로 일생을 오직 가곡에 바친 작곡가였다. 그는 시의 내용과 말의 표현에 음악을 밀착시켰다. 말러(1860~1911)는 민요에 강렬한 동경을 가졌기 때문에 그의 가곡도 민요풍으로 전음계적이며 단순한 구성이 기초가 되어있다. 특히 관현악 반주를 즐겨 썼다. 역사적으로 볼 때 가곡은 종교음악과 세속음악에서 충실히 자기역할을 하면서 여러 형태로 작곡되고 연주되어 왔다. 그러나 이러한 모든 형태의 가곡을 전부 '예술가곡'이라고 부르지는 않는다.

19세기 독일의 경우 당시 유럽 전반에 널리 퍼진 문학적 풍조는 많은 문인들의 작품에 결실을 가져왔고, 이것은 음악작품의 소재가 되어 여러 음악양식을 만들어 내게 되었으니, 전설, 역사, 자연, 신비의 세계, 여인의 사랑 등을 담은 시들이 가곡의 가사로 연결되었다. 여기에 고전시대부터 점차 인기를 누렸던 피아노의 출현은 이 시대에 와서 최고의 악기로 섬세하고 대담한 음악적 표현을 가능하게 하였다. 피아노 반주의 다양한 음악적 표현, 풍부한 문학적인 가사의 소재, 낭만파의 정감어린 선율 등은 작곡가들에게 신선한 창작 욕구를 불러 일으켰다. 그 결과 그 시대를 대표하는 시인인 괴테, 아이헨도르프(Joseph von Eichendorff, 1788~1875), 뤼케르트(Friedrich Ruckert, 1788~1866), 하이네(Heinrich Heine, 1797~1856), 뫼리케(Eduard Morik, 1804~1875) 등 많은 문인들의 작품이 소재가 되어, 시와 음악이 하나로 융합되는 새로운 장르인 '독일예술가곡(Das Kunstlied)'이 탄생하게 되었다.18) 이러한 독일 예술가곡의 탄생에는 괴테 시를 가곡화한 슈베르트의 공로가 가장 직접적이라고 말할 수 있다.

슈베르트는 괴테의 시로 66곡에 이르는 가곡을 작곡했을 정도로 괴테의 시를 선호했다. 하지만, 괴테는 슈베르트가 자신의 시에 곡을 붙인 작품을 그다지 선호 하지 않았다. 이에 대한 예로 슈베르트의 친구

---

18) 예술가곡이라 하면 시와 선율 그리고 피아노가 하나로 융합되어 가사와 음악의 내용을 충분히 표현한 가곡이라고 정의할 수 있다. 홍세원, 『서양음악사』, 연세대출판부, 2002, 434쪽.

인 폰 슈파운이 1816년에 괴테의 시에 의한 슈베르트 가곡 14곡을 괴테에게 보냈을 때, 괴테는 거기에 대해 아무런 평도 하지 않았으며, 이 노래들에 대한 언급은 그의 편지나 일기에도 없었다고 한다. 괴테는 오히려 음악에 지나치게 많은 관심을 빼앗기지 않고 시를 조명할 수 있다는 이유로 라이하르트나 첼터가 자신의 시를 바탕으로 만든 곡들을 즐겼다.[19] 라이하르트와 첼터의 곡들이 대부분 유절 가곡 형식이었다는 점에서 볼 때, 괴테는 시에 집중하면서 느낌을 시각화하는 것 이상의 음악적 표현을 자제했다고 볼 수 있다. 실제로 괴테는 음악은 시절과 시연, 구두점과 낭독법까지 포함하여 시의 세부적인 특성을 아주 세밀하게 그대로 전달해야 한다고 주장했다. 시가 여러 연으로 이루어져 있을 때 각각의 연은 똑같은 멜로디를 담아야 한다고 말했다. 그리고 나서 표현을 다양하게 하는 것은 가수의 몫이라고 덧붙였다 슈베르트가 괴테의 인정을 받게 되는 것은 상당히 나중의 일이었다.

1814년 슈베르트가 17살 때의 작품 <실잣는 그레첸>(Gretchen am Spinnrade)[20]를 작곡하자 음악사가들은 이전과 다른 새로운 개념의 음악 용어의 필요성이 대두된다.

<실 잣는 그레첸>은 빙글빙글 돌아가며 실을 뽑아내는 물레를 표현한 연속된 16분음표의 피아노 반주로 시작된다.

곡이 전개되면서 그레첸의 감정이 고조되는 "당신이 잡은 그 손길아, 그 키스"라는 대목에서는 반주도 물레 돌리기를 잊은 듯 숨을 죽인다. 즉 슈베르트는 각 텍스트가 가지는 시적 형상과 행간에 담긴 분위

---

19) 로렌 고렐, 심송학 역(2003), 『19세기 독일 가곡』, 음악춘추사, 23쪽.
20) 순결하고 아름다운 소녀 그레첸은 물레를 돌리면서도 파우스트를 그리워하는데, 이들의 사랑에 감동한 슈베르트가 물레를 돌릴 때 등장하는 독백 '행복은 가고 (Meine Ruh'ist hin)'에 곡을 붙인 것이 바로 <실잣는 그레첸>이다.

기를 독자적인 음악적 분위기로 해석해 연출시적, 상징적 암시를 펼쳐 보였다. 텍스트에 단순히 선율을 붙이는 것이 아니라 텍스트를 읽고 난 후 거기에서 얻어진 느낌과 영감을 음악으로 표현한 것이다.

이렇듯 가곡의 음악적 형식은 부분적으로는 시적詩的인 구조에 의해 결정된다. 두 개의 기본적인 형식으로 유절형식(有節形式: strophic form) 과 통절형식(通節形式 : through-composed form)이 있다. 전자는 시의 각 절들이 똑같은 음악으로 구성되는 것이고, 후자는 시의 악상(idea)과 분위기를 보다 긴밀하게 변화시킴으로써 각 절들의 서로 달라지는 형 식을 말한다.21) 유절형식은 2절 이상의 가사가 있을 때 1절에 붙인 가 락을 2절에도 사용하는 형식이란다. 즉, 1절 2절 3절이 있는 노래 형식 을 말한다, 다시 말하자면 통절형식은 몇 절로 된 가사이든 곡 전체에 다른 멜로디로 노래하게끔 하는 형식이다.

괴테가 활동하던 시기에 가장 중요하고 결정적인 리트의 원칙인 '가 창성'(Sangbarkeit)과 '대중성'(Popularität)이 제시되고 있으며, 이러한 원칙은 실제 연주에서 손쉽게 접근할 수 있는 텍스트에 간단한 피아노 반주가 곁들여진 짧은 유절리트(Strophenlied)에 상응하는 것이었다. 그 러니까 텍스트의 언어적 리듬과 문장구성(Syntax) 그리고 일정하게 제 한된 음역(Ambitus)에 대한 세심한 주의는 모두 이 '노래성'을 위한 사 전작업인 셈이다.22)

---

21) 김학용·권호종, 앞의 논문, 373~402쪽. 변형된 유절형식(modified strophic song) 은 일련의 절들 속에 똑같은 음악이 부분적으로 각색되어 있는 절충형이다. 그 밖의 형식은 부분적으로 유절 형식이었는데 어떤 절들은 똑같은 음악으로, 또 다른 절들은 서로 다른 음악으로 각각 구성되었다. 예컨대 4절 형식의 시 속에, A-A-B-A, A-B-A-B, A-B-C-A와 같은 음악적 형식이나 혹은 그 밖의 형 식들을 사용할 수 있었다.

22) 김용환(2000), 「한국 최초의 예술가곡에 관한 소고」, 『음악과 민족』 20권. 민족음 악학회, 253~287쪽.

기존의 음악용어로서 '예술가곡'은 이전의 '낭만적 가곡'과 달리, 작곡가가 선택한 시의 전체적 분위기를 음악적으로 전개시킨다는 점에서 시의 해석가로 위치한다는 점이 핵심이다. 1814년 슈베르트의 <실잣는 그레첸>(Gretchen am Spinnrade)를 기점으로 하여 새로운 용어의 필요성이 대두된 것이다.

　이 작품을 계기로 가곡의 작곡자는 더 이상 시의 언어 음율을 선율적으로 고양시키는 낭음자가 아니라 가사에서 말로 표현되어질 수 없는 영역을 음악적으로 표출하는 시의 자유로운 해석가로 등장하게 된다. "음악은 가사에서 개념의 연속을 통해서만 나타나있는 정조(Stimmung)와 정신상태를 자립적으로 표현함으로써 시의 언어를 초월한다. 바로 이점에서 즉 독특한 음악적 정조가 만들어지고 직접, 개념적인 것을 거치는 우회 없이 전달되어 진다

　그리하여 음악을 단순히 시를 쉽게 이해하는 보조수단에 국한시킨 이전의 가곡미학을 극복 통절작곡법은 전조 및 박자변환, 단음정이나 매우 좁은 음정 내에서의 낭송 및 시의 각 연마다 새로운 멜로디를 붙여 시의 내용을 세세하게 묘사하는 작곡형식인 통절작곡형식을 통해 주主정조 외에 다양한 표현의 영역을 음악적으로 마음껏 구사하며 시와 음악이 진정한 조화를 이루는 독일 예술가곡의 전통이 발전하게 되었고.23) 새로운 장르의 제일 첫머리에 슈베르트의 <실잣는 그레첸>(Gretchen am Spinnrade) 놓이게 된다.

　그러면 <실잣는 그레첸>(Gretchen am Spinnrade) 의 내용을 살펴보기로 하자.

---

23) 이홍경, 앞의 논문, 86쪽.

이 작품의 모태가 되는 괴테의 대표작인 희곡 <파우스트>는 구상에서 완성에 이르기까지 무려 60년이 걸린 대작이다. 그는 대학 졸업 직후부터 이 작품을 쓰기 시작했지만 결국 미완성 상태로 책을 펴낸다. 이것이 간행된 <파우스트 단편>(1790)이다. 이 책을 읽은 실러가 완성을 독려하자, 괴테는 1797년에 가서야 다시 집필을 시작했다. 그로부터 11년 뒤인 1808년에 <파우스트> 제1부가 간행되었고 제2부의 집필은 1825년에 시작 6년 뒤인 1831년, 괴테가 사망하기 바로 전 해에 끝났다.

괴테의 <파우스트>에는 세 편의 서막이 들어 있는데, 그중 하나인 '천상의 서곡'에서는 하느님과 악마 메피스토펠레스가 만나 지상에 있는 파우스트를 두고 '내기'를 벌이는 장면이 일종의 복선으로 등장한다. [파우스트] 제1부는 일명 '그레첸 비극'으로 지칭된다. 괴테가 젊은 시절에 접한 어느 미혼모의 유아살해 사건에서 소재를 얻은 것이다. 메피스토가 파우스트 앞에 나타나 마법의 힘으로 그의 소원을 이루어주겠다고 제안하자 자신의 영혼을 내놓기로 계약한다. 마법의 힘으로 젊음을 되찾은 파우스트는 순진한 처녀 그레첸을 유혹해서 타락시킨다. 그레첸이 미혼모로 낳은 아기를 죽이고 사형 언도를 받자, 파우스트는 메피스토의 힘을 빌려 그레첸을 탈출시키려 한다. 하지만 그레첸은 도움을 거절하고 순순히 사형 당함으로써 죗값을 치르고 영혼을 구원받는다는 거 슈베르트가 작품의 제목을 파우스트라 하지 않고 <실잣는 그레첸>(Gretchen am Spinnrade)이라고 한 것은 바로 이 작품을 통독했을 것이다.

작품의 전편을 인용할 수 없으므로 무대화된 연극대본을 통해 경개를 추려본다.

<파우스트와 그레첸 정원에서 파우스트와 메피스토 정원과 볼프강에서 8월 폰 kreling
에 의해 그려진 배경에 이웃에서 그레첸을 묘사한 뮌헨, 1874 출판>
<Classic illustration depicting Gretchen's brother Valentin is dying in the duel with Faust,
drawn by August von Kreling in Wolfgang von Goethe's Faust, published in Munich,
1874.>

[파우스트] 나를 하인리히라고 불러줘요.[24]

[그레첸] 그래요. 하인리히. 당신은 무서운 힘으로 나를 사로잡고 있
어요. 나는 당신한테 빠져 들어가는 나 자신이 두려워요. 도
대체 어쩔려고 그러죠?

[파우스트] 그것은 우리 두 사람이 모두 마찬가지인 것 같군요. 처음
에 그대를 보는 순간 너무나 숭고한 아름다움에 근접하기
도 어려울 것 같았지만 이제는 당신의 모든 것이 내 가슴
에 포근히 안겨오는 것 같아요. 그레첸, 나는 틀림없이 그
대를 사랑하게 될 것 같소.

[그레첸] 오늘 같은 날 그런 이야기를 나눈다는 것은 이웃에 대한 도
리가 아니예요. 이제는 그만 집에 들어가 봐야 돼요. 어머님

---

24) 극단「부활」제32회 공연대본, 파우스트(전9장)요한 볼프강 폰 괴에테 / 작 박찬기 /
역 이재현 / 각색, 연출
http://www.talent1004.co.kr/mboard/mboard.asp?bid=story_board&mode=v&idx=
142&page=8&keykind=&keyword=

은 내가 돌아온 것을 알고 계세요. (나간다)

[파우스트] 그대를 다시 만나고 싶소.

[그레첸] 매일이라도 좋아요.

[파우스트] 어디서?

[그레첸] 사람들이 눈에 별로 뜨이지 않는 성당 뒤 정원이 좋을거예요.

[파우스트] 그래요. 그럼 내일 이 무렵 거기서 기다리고 있겠소.

[그레첸] 그러세요. 이 선물은 고맙게 받고 그리고 영원히 간직을 하
　　　겠어요.

[파우스트] 나는 그보다 더 소중한 내 마음을 선물로 주고 싶소.

[그레첸] 그것이 몇 배 더 훌륭한 선물이 되겠지요.

[파우스트] 그러면 내일 만나요.

[그레첸] 그러세요. 하인리히, 그러면 내일까지 안녕.

[파우스트] 안녕.

(그레첸 퇴장하자 파우스트 벅찬 듯 중앙으로 나온다)

[파우스트] 지금 내 가슴은 너무나 설레인다. 아니다. 말할 수 없는 환
　　　희로 가득차 있다. 아무런 명예나 재산이나 영화를 얻지
　　　못했는데도 이러할 수가 있을까? 오랜 세월 학문으로 인
　　　해서 빼앗겼던 모든 것을 나는 이제 한꺼번에 다 찾았다.
　　　태양은 저렇게 빛나고 나는 다시 탄생했다. 나는 이 생의
　　　희열을 마음껏 즐기리라. 신이니 영혼이니 하는 것들의
　　　방해를 받지는 않으리라. 지옥이나 악마도 두렵지 않다.
　　　나는 다시 탄생했다. 나는 다시 탄생했다. 오 그레첸, 나는
　　　그대만을 사랑하려오.

((성당 뒤 정원. 낮.))

(빈 채 새소리만 한가롭게 등장한다. 파우스트 숨바꼭질을 하듯 살금살
금 등장하여 나무 뒤를 보고 알았다는 듯 가만히 가서 갑자기 부른다)

[파우스트] 그레첸!

(그러나 나무 뒤에는 아무도 없다. 파우스트 이상한 듯 두리번거리며
찾는다)

[파우스트] 그레첸, 그레첸.

(무대 뒤에서 그레첸의 노래소리 들려온다)

[그레첸] (밖에서) 아, 게으른 소녀여 아직도 잠에 취해 있는가? 금시계가 아침을 알리고 새들은 벌써 지저귀고 있도다. 밝은 새벽은 수확물을 비치고 시냇물은 졸졸졸 꽃들은 봉오리를 연다. 모든 자연이여 사랑으로 깨어나도다.

Harry Clarke's illustrations for a 1926 edition of Goethe's

Fausthttp://www.openculture.com/2015/09/harry-clarkes-1926-illustrations-of-goethes-faust-art-that-inspired-the-psychedelic-60s.html

[파우스트] 오, 그 노래, 그레첸 그대가 불렀던 노래였구려. 그레첸, 어디 있오? 이젠 그만 해 둡시다. 이리 나와요. 그레첸, 그레첸.
(메피스토펠레스가 상큼 등장한다)

[메피스토] 부르셨습니까? 주인님.

[파우스트] 자네가 아닐세, 자네가 여기엔 왜 나타나나?

[메피스토] 제 도움이 필요하실 것 같아서요.

[파우스트] 자네 도움은 이젠 필요가 없어.

[메피스토] 그레첸한테 아주 푹 빠지셨군요. 하지만 제 도움이 필요하실걸요. 매일처럼 이 성당 뒷 정원에서 그레첸을 만나는 것도 이제는 꽤 오래가 되신 것으로 알고 있는데요. 이제 열매는 익을 대로 익었습니다. 그렇다면 따셔야죠. 열매가 땅에 떨어지기를 기다리고 있을 수만은 없는 일이 아니겠습니까.

[파우스트] 뭐라구?

[메피스토] 열매를 따는데 이것이 필요하실 것 같아서 가지고 왔습니다.
(약병을 꺼낸다)

[파우스트] 그게 뭔가?

[메피스토] 이것을 세 방울만 마시게 되면 누구든지 깊은 잠에 빠져
들게 되죠.

[파우스트] 그런 약이 무슨 소용이 있어?

[메피스토] 소용이 있으실 겁니다.

[그레첸] (밖에서) 하인리히.

[메피스토] 어서 받으십시오. (약병을 급히 주고) 저는 그 과부한테로
돌아가겠습니다. (급히 퇴장한다)

[그레첸] (밖에서) 하인리히.

[메피스토] (약병을 급히 놓고) 오, 그레첸, 어디 있오?

(그레첸 꽃 한 송이를 들고 등장한다)

[그레첸] 그럼 당신은 누구예요?

[파우스트] 그대의 영원한 연인 하인리히요.

[그레첸] 하인리히?

[파우스트] 그렇소.

[그레첸] 오, 하인리히! (와락 안긴다) 당신이 왔군요. 당신이 왔어요.

[파우스트] 나를 용서해 주오.

[그레첸] 나는 아무도 용서할 수가 없어요. 먼저 내가 용서받지 못할
테니까요.

[파우스트] 그레첸, 그대에게는 아무런 죄가 없소. 모든 책임은 내게
있어요. 하지만 이제 와서 그것을 따질 일이 아니고 먼저
그대를 구해주리다. 어서 나와 같이 여기를 떠납시다.

[그레첸] 안돼요. 나는 갈 수 없어요.

[파우스트] 갈 수 없다니?

[그레첸] 나는 여기 두고 빨리 가 보세요. 당신의 어린것을 어서 가서
빨리 구하세요.

[파우스트] 내 어린것?

[그레첸] 그래요. 그 아기가 물에 빠졌어요. 어서 가서 구하세요.

[파우스트] 그 아이가 어디에 있오?

[그레첸] 시냇가를 따라 위로 올라가세요. 징검다리를 건너 숲속으로
들어가면 왼 쪽에 두꺼운 널판자로 다리를 놓은 연못이 있

어요. 빨리 좀 가서 붙잡으세요. 떠오르려고 해도 그럴 힘이 없어요. 계속 허우적거리고 있어요. 어서 가서 구해주세요. 어서요, 어서.

[파우스트] 그레첸, 정신 차려요.

[그레첸] 너무 늦었네요. 그 아이는 물에 빠져 죽었어요.

[파우스트] 내 아이가?

[그레첸] 그대 곁을 너무 오래동안 떠나있었오. 하지만 내 아이가 물에 빠져 죽다니---

[그레첸] 사람들은 아이를 내가 물에 빠져 죽였다고 하더군요.

[파우스트] 그러면 그 아이가 정말 죽었단 말이오?

[그레첸] 우리 사랑의 결실이라 나는 소중하게 기르려고 했어요. 하지만 난 제 정신이 아니었어요. 결국 나는 제 어머니를 죽이고 제 자식마저 물에 빠뜨려서 죽인 죄인이 됐어요.

[파우스트] 그렇지 않소.

[그레첸] 어디 그뿐인가요, 제 오빠마저 당신의 손에 죽음을 당하게 했어요. 도저히 구원받을 수 없는 악독한 독부가 됐죠.

[파우스트] 나는 뭐라 더 할 말이 없오. 하지만 이제 내가 할 일은 하나, 당신만은 구해야 한다는 것이오. 어서 나와 같이 여기를 빠져나갑시다.

[그레첸] 안돼요. 나는 어디엘 가도 구원을 받지 못할거예요. 나는 죽어야 해요. 당신에게 무덤자리를 부탁하고 싶군요. 내일 좀 돌봐주세요. 내 무덤만이 아니고 우리 전 가족의 무덤을. 어머니는 가장 좋은 자리에, 그 옆에는 제 오빠를. 그리고 그 옆 조금 떨어진 곳에 저를 묻어 주세요. 너무 멀리 떨어지지 않게요. 그러면 외로우니까요. 그리고 어린것은 제 오른쪽 가슴 옆에.

[파우스트] 오, 그레첸!

[그레첸] 당신 곁에 꼭 붙어 있을 땐 너무나 감미롭고 행복했었어요. 하지만 이제는 그런 시절이 다시는 돌아오지 않을 거예요.

[파우스트] 아니요. 우리는 그런 시절을 다시 가질 수가 있오. 지나간

일은 모두 잊어요. 그리고 나와 같이 이 감방을 빠져나가서 새 세상을 맞아 새롭게 살아봅시다.

[그레첸] 아니예요. 여러 가지 생각을 해봤지만 다 소용없는 일이예요. 지난날을 잊겠다고 해서 잊혀지는 건가요? 내가 저지른 일을 땅 속에 묻어버릴 수가 있나요? 하늘은 다 알고 계신데, 구걸을 하면서 산다는 것도 비참한 일이고, 양심의 가책을 받으며 산다는 것은 더욱 괴로운 일이예요. 나는 죽음만을 기다리고 있는 사형수일 뿐이예요.

[파우스트] 죽어서는 안되오. 죽어서 무엇을 얻을 수 있단 말이오? 죽음은 모든 것의 끝이오.

[그레첸] 그렇지는 않아요. 저 천국에 또 하나의 세상이 있죠.

[파우스트] 천국을 믿는 것이 어리석은 일이오. 누가 그것을 보여주었오? 누가 거기엘 다녀왔오? 아무도 그것을 증명해 보여주지 못했오. 그러니 그런 것은 없는 거요. 더 이상 어리석은 생각을 하지말고 어서 여기를 떠납시다.

[그레첸] 저는 믿고 있어요. 또 하나의 넓은 세상이 있다는 것을요. 그리고 죄 덩어리인 저를 포용해주는 넓은 품이 있다는 것을.

[파우스트] 아직도 그 신의 은총이라는 것을 바라고 있오? 그런 것은 없소. 신의 존재치 않는데 그런 것이 어떻게 있을 수 있겠오?

[그레첸] 하인리히, 그렇게 말을 하면 안돼요.

[파우스트] 언젠가 당신이 신의 존재를 물었을 때 나는 대답을 피해버렸지만 그것은 당신의 환심을 사기 위해서였지. 신의 존재를 인정해서 그랬던 것은 절대로 아니었오. 정녕 신이 존재한다면 무언가 우리에게 보여줘야 할 게 아니오. 나에게 기적을 보여준 것은 마술이나 요술의 힘이었지, 결코 신의 힘은 아니었소. 아무 것도 할 수 없는 신은 이미 신이 아니오. 사람들은 쓸데없는 허상을 만들어 숭배하고 있을 뿐이오. 그레첸. 이젠 그런 꿈에서는 그만 깨어나서 어서 여기를 떠납시다.

[그레첸] 안돼요. 그 믿음마저 저버린다면 저는 영원히 구원을 받지 못 할거예요.

[파우스트] 구원? 구원은 그런 허상이 해주는 것이 아니고 내가 해주러 온거요. 그러니 어서 갑시다.

[그레첸] 저는 알고 있어요. 무언가 큰 힘이 저 하늘에서부터 내려오고 있는 것 같아요. 저는 그리로 가겠어요.

[파우스트] 온 우주의 삼라만상을 지배하는 어떤 절대적인 존재가 있을 거라고 나도 생각을 해봤소. 하지만 그러한 것은 결코 없다는 결론을 내렸소. 태풍이나 지진 같은 엄청난 힘은 자연 현상이지 결코 우리가 바라는 기적은 아니오. 이 세상에 기적이라는 것은 없소. 그것을 만들 수 있는 절대적인 힘도 없소. 만일 있다면, 그래서 내 앞에 어떤 기적을 보여준다면 나는 그 앞에 무릎을 꿇고 승복하리다. 하지만 그런 일은 결코 일어나지 않을 거요. 그러니 아무 것도 기대하지 말아요. 그레첸, 그대 앞에는 처참한 죽음만이 기다리고 있을 뿐이요. 죽어서는 안돼오. 그레첸, 어서 갑시다. 어서 이곳을 떠나 멀리가요! 떠날 준비는 다 되어 있오.

[그레첸] 날이 밝아 오고 있어요. 내게는 마지막 날 이예요. 나는 그날을 여기서 조용히 맞겠어요.

[파우스트] 그레첸!

(메피스토펠레스 급히 등장한다)

[메피스토] 뭘 하고 있어요? 빨리 해요, 지금 떠나지 않으면 끝장이오.

[그레첸] 저 사람은 여길 왜 왔어요? 여기에 와서 무얼 하겠다는 거예요?

[파우스트] 당신을 구하러 왔소. 밖에 말을 대기시켜 놨어요. 그 말을 타고 우리 멀리 떠나도록 합시다.

[그레첸] 안돼요. 그 말은 지옥으로 가는 말 일거예요. 오, 하느님. 심판하소서. 저는 당신에게 몸을 맡기겠나이다.

[메피스토] 죄 덩어리이면서 신에게 몸을 맡기겠다구? 어리석은 생각
　　　　이지. 자, 빨리 갑시다. 그러지 않으면 다 내버리고 가겠오.

[파우스트] 그레첸!

[그레첸] 신이시여! 저는 당신의 것입니다. 저를 구해주소서.

[메피스토] 신의 구원을 바래?

[그레첸] 천사들이여! 성스러운 무리여! 저를 둘러싸고 보호해주소
　　　　서. 제 영혼을 하늘로 인도하여 주소서. 이렇게 간절히 빌고
　　　　빌고 비빌고 나이다.

[파우스트] 그레첸!

(무대 화면에 서서히 서광이 비쳐진다)

[메피스토] 아! 저 빛이--- 저 빛이 눈이 부시다. 내 심장을 녹인다. 아!

[소리들] 구원을 받았도다.

(서광 점차 더 밝아지면 메피스토펠레스 두려운 듯 고통스러워하다
퇴장하고 그레첸 천천히 일어나 후면으로 걸어나간다.)

신이 다시 탄생하셨네. 평화와 더 없는 행복이 신의 은총이 내렸도다.
신이 다시 부활하셨네.

<요한 볼프강 괴테>

그리하여 슈베르트에 의해 정리되고 예술가곡화된 <실 잣는 그레첸>(Gretchen am Spinnrade)은 다음과 같다.

Meine Ruh ist hin,
나의 평온은 가버렸다,
Mein Herz ist schwer;
나의 마음은 무겁고;
Ich finde sie nimmer
나는 평온을 결코
Und nimmermehr.
결코 다시찾지 못할 것이다.

Wo ich ihn nicht hab'
내가 그를 소유하고 있지 않은 곳
Ist mir das Grab,
그곳은 무덤이다,
Die ganze Welt
온 세상은
Ist mir vergällt.
나에게 쓰다.

Mein armer Kopf
나의 가여운 머리는
Ist mir verrückt,
어지럽고,
Mein armer Sinn
나의 가여운 마음은
Ist mir zerstückt.
산란하다.

Meine Ruh ist hin,
나의 평온은 가버렸다,
Mein Herz ist schwer;
나의 마음은 무거워;
Ich finde sie nimmer
나는 그것을 결코
Und nimmermehr.
다시 찾지 못할 것이다.

Nach ihm nur schau'ich
단지 그를 위해 보아요 나는
Zum Fenster hinaus,
창밖으로,
Nach ihm nur geh'ich
단지 그를 위해 나갑니다 나는
Aus dem Haus.
집밖으로.

Sein hoher Gang,
그의 고귀한 몸가짐,
Sein' edle Gestalt,
그의 고상한 모습,
Seines Mundes Lächeln,
그의 입가의 미소,
Seiner Augen Gewalt,
그의 눈이 갖는 힘,

Und seiner Rede
그리고 그의 말은

Zauberfluss,

마법의 흐름,

Sein Händedruck

그의 손길

Und ach, sein Kuss!

그리고 아, 그의 입맞춤!

Meine Ruh ist hin,

나의 평온은 가버렸다,

Mein Herz ist schwer;

나의 마음은 무거워;

Ich finde sie nimmer

나는 평온을 결코

Und nimmermehr.

다시는 찾지 못하리.

Mein Busen drängt

나의 가슴은

Sich nach ihm hin;

밀고 나아갑니다 그를 향해;

Ach, dürft'ich fassen

아, 내가 잡고

Und halten ihn

안을 수 있을까 그를

Und küssen ihn,

그리고 입맞출 수 있을까 그에게,

So wie ich wollt'

그렇게 내가 원하는 것처럼

An seinen Küssen

그의 입맞춤으로

Vergehen sollt'!

죽을 것이다!

예술가곡이 등장하기 전까지 가곡이란 장르는 독자적인 예술장르로 평가받지 못했으며 여가를 즐기기 위한 도구에 불과했다. 슐츠J. A. P. Schultz, 라이하르트J. F. Reichardt, 첼터C. F. Zelter와 같은 베를린 가곡악파는 시의 형식적, 구조적 양식이 그대로 살아있도록 시의 각 연들에 모두 같은 선율을 붙인 짧고 단순한 유절형식을 고수했다. 이들에겐 작곡가의 임무란 좋은 시를 널리 알리는 것이었기 때문에 음악은 시에 종속되어 있었다. 19세기 독일의 경우는 다르다, 당시 유럽 전반에 널리 퍼진 문학적 풍조는 많은 문인들의 작품에 결실을 가져왔고, 이것은 음악작품의 소재가 되어 여러 음악양식을 만들어 내게 되었으니, 전설, 역사, 자연, 신비의 세계, 여인의 사랑 등을 담은 시들이 가곡의 가사로 연결되었다.

여기에 고전시대부터 점차 인기를 누렸던 피아노의 출현은 이 시대에 와서 섬세하고 대담한 음악적 표현을 가능하게 하였다.[25] 가곡의 음악적 형식은 부분적으로는 시적詩的인 구조에 의해 결정된다. 작곡가는 시의 언어음을 단지 음악적으로 뒷받침하는 임무를 초월하여 시에 대한 자유로운 해석가로 인식된다. 작곡가는 텍스트에 선율을 붙이는 것이 아니라 텍스트를 읽고 난 후 거기에서 얻어진 느낌(혹은 영감)을 가지고 음악을 만들어간다. 작곡가는 언어적 텍스트가 미처 "말로 형용할 수 없는 것"을 음악적으로 드러내 보인다. 독일의 예술가곡은 '지식인들 사이에서 불려진 노래이며 악보로 전해 내려오는 노래'라고 할 수 있다.[26] 음악사적으로 예술[27]가곡은 여가를 즐기기 위한 도구에 불과

---

25) 김학용 · 권호종, 앞의 논문, 373~402쪽.
26) 김학용 · 권호종, 앞의 논문, 373~402쪽.
27) 송화 · 김용범(2012), 「박목월 서정시의 김연준 예술가곡화 연구」, 『음악논단』 Vol.27, 한양대학교 음악연구소, 89~90쪽.

했던 가곡 장르를 독자적인 예술장르로 자리매김하도록 했다는 데 의의가 있다.

통절작곡법은 전조 및 박자변환, 단음정이나 매우 좁은 음정 내에서의 낭송 및 시의 각 연마다 새로운 멜로디를 붙여 시의 내용을 세세하게 묘사하는 작곡형식이다. 통절작곡형식을 통해 주士정조 외에 다양한 표현의 영역을 음악적으로 마음껏 구사하며 시와 음악이 진정한 조화를 이루는 독일 예술가곡의 전통이 발전하게 되었다.[28]

2.3 독일 예술가곡의 형식완성 괴테의 담시(譚詩) 마왕과 슈베르트

슈베르트는 1814년<실잣는 그레첸>(Gretchen am Spinnrade)을 작곡한 다음해인 1815년 괴테의 담시譚詩 마왕을 작곡한다. 덴마크의 설화로 전해지는 '마왕 이야기'를 괴테가 접한 것은 작가 헤르더(Johann Gottfried von Herder, 1744~1803)가 덴마크의 설화를 번역한 <마왕의 딸 Erlkönig Töchte>이라는 작품을 통해서였다. 괴테는 이 책을 통해 받은 영감으로 담시 마왕을 시를 썼는데[29] 괴센Göshen출판사에서 8권으로 이루어진 괴테의 첫 작품집으로 출판되었다. 괴테는 덴마크의 민속 설화에 나오는 '마왕의 딸Elfenkönigs Tochter'을 소재로 해서 <마왕>이란 시를 썼는데[30] 이 작품은 1971년 괴테가 근처에 사는 한 농부

---

28) 이홍경, 앞의 논문, 86쪽.
29) 괴테의 발라드 마왕은 정확하게 언제 쓰였는지 확실치 않다. 1782년 그의 징슈필(Singspiel)은 독일어로 서로 주고받는 대사에 서정적인 노래가 곁든 민속적인 오페라 고기잡이소녀가 삽입 발표되었음으로 보아 1782년으로 추정한다.
30) 발라드(ballade) 춤춘다는 뜻의 라틴어 발레(ballare)에서 유래하여, 자유스러운 형식의 소서사시, 또는 담시(譚詩), 민요, 가요로 번역되기도 한다. 교회나 궁정 중심의 문학에 대하여 민중 속에서 생긴 영웅전설, 연애비화(戀愛悲話) 등의 담시로 세

가 몹시 아픈 자기아이를 안고 시내의 의사에게 달려가는 도중 아이가 죽고 말았다는 구전되는 이야기를 듣고 herder 의<Erlkönig Töchte>에서 착상을 얻어 1782년 창작한다.

당시 괴테는 바이마르 영주 카를 아우구스트 공公의 초청으로 그곳에 가서, 1832년 3월 22일 생을 마칠 때까지 살았는데 그는 창작과 함께 소공국의 없어서는 안 될 각료로서 광산 검열, 관개시설 감독, 심지어 군대제복 지급안을 계획하는 일까지도 도맡아 했다. 또한 괴테는 궁정 관리의 부인 샤를로테 폰 슈타인을 만나 정열적 헌신을 통해서 성숙해갔다. 그녀는 괴테의 삶을 인도하는 기둥이 되어 그에게 사회생활의 미덕을 가르쳤고, 세세한 일상생활에까지 자극을 주었으며, 그의 상상력과 소망을 사로잡았다. 그 시절 괴테는 단막극 <남매 Die Geschwister>(1776)이다. <달에게 An den Mond> · <잔 Der Becher> · <사냥꾼의 저녁노래 Jagers Abendlied> · <바다여행 Seefahrt> 등 서정시들을 비롯해서<나그네의 밤노래 Wandrers Nachtlieder>와 같은 작품들과 <인간성의 한계 Grenzen der Menschheit> · <물 위의 정령들의 합창 Gesang der Geister uber den Wassern> · <신적인 것 Das Gottliche> · <겨울 하르츠 기행 Harzreise im Winter> · <일메나우 Ilmenau>툴레

대에서 세대로 전승된 것이다. 12세기 프랑스 남부지방에서 음유시인이 생겨, 이 것은 얼마 뒤 영국으로 번졌고 15~16세기엔 크게 유행했다. 처음엔 춤에 맞추어 노래하던 것으로, 시 형식은 보통 3절로 이루어졌는데, 각 절은 7~8행이며, 그 중 끝 1~2행은 되풀이 된 것이 특징이다. 그러나 14세기경엔 단순히 정형(定型)의 소서사시라는 뜻으로 굳어졌다. 이탈리아에는 단테와 페트라르카, 프랑스에서는 비용, 마로 등이 이 형식으로 작품을 썼으며, 영국에는 역사 및 전설을 소재로 많은 작품이 만들어졌고, 독일에는 헤르더에 의해 소개되었다. 18세기 말의 낭만파 문학시대엔 각국의 작가들이 민요에 흥미를 갖게 되어 독일에서는 괴테, 하이네 등이, 프랑스에서는 위고 등이, 영국에서는 스콧 등이 많은 발라드를 썼다. 음악에서는 담시곡, 이야기곡 등으로 번역되는 통속적 가곡을 뜻한다.

의 왕 Der König in Thule>(1774), <마왕 Erlkonig>이나 <어부 Der Fischer> 같은 발라드를 쓰고 많은 종류의 징슈필(Singspiele)을 만들어서 이것들로 궁정에서 여흥을 베풀기도 했다.

이렇듯 괴테에 의해 완성된 <마왕>은 구비문학적 자료에서 창작 발라드(Kunst ballade)로서 자리매김 되고 당대의 작곡가들에게 주목 받게 된다. 괴테의 <마왕>은 많은 작곡가들에 의해 작곡된다. 그 가운데 칼 뢰베의 작품이 유명하며[31], 라이하르트와 슈뢰더의 작품등 모두 131편의 작품이 존재한다.[32] 슈베르트가 괴테의 시를 가지고 가곡을

---

31) 카를 뢰베(Johann Carl Gottfried Loewe)는 1796년 독일의 뢰베윈(Lobejun)에서 태어났다. 어려서 아버지로 부터 교육을 받았으며 할레(Halle)의 라틴어 학교에서 작곡가 튀르크에게 음악을 배웠다.1820년 슈테틴(지금의 폴란드 슈체친)에 있는 성야곱 교회의 오르간 연주자 겸 칸토르에 임명되어 이후 46년 동안 이 도시에 머물면서 시(市)의 음악총감독을 맡았으며, 이듬해에는 슈테틴시의 종신 음악감독이 되어서 은퇴하기 까지 무려 46년간 자리를 지켰다. 특히 뢰베는 자신의 피아노 반주에 맞춰 본인의 발라드를 노래한 것으로 유명했다. 또한 자신의 오라토리오와 발라드를 독일의 여러 도시들과 빈(1844), 런던(1847), 스칸디나비아(1851), 프랑스(1857)등 유럽 각지를 여행하며 자신이 작곡한 성악을 위한 발라드의 연주회를 가져 큰 성공을 거두었다. 작곡가이면서 정상급 바리톤 가수였고, 지휘자이면서 오르간 연주자였던 카를 뢰베는 가곡으로서의 발라드를 확립하였으며, 특히 자신이 작곡한 곡을 직접 부르기도 했다. 6편의 오페라를 남겼지만 대부분 잊혀진 상태이고 오로지 Die drei Wunsche(세가지 소원)만이 그나마 공연되고 있다. 독일 가곡의 장르에서 '남 슈베르트,북 뢰베'라고 할 정도로 뢰베는 북부독일과 북구에서 수 많은 가곡으로 폭 넓은 명성을 쌓았다. 약 400곡에 이르는 뢰베의 가곡은 프리드리히 뤼케르트와 괴테의 시에 의한 것이다. 그는 1824년 괴테의 마왕(Erlkonig)에 의한 가곡을 썼지만 슈베르트가 같은 제목으로 내 놓은 연가곡의 그늘에 가려 주목을 받지 못하였다.뢰베는 슈베르트와 거의 같은 시대에 살았는데 슈베르트가 그다지 중점을 두지 않았던 '성악발라드'의 작곡가로 알려져 있다.400여개를 헤아리는 그의 발라드 중 "새잡이 하인리히"(einrich der Vogler), "왕자 오이겐"(Prinz Eugen)은 유명하며, 특히 "시인 톰"(Tomer Reimer)은 가장 널리 알려져 있다. 대표적인 작품 <마왕>(1818)은 괴테의 시에 곡을 붙인 것으로 슈베르트의 걸작 <마왕>이 만들어진지 3년 후에 작곡된 것이다.

32) 권오연(1999),「괴테의 시 마왕에 의한 가곡에 대한 연구」,『음악이론 연구』4집, 서울대학교 서양음악연구소, 29쪽.

작곡할 당시의 일화는 슈베르트의 절친한 친구였던 요제프 폰 슈파운 Joseph von Spaun의 서술을 통해 다음과 같이 전해지고 있다.

1815년 12월의 어느 오후에 당시 힘멜포르트그룬트에 아버지와 함께 살고 있는 슈베르트를 방문했는데 슈베르트는 괴테의 시 '마왕'을 홍분 상태에서 큰 소리로 읽고 있었다고한다 책을 한 손에 들고 몇 번이고 방안을 서성거렸고, 그 후에 급히 의자에 앉아 무서운 속도로 이 곡을 오선지에 써내려갔다." 그리하여 1816년 4월 슈파운은 슈베르트를 대신해서 괴테에게 슈베르트가 작곡한 <마왕>을 헌정할 수 있도록 해달라고 요청하는 편지를 썼지만 괴테에게서 답장을 받지 못했다.[33]

<마왕>에는 총 네 명의 인물이 등장한다. 해설자, 아버지, 아들, 마왕. 이들 네 명의 목소리는 듣는 이의 귀에 꽤 손쉽게 구분된다. 마왕의 존재를 목격한 아들의 목소리는 다급하고 높은 음역대에서 연주된다. 아들을 감언이설로 유혹하는 마왕의 목소리는 속삭이듯이 작은 소리로 연주된다. 아들을 달래는 아버지의 목소리는 나직하다. 홍미로운 것은, 이들 네 명의 페르소나가 모두 성악가 한 명의 목소리를 통해 구현된다는 것이다. 때는 한밤 중, 아버지는 아들을 품에 안고 말을 달리고 있다. 그런데 아들의 눈에는 마왕이 보이기 시작한다. 마왕은 아들에게 속삭인다. "귀여운 아가, 이리 오너라." 아들은 마왕의 존재를 목격하고

---

[33] 1830년에 괴테는 자신의 집에서 유명한 여성 성악가 빌헬미네 슈뢰더의 연주로 마왕을 듣게 되었다. 괴테는 크게 감탄했고, 오래전 슈베르트의 헌정을 받아들이지 않은 실수를 인정했다. 자신의 소박한 작품을 폭풍우가 휘몰아치고 번개가 번쩍이는 낭만적 환상의 세계로 변형시킨 것을 뒤늦게 받아들인 것이다. 그러나 슈베르트는 2년 전 세상을 떠난 뒤였다. 괴테는 이미 고인이 된 슈베르트에게 영광을 돌리고, 그 곡을 잘 불러준 가수에게 경의를 표했다. <마왕>이곡은 1815년에 작곡되었지만, 출판된 것은 그로부터 6년이 지난 1821년이었다. 이런 의미에서 한 작곡가의 공식적 데뷔작, Op.1은 작곡가에게 항상 큰 의미를 가진다. 슈베르트가 자신의 첫 번째 출판작으로 <마왕>을 골랐다.

겁에 질리기 시작한다. 이제, 아들의 귀에는 마왕의 속삭임이 들린다. 아들은 자신이 겪고 있는 공포에 소리 지르며 도움을 요청하지만, 아버지는 "그 소리는 마른 잎이 바람에 흔들리는 소리란다"라며 아들을 다독인다. 마왕은 아들을 끌고 가기 시작한다. 아들은 절규하며 외친다. "아버지, 아버지, 지금 마왕이 나를 잡아요." 곧 아버지는 아들의 숨이 멎었음을 깨닫는다. 이 곡에서 네 명의 구분되는 목소리 사이에 있는 또 다른 흥미로운 점은 바로 이들 네 명의 등장인물 사이에 소통의 벽이 있음에도 불구하고, 우리는 이 모든 상황을 관조할 수 있다는 점이다. 우리가 리트가 연주되는 무대의 관조자로서 관찰할 수 있는 또 다른 흥미로운 존재는 바로 피아노 반주로 형상화되는 말발굽소리이다. 곡의 시작부터 시종일관 셋잇단음표로 표현되는 말이 달리는 소리는 등장인물이 처한 상황의 긴박함을 전달해주고, 그것이 우리 눈앞에 펼쳐지는 생생한 광경인 것처럼 만들어준다.

이 시는 완전한 기악 형태의 론도(A−B−A−C−A−B−A)는 아니지만 많이 변형된 론도의 형태로 작곡되었다. 전체적인 형식을 분석해 보면 아래와 같다.

도입부 (1~15, G minor)
A(~32, G minor)−낭독자의 상황 설명+연결구
B(~57, C minor, B flat major)−아버지와 아들의 대화
C(~72, B flat major)−마왕의 유혹
D(~86, G minor, G major)−아버지와 아들의 대화
E(~96, C major)−마왕의 유혹
F(~112, A minor, D minor)−아버지와 아들의 대화+연결구

이 부분에서는 앞의 D에서 나온 아이가 아버지를 부르는 선율이 2도 높아져서 반복되기 때문에 D'로 볼 수 있다.

G(~131, B flat major, G minor)-마왕과 아들의 대화
끝, G minor)-낭독자의 마지막 상황 설명[34]

---

34)http://www.openculture.com

Wer reitet so spat durch Nacht und Wind?

어둠 속 바람을 가로질러 이렇게 빨리 달리는 자가 누군가?

Es ist der Vater mit seinem Kind;

그것은 아이를 안고 있는 한 아버지;

Er hat den Knaben wohl in dem Arm,

아이를 그의 팔에 안고 있네,

Er faßt ihn sicher, er halt ihn warm.

아이를 따뜻하게 팔에 꼭 안고 있네.

Mein Sohn, was birgst du so bang dein Gesicht?

"아가, 무엇이 무서워 얼굴을 가리니?"

Siehst, Vater, du den Erlkonig nicht?

"아버지, 아버지는 마왕이 보이지 않아요?

Den Erlenkonig mit Kron und Schweif?

관을 쓰고 긴 옷을 입은 마왕이?"

Mein Sohn, es ist ein Nebelstreif.

얘야, 그건 그냥 안개 모양일 뿐이야."

Du liebes KinD, komm, geh mit mir!

'귀여운 아가, 이리 오너라, 나와 가자!

Gar schone Spiele spiel ich mit dir;

나와 재미있는 놀이를 하자꾸나;

Manch bunte Blumen sind an dem Strand,
갖가지 색깔의 꽃을 볼 수 있을 거야.
Meine Mutter hat manch gulden Gewand.
내 어머니는 금으로 된 옷이 많단다.'
Mein Vater, mein Vater, und horest du nicht,
"아버지, 아버지 들리지 않으세요
Was Erlenkonig mir leise verspricht?
마왕이 내 귀에 달콤하게 속삭이는 것을?"

Sei ruhig, bleibe ruhig, mein Kind:
"조용히, 가만히 있거라, 오 내 아들아;
In durren Blattern sauselt der Wind.
마른 잎이 바람에 흔들리는 소리란다."
Willst, feiner Knabe, du mit mir gehn?
'착한 아가, 나와 같이 가자꾸나?
Meine Tochter sollen dich warten schon;
내 딸들이 널 정중히 기다리고 있단다;
Meine Tochter fuhren den nachtlichen Reihn
내 딸들이 밤마다 축제를 열 거야.
Und wiegen und tanzen und singen dich ein.
널 위해 노래 부르고 춤출 거야.'
Mein Vater, mein Vater, und siehst du nicht dort
"아버지, 아버지 보이지 않으세요,
Erlkonigs Tochter am Dustern Ort?
저 어두운 곳에 마왕의 딸들이?"
Mein Sohn, mein Sohn, ich seh es genau:
"아들아, 아들아 잘 보인단다;
Es scheinen die alten Weiden so grau.
그것은 잿빛의 오래 된 버드나무란다."

Ich liebe dich, mich reizt deine schone Gestalt;

'난 너를 사랑해, 네 멋진 모습에 반했어;

Und bist du nicht willig, so brauch ich Gewalt.

그래도 내 말을 듣지 않으면 강제로 끌고 가겠어.'

Mein Vater, mein Vater, jetzt faßt er mich an!

"아버지, 아버지 그가 내 팔을 잡았어요!

Erlkonig hat mir ein Leids getan!

마왕이 절 다치게 했어요!"

Dem Vater grauset's, er reitet geschwind,

아버지는 두려워 급히 말을 달린다;

Er halt in Armen das achzende Kind,

팔에는 떨면서 신음하는 아이를 안고서;

Erreicht den Hof mit Muh' und Not:

땀에 젖고 지쳐서 집 마당에 도착했을 때에는,

In seinen Armen das Kind war tot.

그의 팔의 아들은 이미 죽어 있었다.35)

---

35) 황윤호(1980), 『<마왕> 독일고전주의 시집』, 탐구당, 50~52쪽.

　　괴테가 가 활동했던 이 시기를 독일문학에서는 괴테 시대' 라 부르기를 주저하지 않는다. 또한 바로 그 시기 독일의 음악 역시 최고조의 시대이기도 했다. 베토벤 모차르트 등 당대 최고의 음악가들은 대문호 괴테의 문학에 매료된다. 그리하여 18세기와 19세기의 작곡가들은 앞 다투어 괴테의 시와 소설, 그리고 희곡에다 곡을 붙였다. 모차르트의 가곡 <제비꽃>. 베토벤의 서곡 <에그몬트>다. 그리고 멘델스존의 가곡 <줄라이카> 뿐만 아니라 괴테의 시 '겨울의 하르츠 여행'을 바탕으로 작곡된 브람스의 합창음악 <알토 랩소디>는 베를리오즈의 극적 전설 <파우스트의 겁벌(劫罰)> 괴테의 소설 <빌헬름 마이스터의 수업시대>를 모체로 태어난 토마의 오페라 <미뇽>에 구노의 오페라 <파우스트>괴테의 '파우스트'에서 가사를 따온 말러의 <교향곡 8번> 문학에 정통했던 슈만 또한 <자유로운 마음>을 비롯해 <사랑의 노래>와 <밤 노래> 등 괴테의 시에 곡을 붙인다. 슈만은 온 마음을 바쳐 연작 리트 <빌헬름 마이스터>와 극음악 <파우스트>, 그리고 서곡 <헤르만과 도로테아>를 작곡하면서 "모든 것을 괴테에게 빚지

고 있다"라고 말할정도이다. 프는 아예 <괴테의 시에 의한 51곡의 가곡집>을 낸다.

괴테의 시 가운데 186편이 음악화 되었는데, 곡의 수는 무려 2,660곡에 달한다. 그 내용을 살펴보면 라이하르트(Johann Friedrich Reichardt, 1752~1814) 116곡, 첼터(Karl Friedrich Zelter, 1758~1832) 75곡, 베토벤(Ludwig van Beethoven, 1770~1827) 11곡, 슈베르트(Franz Peter Schubert, 1797~1828) 66곡, 슈만(Robert Alexander Schumann, 1810~1856) 21곡, 브람스(Jonannes Braham,1833~1897) 5곡, 볼프(Hugo Philipp Jacob Wolf, 1860~1903) 53곡, 슈트라우스(Richard Strauss, 1864~1949) 13곡 등이며, 그 외에도 리스트(Franz Liszt, 1811~1886)와 차이코프스키(Pyotr Il'yich Tchaikovsky, 1840~1893)가 그의 시를 음악화한 바 있다. 이들 가운데서도 슈베르트가 단연 돋보인다고 할 수 있다.

1825~1830년 사이에 괴테는 슈베르트의 가곡 가운데 몇 편의 곡을 들었는데, 거기에 대한 괴테의 첫 반응은 상당히 불만스러웠다. 그 작품 가운데 하나는 「마왕」이었다. 괴테는 슈베르트의 곡에서 폭풍우가 휘몰아치는 것과 같은 극적인 효과로 가득한 멜로드라마 같은 요소만 보았던 것이다.

괴테는 번개의 섬광이나 우르릉거리는 천둥소리와 같이 자신의 소박한 전원시의 균형을 벗어나는 모든 것에 대해 불만이었다. 그러나 슈베르트가 사망한지 2년 후 1830년에야 비로소 괴테는 슈베르트의 곡을 인정했다. 괴테는 빌헬미네 슈로더 데브리엔트W. Schröder Devrient가 그를 위해 「마왕」을 불러 주었을 때, 공연이 끝난 후 그녀의 이마에 입을 맞추며 이렇게 말했던 것이다.

'이곡을 전에도 한번 들은 적이 있지만, 그때는 나에게 아무런 감흥
도 없었습니다. 그런데 다시 들으니 전체적으로 짜임새가 한 눈에 들어
오는 것 같아요.' 또 '그는 내 시에 곡을 붙인 게 아니라 시 자체를 노래
했고, 그는 내 시를 훔친 거야.'라며 격찬했다.[36]

슈베르트가 괴테의 시를 가곡화한 작품은 아래와 같다.

<표 2> 괴테의 시에 의한 슈베르트 가곡(66곡)

년도	곡명
1814년 (17세)	Gretchen am Spinnrade(물레잣는 그레첸)
	Nachtgesang(밤의 노래)
	Szene aus Goethes Faust(파우스트의 한 장면)
	Sch.fer Klagelied(양치기의 한탄의 노래)
	Sehnsucht(동경)
	Trost in Tranen(눈물의 위로)
1815년 (18세)	Der Gott und Bajadere(신과 바야데라)
	An den Mond Ⅰ(달에)
	An den Mond Ⅱ(달에)
	Klarchens Lied(클레르헨의 노래)
	An Mignon(미뇽)
	Bundes Lied(동맹의 노래)
	Erlk.nig(마왕)
	Der Fischer(어부)
	Wonne der Wehmut(기쁨과 슬픔)
	Geistergruss(정령의 인사)
	Ges.nge des Harfners Ⅰ(하프연주자의 노래)
	Hoffnung(희망)
	Mignon's Ger.ng Ⅲ(미뇽의 노래)
	Mignon's Ger.ng Ⅳ(미뇽의 노래)

---

36) 정경량, 「괴테의 시와 노래」, 목원대 칼럼, 2012.

	Meeres Stille(바다의 고요)
	Nahe des Geliebten(여인의 가까이에)
	Liebe schw.mt auf allen Wegen(사랑은 어느 곳에 든지)
	Rastlose Liebe(끊임없는 사랑)
	Der Rattenf.nger(쥐잡이)
	Der S.nger(가인)
	Der Schatzgr.ber(보물을 파는 사람)
	Die Sinnerin(실을 잣는 여자)
	Tischlied(연회의 노래)
	Wanderers Nachtlied Ⅰ(방랑자의 밤 노래)
	Wer Kauft Liebesg.tte?(사랑을 파는 사람은 누구?)
	Die Liebe(사랑)
	Hin und wieder Fliegen(이곳 저곳에서 화살이 나른다)
	Erster Verlust(최초의 상실)
	Heidenroslein(들장미)
1816년 (19세)	An Schwager Kronos(마부 크로노스에게)
	Ges.ng der Geister uber den Wassern(물위의 정령의 노래)
	Ges.ng des Harfners Ⅰ(하프 연주자의 노래)
	Ges.ng des Harfners Ⅱ(하프 연주자의 노래)
	Ges.ng des Harfners Ⅲ(하프 연주자의 노래)
	J.gers Abendlied(사냥꾼의 저녁 노래)
	Der Konig in Thule(툴레의 왕)
	Mignon Ⅲ(미뇽의 노래)
	Schweizerlied(스위스인의 노래)
1817년 (20세)	Auf dem see(호수 위에서)
	Ganymed(가니메드)
	Gretchen(그레트헨)
	Mahomets Ges.ng Ⅰ(마호메트의 노래)
	Der Goldschmiedsgesell(금세공직공)
1819년 (22세)	Die Liebende schreibt(연인의 편지)
	Prometheus(프로메테우스)
1821년	Geheimes(비밀)

(24세)	Grenzen der Menschheit(인간의 한계)
	Johanna Sebus(요한나 제부스)
	Mignon Ⅰ(미뇽의 노래)
	Mignon Ⅱ(미뇽의 노래)
	Mahomets Ges.ng Ⅱ(마호메트의 노래)
	Suleika(술라이카의 노래)
	Suleikas zweiter Gesang(술라이카의 두 번째 노래)
	Versunken(생각에 잠겨서)
1822년 (25세)	An die Entfernte(멀리있는 사람에게)
	Der Musensohn(뮤즈의 아들)
	Wanderers Nachtlied(방랑자의 밤 노래)
	Willkommen und Abschied(환영과 이별)
1826년 (29세)	Ges.ng aus Willhelm Meister (빌헬름 마이스터)
	Mignon und der Harfner Ⅴ (하프 연주자의 노래)
	Lied der Mignon Ⅱ(미뇽의 노래)
	Lied der Mignon Ⅲ(미뇽의 노래)
	Lied der Mignon Ⅳ(미뇽의 노래)

출처: 김학용 · 권호종, 앞의 논문, 373~402쪽.

이처럼 19세기 음악가 가운데서 괴테의 시를 가장 많이 음악화한 이는 슈베르트라 할 수 있다.[37] 그가 괴테의 시에 붙인 것이 60여곡이었으니 그가 만든 600곡의 가곡에 1할을 차지하는 것이었다. 슈베르트의 업적은 슈만에 의해 이어지고 볼프, 브람스, 말러, 리하르트 슈트라우스 등으로 맥락이 잡히며 19세기 후반기의 독일 예술가곡의 역사를 빛낸다. 뿐만 아니라 1835년경 이후부터 독일을 벗어나 다른 나라로도 전파된다. 프랑스에서는 멜로디Melodie, 로망스Romance, 샹송Chanson 등의 명칭으로 베를리오즈, 비제, 구노, 뒤파르크Duparc, 포레Gabriel Faure, 라

---

37) 김학용 · 권호종, 앞의 논문, 373~402쪽.

벨Maurice Ravel 등에 의해 가곡이 작곡되었다. 러시아에서는 차이코프스키Piotr Ilyich Tchaikovsky, 무쏘르그스키Modest Mussorgsky, 글라주노프Alexander Glazunov 등에 의해, 영국에서는 델리어스, 본 윌리엄스, 브리튼 등에 의해, 스칸디나비아 국가에서는 그리그Edvard Grieg, 시벨리우스Jean Sibelius, 닐센 등에 의해, 이태리에서는 지오르다니, 말리피에로 등에 의해, 스페인에서는 파야 등에 의해 가곡이 작곡되었다. 이 가곡들은 각 나라의 음악적 특징에 맞는 독자성을 지니며 민족음악으로 자리 잡는다.

3. 독일 예술가곡의 한국 전래와 한국예술가곡의 발현

3.1 창가의 시대

우리나라에 서양음악이 전래된 통로는 두 가지 곧 군대와 교회였다. 군대가 기악적인 음악에 관심을 가졌다면 교회는 성악적 음악에 관심을 기울였다.[1] 우리나라에 서양음악이 본격적으로 들어온 것은 1885년 미국인 선교사 언더우드H. G. Underwood와 아펜젤러H. G. Appenzella가 전도의 수단으로 찬송가를 보급시키기 시작한 때부터 비롯된다.

---

[1] 박혜정(2005), 「서양음악의 전래와 수용」, 『국어교육』Vol.23, 한국국악교육학회, 237쪽.

▲ 〈학도가〉의 당시 악보　　　　　▶ 양악의 선각자 김 인식

　　찬미가 즉 찬송가의 곡조에 당대 사람들의 정서에 맞는 가사를 붙여 부르는 노래들이 유행하게 되는데, 이것이 바로 〈창가〉다. 창가는 그 양식의 측면에서 고대 시가에서 완전히 벗어나지 못해 근대 시문학으로 보기에는 미흡한 점을 많이 가지고 있다. 이를테면 초기의 창가는 고대 가사와 마찬가지로 3·4조나 4·4조의 율격을 그대로 따르고, 차츰 7·5조나 8·5조 또는 5·7조라든지 6·5조나 6·4조로 변형된 것도 나오지만, 여전히 전통 시가의 형식을 크게 뛰어넘지는 못한다. '창가'라는 말이 신식노래를 뜻하는 것으로 의미가 확대되어 그 성격이 모호해졌으며, 유행가와 뒤섞이기도 했다. 창작창가의 음악적 특징은 전통 민요적 요소에 서양 음악적 요소와 일본 음악적 요소가 혼합된 모습을 보인다.

　　한일합병을 전후로 창가의 양상은 크게 변하여 1906년 발표된 '보통학교령 시행규칙'의 내용에 의해 애국가류의 창가를 불량한 창가라 하여 금지하고 일본 창가를 의무적으로 부르게 했다. 내용의 측면에서도 봉건이념을 마저 떨쳐내지 못한 채 대부분의 작품이 애국 계몽사상을 담는 차원에 머문다. 그 후 1904년 선교사들에 의해 음악교육을 받은 김인식은 우리나라 최초의 창작 창가인 《학도가》를 작사, 작곡, 학도

가는 우리나라 창작찬가 및 창작음악의 효시라는 역사적 의의를 가지고 있다.[2] 뒤이어 최남선은 1908년 11월에 창간된 우리나라 최초의 종합 잡지인 <소년(少年)> 창간호에 실린 신체시의 발표 이전 작품인 뒤를 이은 창가는 장편 기행체의 창가로, 원제목은 <경부텰도노래>이다. 신문관新文館에서 단행본으로 발행하였다. 이 작품은 철도의 개통으로 대표되는 서구문화의 충격을 수용하여 쓰여진 것이다. 즉, 경부선의 시작인 남대문역에서 부터 종착역인 부산까지 연변의 여러 역을 차례로 열거하면서 그에 곁들여 그 풍물ㆍ인정ㆍ사실들을 서술해나가는 형식을 취한 작품이다.

<경부 철도 노래> (1)

1
① [우렁탸게 토하난 긔덕(汽笛) 소리에]
남대문을 등디고 떠나 나가서
빨니 부난 바람의 형세 갓흐니
② [날개 가딘 새라도 못 따르겟네]

2
늙은이와 덞은이 셕겨 안즈니
우리네와 외국인 갓티 탔스나
③ [내외 틴소(親疎) 다갓티 익히 디내니]
④ [됴고마한 딴 세상 뎔노 일웠네]
1908년 최남선(崔南善)이 지은 창가.

---

2) 박혜정, 앞의 논문, 250쪽.

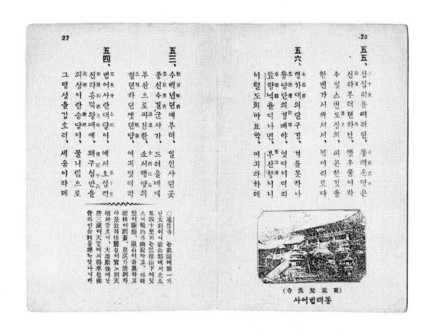

앞서 말한 바 있듯, 우리나라에 서양음악이 본격적으로 들어온 것은 1885년 미국인 선교사 언더우드H. G. Underwood와 아펜젤러H. G. Appenzella가 전도의 수단으로 찬송가를 보급시키기 시작한 때부터 비롯된다. 1920년에는 홍난파가 가곡 ≪봉선화≫를 작곡, 우리나라 서양음악사에 있어서 봉선화가 탄생되기 전까지는 찬송가와 창가 위주였으며, 넓은 의미에서 1920년대까지는 '창가시대'였다.3)

<바이올린을 연주하고 있는 생전의 홍난파>

3.2 홍난파의 봉선화

이시기 창가와 유형을 달리하는 작품들이 탄생한다. <봉선화, 1920>를 작곡한 홍난파(1897~1941), 1992년 노산 이은상의 시에 <사우: 동무생각>를 포함해 4곡을 작곡한 박태준(1900~1986), 월북 작곡가로

---

3) 김광순(1989), 「한국가곡사」, 『음악연구』7권, 한국음악학회, 15~54쪽.

우리에게 생소하지만 <그리운 강남, 1928>을 작곡한 안기영(1900~1980), 현제명(1903~1960)은 미국 유학 시절에 <고향 생각, 1928>을 작곡하였고, 김세형(1904~1999)은 <야상, 1925>, 이흥렬(1907~1980)은 <내 고향, 1926>, 조두남(1912~1984)은 12살의 어린 나이에 작곡한 <옛이야기, 1924> 등이 있다.4)

이 시기 가곡은 그 발생에서부터 몇 가지 문제를 내포하고 있다. 최초의 성악곡 <사의 찬미>는 유행가과 구별되지 않으며, 최초의 가곡이라 평가받는 <봉선화>는 처음에는 그의 단편소설집 『처녀혼』(1920) 서두에 '애수'라는 곡명으로 멜로디만 먼저 소개되었던 것이, 나중에 (1925) 김형준에 의해 가사가 붙여져서 다시 발표되었기 때문에 시에 대한 감동의 표현과는 거리가 멀다.

하지만 시와 음악의 결합이라는 형태만 유사하지 가곡은 창가와 명백히 다른 방식으로 존재한다. 무엇보다 창가는 악보가 선재하고 가사 창작이 그 뒤를 잇고 있지만, 가곡은 가사가 선재하고 그 뒤에 악보 창작이 이어진다는 점에서 창가와 다르다. 창가는 음악을 문학적으로 이용하는 방식에서도 현저하게 차이를 보이는데, 창가는 음악(악보)을 도구적으로 이용하는 경향이 있지만, 가곡은 문학(시)을 영감의 대상으로 삼고 악보를 통해 음악적 해석을 보여준다는 점에서 구별된다. 창가의 악보는 아마추어 시인들의 시창작을 도와주는 형식적 틀이지만, 가곡의 악보는 전문적 시인들의 시작품에 대한 전문적 작곡자의 음악적 해석이 담긴 창작물인 것이다.5)

홍난파는 1898년 4월10일(음력3월19일)경기도 화성군 남양면 활초

---

4) 문선아(2013), 「박태준의 초기 한국 가곡에 관한 고찰」, 『동양예술』22권, 한국동양예술학회, 265~266 쪽.

5) 오문석, 앞의 논문, 115~143쪽.

리에서 부친 홍준洪埈과 전주이씨 부인의 차남으로 태어났으며, 본명은 영후永厚, 호는 난파蘭坡, 본관은 남양南陽이다. 난파7세 때 서울에서 한학을 공부하였으며, 중앙기독교청년회(YMCA) 중학부 1학년 때 이미 간단한 독보법을 스스로 해독하는 천부적인 음악적 재능을 보였다. 중앙기독교청년회 중학부를 졸업한 난파는 이듬해인 1913년 9월, 당시 우리나라의 유일한 음악교육기관이었던 조선정악전습소朝鮮正樂傳習所의 서양악부에 입학하여 김인식金仁湜선생으로부터 바이올린을 배웠으며, 그해 12월23일 세브란스 의학전문학교 성탄축하 연주회에 바이올린 연주로 호평을 받았다. 19세에 악전대요樂典大要를 출간하였으며, "통속 창가집" 초판과 <간이무답행진곡집>을 편찬하며 난파蘭坡라는 호를 쓰기 시작하며, 21세에 동경음악학교 음악학부에 입학한다.

22세인 3·1운동 무렵, <삼광三光 창간호를 출간하며 창간사에 우리 조선은 깨는 때올시다. 무엇이던지 하려고 하는 때…> 라고하며 또한 난파는 "음악은 반드시 아름다운 것만을 표현하는 것만이 아닌 민족혼이 깃들여야한다"는 생각으로 휴학하고 귀국하여 3·1운동에 참여하게 된다며 이듬해 다시 일본으로 가서 복학을 하려했으나 3·1운동에 참여했다는 이유로 학교 측으로부터 거절당하자 다시 귀국하여 창작 단편집 <처녀혼(處女魂)>을 출간한다. 이 단편집 서두에 애수哀愁라는 곡명으로 멜로디를 기재하였는데 이를 본 김형준金亨俊이 가사를 붙인 것이 바로 <봉선화>이다.[6]

이 노래가 처음 세상에 나오기는 3·1운동의 다음해인 1920년이다. 도쿄 우에노 음악학교에 다니던 홍난파는 이 해 일단 학업을 중단하고 귀국하여 '경성 악우회'라는 음악 단체를 조직, 음악 보급운동을 폈다.[7]

---

6) http://nanpa.or.kr/hongnanpa/music.php

그러나 이 작품은 시에 대한 자의식이 충분히 성숙하지 못한 시점에서는 우리나라 최초의 가곡이란 역사적 의미는 가지고 있다.8) 예술가곡이라기보다는 창가에 근접하지만9) 작곡가가 시의 해석가로 자리매김되고 피아노가 더 이상 선율의 반주가 아닌 독자성을 지닌 파트너로 위치하게 되는 서양 "예술가곡" 개념의 본질에 비춰보면 가곡 <봉선화>는 그 이전 시기 혹은 동시대의 창가와는 구별될 수 있어도 엄밀한 의

---

7) 오문석, 앞의 논문, 115~143쪽. 이 노래가 처음 세상에 나오기는 3 · 1운동의 다음 해인 1920년. 도쿄 우에노 음악학교에 다니던 홍난파는 이 해 일단 학업을 중단하고 귀국하여 '경성 악우회'라는 음악 단체를 조직, 음악 보급운동을 시작 한다 그런데 의외로 그는 소설 창작에도 손을 대어 그 해 4월 <처녀혼>이라는 단편집을 냈는데 이 때 그 단편집 서장에 <애수>라는 제명의 악보를 실었던 것이다. 이 멜로디에 새 문안교회 찬양대지휘자이며 경신학교의 음악교사인 김형준 우리음악사에서 이전의 창가와는 선연하게 다른 모멘텀이 되었음은 분명하지만 예술가곡, 시와 음악의 콜라보레이션이란 관점에서 본다면 필요충분 조건이 결여되어 있다. 그것은 이 가사를 붙였지만 그가 시인이 아니라는 점이다.

8) 김광순, 앞의 논문, 15~54쪽. 이 ≪봉선화≫는 원래 바이올린곡으로 발표된 것을 같은 음악가인 김형준이 가사를 붙여 가곡으로 불리워졌는데 서양 단조에 바탕을 둔 애조 띤 선율과 민족의 설움을 담은 가사로 된 이 곡은 한국의 국민들이 하나의 노래를 통하여 감정적 일치를 가져온 첫 번째 예가 되며, 우리나라 최초의 가곡이란 역사적 의미를 가지고 있다. 곡의 형식은 3부 가요형식으로 구성되어 있다. 모든 마디(시조 형식으로 보면 '절'에 해당)의 리듬은 동일 형태<악보 1 참조>로 12회 반복되며, 각 음절은 4개의 음수로 되어있다. 즉 한국 시조의 전형을 이루는 4 · 4조의 음수율로 되어 있는 것을 알 수 있는데 이와 같은 똑같은 리듬의 계속적인 반복에도 불구하고 이 곡이 단조롭거나 지루하게 느껴지지 않는 것은 선율의 아름다움과 곡의 완벽한 구성미 때문이다

9) 오문석, 앞의 논문에서 창가는 악보가 선재하고 가사 창작이 그 뒤를 잇고 있지만, 가곡은 가사가 선재하고 그 뒤에 악보 창작이 이어진다는 점에서 창가와 구분된다. 창가는 음악을 문학적으로 이용하는 방식에서도 현저하게 차이를 보이는데, 창가는 음악(악보)을 도구적으로 이용하는 경향이 있지만, 가곡은 문학(시)을 영감의 대상으로 삼고 악보를 통해 음악적 해석을 보여준다는 점에서 구별된다. 창가의 악보는 아마추어 시인들의 시창작을 도와주는 형식적 틀이지만, 가곡의 악보는 전문적 시인들의 시작품에 대한 전문적 작곡자의 음악적 해석이 라는 점을 들어 한국 음악사를 기술하고 있는 통사의 기록들은 우리나라 예술가곡의 시발을 홍난파의 <봉선화>로 꼽는다.

미에서의 "예술가곡으로 불 수 없다.[10]

최남선의 <해에게서 소년에게>로 비롯된 신체시의 계몽성을 벗어나 1919년 2월 <창조> 창간호에 실린 '불놀이'가 발표됨으로서 근대성을 확보하며 한국시문학의[11] 개화를 맞게 된다. 1920년대의 시문학은 3·1운동 이후 음악이 창가의 시대를 벗어나듯 순문학운동으로 전환하면서 동인지의 속출과 작가 층의 확대를 가져왔다. 최남선, 이광수의 계몽 문학에서 탈피하여 순문예지를 표방한 김동인, 주요한, 전영택, 김억 등의 <창조>(1919)와 황석우, 오상순, 변영로, 염상섭 등에 의해 <폐허>(1920)가 창간되고, 이어 <백조>(1922)를 중심으로 자유시가 본격화되었다. 산문시 형식을 통해 자유시의 가장 개방적인 형태를 열어젖힌 주요한의 <불놀이>가 발표된 이래 본격화된 자유시의 흐름은 1920년대 초반 근대시의 대표적 양식으로 정립되며, 후반에는 이러한 경향이 극복되고 건강하고 밝은 정서를 회복한 서정시들이 주류를 형성하고, 김소월은 민요시의 정감과 율격을 바탕으로 하여 전통의 현대화로써 자유시의 또 다른 길을 제시하며 예술로서 문학을 추구

---

10) 김용환, 「한국 최초의 예술가곡에 관한 소고」, 『음악과 민족』 20권. 민족음악학회, 253~287쪽.

11) 오세영, 『한국 낭만주의시 연구』, 일지사, 1980, 168~171쪽. 오세영은 「불놀이」가 최초의 근대시로 간주되어 왔던 이유를 다음과 같이 지적하고 있다. 첫째, 작품 「불놀이」 그 자체의 중요성보다 시인 주요한의 문학사적 위치가 보다 큰 의미를 지니고 있다. 따라서 주요한을 대표할 수 있는 작품상의 전형으로서 「불놀이」가 등장하게 된 것이다. 둘째, 「불놀이」가 주요한의 다른 시에 비해 보다 성공한 서구 지향적 작품이다. 또한 「불놀이」가 『창조』 창간호라는 극적 상황에서 발표됨으로써 문학사의 주의를 집중시킬 수 있었다. 한편, 주요한이 근대시에 성공한 작가로 인정되고 있는 이유로는 그의 작품 세계가 전통 지향적 맥락에 서서 문학사의 주류에 편승할 수 있었던 점과 그가 자유시에 대한 확고하고도 뚜렷한 시론을 최초로 표명했다는 사실, 그리고 다른 작가들보다 오랜 기간 동안 활동함으로써 거둘 수 있었던 작품상의 성공과 양적인 우위성을 들고 있다.

하는 시기였다. 말하자면 홍난파의 봉선화가 발표된 1920년대는 음악이나 시문학이 아직은 확고하게 예술장르로 자리 잡지 못한 시기였던 것이므로 진정한의미의 예술가곡의 탄생을 위한 조짐이 보였을 뿐 시인과 작곡가가 협업을 통해 창작해야하는 예술가곡의 시기로서는 상호 불완전한 창가와 예술가곡의 과도기작품이다.

3.3 문화융합 결과물로서 예술가곡의 필요충분조건

앞서 언급한 바 있듯 예술가곡이란 시적 이미지와 감정 그리고 언어의 특질이 음악적으로 결합 한 시에 선율을 붙여 만들어진 성악곡이다. 12) 예술가곡은 시와 선율이 결합하여 탄생하는 것으로 언어와 시적 상념이 없는 음악은 예술가곡이 아니다.13) 시와 음악은 서로가 각기 독립된 예술이었던 상태로부터 벗어나 완전히 하나로 융합되면서 또 하나의 새로운 양식으로 탄생한다. 시문학의 장르가 합일되며 시를 낭송할 때 발생하는 고저장단高低長短 등의 운율은 노랫말이 음률로 옮겨짐에 따라 시만을 낭송 때와는 달리 시가 리듬과 멜로디 속에 자연스럽게 반영되어야 하며, 노랫말의 뜻과 느낌이 작곡 기법을 통해 음률로써 감동적으로 표현되어야14) 한다는 새로운 조건이 만들어진 것이다. 이렇듯 예술가곡 창작에 있어서 가장 중요한 조건은 그것이 시를 근거로 하는 작곡 형식이라는 점에 있다. 따라서 독일의 예술가곡은 그것 자체가

---

12) 홍세원『서양음악사』, 연세대학교 출판부, 434쪽. 예술가곡이라 것은 자국어 가사의 언어적 시적특성과 민요선율의 음악적 특성을 융화시킨 예술의 한 장르 이며 서양의 예술가곡이란 시와 선율 그리고 피아노 반주가 하나로 융합되어 가사와 음악의 내용을 충분히 표현한 가곡이다.

13) 조현정, 앞의 논문, 42쪽.

14) 김학용 · 권호종, 앞의 논문, 374쪽.

시 텍스트에 대한 감동의 표현이거나 시에 대한 음악적 해석이라 할 수 있다.[15]

이렇듯 두 개의 다른 예술장르가 만나 새로운 장르를 탄생시키는 원리를 우리는 상호매체성 (intermediality)이라한다 이는 "통례적으로 구별되는 것으로 인정되는 최소한 두 개의 매체를 포함하는 매체 간 경계를 넘어서는 현상"이다.[16] 여러 매체가 단순히 다매체적으로 더해지는 것을 의미하지 않는다. 어느 매체의 요소가 다른 매체에 수용되면서 미학적, 기능적으로 텍스트의 의미를 단절 또는 동화시키거나 소통의 효용성을 창출하기 위해 미적 체험을 새롭게 할 때, 그 매체 생산과 수용은 상호 매체성이라고 할 수 있다.

이를 좀 더 세분해 보면 "종합적 상호 매체성", "형식적 또는 과매체적(매체를 넘나드는transmedial) 상호 매체성과, "변형적 상호 매체성" 그리고 "존재론적 상호 매체성", "매체결합"의 유형으로 구분할 수 있다. 낭만주의에서의 상호 매체성은 레싱처럼 예술형식의 우위를 주장함이 없이 보다 활발하게 전개된다. 낭만주의의 상호 매체성은 이질적으로 나타날 뿐 아니라 동질적으로도 나타난다. 이질적 상호 매체성은 서로 다른 예술형식이 상호 작용을 하면서 융합되는 것을 말한다. 그리고 동질적 상호 매체성이란 동일한 예술형식 속에서 여러 장르에 서로 혼합되는 것을 말한다.

그중 예술가곡은 매체결합의 유형에 속하며. 이러한 결합의 원리를 문화콘텐츠학에서는[17] 문화융합이라 한다. 여러 매체의 상호작용 또는 상호 간섭으로 이루어지는 상호 매체성은 형식의 과정으로서 예술

---

15) 오문석, 앞의 논문, 115~143쪽.
16) 피종호, 「예술형식의 상호 매체성」, 『독일문학』 76권, 한국독어독문학회, 248~268쪽.
17) 송화 · 김용범, 앞의 논문, 89~90쪽.

형식이 변형되는 과정을 말하며 이 과정은 예술형식의 동질성에 대해 말하는 것이 아니라 이질성이 매체 텍스트의 융합이나 상호작용으로 인해 변형되어 나타나는 것을 의미한다. 예술가곡은 그 속성상 시로 대표되는 운문의 결합을 요구하며, 시문학과 음악의 관계는 상보적相補的 연계 속에서 하나의 조화를 완성하기 때문이다. 따라서 그 언어적 구성에 있어서 내용적으로는 물론이고 형식적으로도 '노래할 수 있어야 한다'(Sangbarkeit)는 규정에 구속된다. 즉 단순성, 통일성, 선율적 다듬기, 노래가 가능하도록 음량 및 음역(Ambitus)이 소폭으로 제한되어야 하는 것, 짧은 모티브, 악절성(Periodik), 각 절의 상응, 유절적 구성 등은 본질적으로 언어와의 유사성에서 이해되어 질 수 있는 것이다.

다시 말해 예술가곡은 시와 음악이라는 서로 독립된 장르가 하나로 융합되어 성립한 성악곡을 가리킨다. 따라서 가곡은 문학사의 관점에서건 음악사의 관점에서건 시와 음악의 조화를 지향한다.[18]

이상의 논의를 통해 예술가곡의 필요충분조건(a necessary and sufficient condition)을 정리하면 다음과 같다.

가). 예술가곡은 전문적 자질을 갖춘 시인의 시를 바탕으로 해야 한다.
나) 작곡가는 시를 해석하고 교감하여 언어로서 표현되어질 수 없는 영역을 음악적으로 표현하여야한다.
다) 이렇게 창작된 노래는 피아노 또는 전문 연주자들의 반주에 맞추어,
라) 성악가에 의해 노래 불려 져야 한다.

---

18) 오문석, 앞의 논문, 115~143쪽.

3.4. 한국예술가곡 효시 작품에 대한 논란과 한국예술가곡 효시 작품의 비정(比定)

그렇다면 독일 예술가곡의 개념과 정의 및 조건에 입각한 한국최초의 예술가곡은 어떤 작품인가. 여기에는 학자들의 견해에 따라 논란이 존재 한다.

<작곡가 채동선>

박용구는 정지용이 1932년 7월 동방평론 4호에 발표한 시 <고향>을 1933년 채동선이 곡을 붙였다 하여 "시와 음악이 아름답게 어우러진 진정한 의미의 우리나라 최초의 예술가곡을 탄생시켰다"고 주장하고 있고[19] 이상근은 1955년에 발표한 <우리가곡 시론>에서 "현제명, 홍난파, 이흥렬 등에 의해 일련의 가곡이 발표되던 그 때에 이미 고답高踏적인 몇 개의 Lied가 출판되었으며, 김세형의 연가곡 <먼 길(The

---

19) 김용환, 앞의 논문, 253~287쪽.

long way>이 바로 그에 대한 좋은 증좌"라고 언급하고 있으며 이건용은 1933년에 작곡된 이은상시 김동진 작곡의 <가고파>를 "가곡(특히 서정가곡)의 양식적 방향성을 보여주는 본격적인 예술가곡의 전형"이라고 말 하고 있다. 또한 『한국가곡사』를 집필한 김점덕은 작곡가 김성태가 일본에 유학하던 시절인 1937년에 정지용 시를 텍스트로 하여 작곡한 세 편의 가곡, <바다3>, <'말>, <산 너머 저쪽>을 한국최초의 예술가곡이라 주장하고 있다. 이상만 역시 이 세편의 작품과 연관하여 "노래와 피아노부가 유기적 관련성을 갖고 독일가곡구성에 접근했고, 이름도 예술가곡이라고 이름이 붙여 예술가곡이라는 이름을 쓴 것은 이때가 처음이 아닌가 생각 된다"라고 김점덕의 견해에 동의하고 있다.

본격적이고 독일예술가곡의 개념과 조건에 부합한 한국최초의 예술가곡 작품 비정에서 김동진, 채동선, 김성태의 작곡이 최초라 견해를 달리하는 논자들이 주목하는 것은 1930년대라는 점이다.

예술가곡이 시와 음악의 등가의 결합을 전제로 보았을 때 이러한 관점은 우리 시문학상 1930년대 시에 대한 문학사적 위상과 일치 한다 1930년대 이전의 한국문학은 근대의 차원에만 머물러 있던 미숙함이 있었다면 이러한 미숙성은 1930년대에 이르러 어느 정도 극복된다. 시인들이 자신들의 창작 행위에 대한 뚜렷한 자의식을 갖게 되었고, 시 창작 방법에 대한 자각도 대두 되면서 전대와는 다른 '현대적'인 모습들을 지니기 시작한다. 그 중심축을 이루는 것은 1930년 3월에 창간된 시 전문 동인지 <시문학>이다. 이를 중심으로. 박용철朴龍喆, 정지용鄭芝溶, 김영랑金永郎, 신석정辛夕汀, 이하윤李河潤 등 만든 <시문학>은 이 시기 시문학은 현대적인 의미의 시문학으로 자리매김 된다. 1930년대 후반이 되면서 우리 시문학은 훨씬 더 다양하고 분화된 모습을 보인다. 발표지면의 급속한 확장과 전문 시인의 등장, 다양한 문학론의 출현 등 1930년대 후반은 시문학사에 있어서 가장 다채롭고 풍성했던 시기였다.[20] 이러한 견해로 볼 때 주목할 시인이 바로 정지용이다. 이를 문학의 입장이 아니라 예술가곡의 음악적 입장에서 견해를 살펴보기로 하자.

1930년대 우리 시단의 중추적 역할을 감당했던 정지용의 시를 가사로 선택해서 가곡 창작한 작곡가는 채동선 선생과 김성태 가곡이 예술가곡으로 성공하기 위해서는 시와 음악이 완벽한 조화를 이루어 새로운 예술로 승화되어야 한다. 그러므로 작곡가는 시를 읽고 시의 의미와 정신, 그리고는 문학적 가치에 이르기까지 충분한 이해가 있어야 한다. 그런 점에서 채동선 선생이 가곡의 가사로 쓰기에는 어려움이 많은 정지용의 시를 구태여 선택했다는 것은 정지용의 문학적 메시지를 음악 속에 담으려는 메시지가 강한 공감대를 형성했기 때문이며, 정지용 시에 대한 길은 이해도 와세다 영문과 출신으로서의 문학적 소양과 해방 후 문필가협회 부회장을 지낼 정도의 전문 문필가의 영역에 도달해 있는 채동선의 시에 대한 출중한 안목에서 비롯된 것이라 생각한다.[21]

---

20) 김용직, 『한국현대시연구』, 일지사, 1974, 288~289쪽. 1935년에서 1941년에 이르기까지 1930년대 후반은 9종의 시 전문잡지와 10여종의 종합문예지가 출간되고 60여권의 시집이 발행되는 등 시단의 발흥기를 보여준다.
21) 한상우 <민족혼 드높인 음악의 선각자-채동선의 음악세계>
http://edu.kedi.re.kr/History/EduZine/EzArticleViw.php?Ac_Num0=3580&Ac_Code=D0020301

<정지용 시 채동선 '고향'의 악보>

채동선 이 남긴 작품들은 12곡이다. 대표작인 <고향>을 비롯한 8
곡의 가곡이 모두 정지용의 시를 가사로 한 것이다. 채동선의 작품 활
동은 1932년부터 시작되었다.[22] 1932년 조선음악가협회가 결성되었

는데 이 해에 채동선 가곡발표회가 열렸으며, 독창을 누이 채선엽[23]이 맡았고 반주는 김애식이 맡았다. 채동선의 가곡은 그의 작품번호 5번에서 10번까지에 해당되는데 그것을 살펴보면 다음과 같다. 홍난파와 현제명의 가곡이 구성면에서 애창가곡의 범주를 벗어나지 못한 데 비해 채동선의 가곡은 구성면에서 훨씬 확대되었다 그 작품이 바로 <고향>이다

채동선의 가곡은 모두 피아노 반주를 수반하는 독창곡으로, 우리의 민족적 정서를 서양의 낭만주의적 기법으로 표현한 작품이라는 평가를 받는다. 하지만 채동선은 홍난파 · 현제명 등이 정형시에 곡을 붙인

---

22) 김광순, 앞의 책, 15~54쪽. 작품 5-1 : 채동선이 정지용의 「고향」을 독창곡으로 작곡한 것은 1932년 이후의 일로, 악보에는 '작품 제 5번'으로 명기되어 있다. 채동선은 귀국 후 네 차례나 독주회를 갖지만 한동안 "이러타 할 음악적 활동은 하지안코 침묵 일관"으로 지내다가 "최근 정지용씨의 시에 00하야 발표"하는 등 "오랫동안의 침묵을 깨고 작곡가로서 특이한 출발"을 하여 1937년 "네 권의 작곡집(독창곡)을 펴낸다. 그 네 권의 작곡집에는 가곡 12편이 실려 있고 그 가운데 8편이 정지용의 시를 바탕으로 했다. 채동선이 여동생 채선엽의 일본 독창회에 자작곡을 보내주었다는 사실은 잘 알려져 있다. 채선엽은 1938년 3월 25일 동경 일본청년회관에서 가진 독창회에서 채동선의 곡을 세 곡 부른다. 「고향」은 4/4박자 A-B-A'의 3부분 형식과 변주 형식의 혼합형태로 기법적인 측면에서 드뷔시를 연상시킬 정도로 자유롭고, 「바다」는 6/8박자 A-A'-A''-A'''의 변주형식 곡이다.

23) 1911~1987. 서울출생. 1923년 이화여자고등보통학교에 입학하여 미국인 교사 대메론(Dameron)과 매리(Mary, E. Y.)에게 각각 성악과 피아노를 교육받았다. 그뒤 이화여자전문학교 피아노과에 진학하였고, 졸업 후 당시 연희전문학교 교수 현제명(玄濟明)의 권유로 일본 동경의 벨칸토성악연구원에서 벨트라멜리 요시코(吉子)를 2년간 사사하였으며, 1934년 일본 콜럼비아레코드회사에서 「아! 목동아」·「한 떨기 장미」·「구노의 세레나데」·「즐거운 나의 집」 등을 취입하였다. 1937년 대판(大阪) 우메다공회당(梅田公會堂)에서 한국인으로는 처음으로 독창회를 가졌으며, 1938년 동경 청년회관에서 독창회를 가졌다. 이 때 평론가 오다(大田黑元雄)는 "정도(正道)에 들어선 유망한 예술가"라고 평을 하였다. 1939년 5월 귀국하여 서울부민관(府民館)에서 귀국독창회를 가졌고, 모교인 이화여자전문학교 교수로 재직하게 되었다.

것과 달리 자유시를 가사로 선택하여 동일한 선율이 반복되는 장절가곡(가사의 각 절이 동일한 선율로 반복되는 가곡, 슈베르트「들장미」) 형식을 따르지 않고 일관작곡(가사의 각 절이 다른 선율로 이루어진 가곡, 슈베르트「마왕」) 방식에 따라 작곡함으로써 정지용 시를 훌륭히 소화해낸다. 그의 가곡이 기법적으로 실험적인 면모를 보여준다는 평가를 받는 것도 비정형 가사를 일관작곡 형식으로 수용하여 한국 가곡의 새 지평을 개척한 점이 인정되었기 때문이다.

<정지용>

채동선은 전남벌교 태어나 순천공립보통학교를 졸업한 후 상경해 경기고보에 입학했다. 1924년 10월 20일 전선남녀전문학교 연합음악회 때 출연했고, 본격적인 음악공부를 위해 독일로 유학해 리하르트 하르처에게 바이올린을, 빌헬름 클라테에게 작곡을 배웠으며, 1926년 베를린의 슈테른센음악원에 입학해 음악공부 1929년 귀국해 연희전문延禧專門에서 음악이론과 바이올린을 가르쳤고, 1930년 2월 11일 조선음악가협회朝鮮音樂家協會가 창립됐을 때, 이사장 현제명, 이사 홍난파 · 김영환 · 안기영 등과 함께 활동했으며 1930년 최호영(제2 바이올린) ·

이혜구(비올라) · 일본인 첼리스트와 함께 우리나라 채동선 실내악단蔡東鮮室內樂團을 만들었다. 독일에서 정통으로 작곡을 공부하고 귀국하여 만든 예술가곡이 <고향>이다. 바로 이 '고향'은 지용이 1932년 7월 동방평론 4호에 발표한 시다. 그렇다면 앞서 전제한 예술가곡의 필요충분조건을 모두 갖춘 1932년 정지용 작시 채동선 작곡 <고향>으로 시기적으로 보나 예술가곡의 완성의 필요충분조건을 모두 갖추고 있음으로 볼 때 한국 최초의 예술가곡 그 효시嚆矢에 대해 비정할 수 있다.[24)]

3.5 초기 한국예술가곡의 작곡자들이 시인 정지용의 시에 주목한 이유

<1930년 시문학 동인 창립 당시 정지용(윗줄 오른쪽). 아랫줄 왼쪽부터 김윤식, 정인보, 변영로, 윗줄 왼쪽부터 이하윤, 박용철.>

---

24) 이후 채동선이 작곡한 가곡은 모두 12곡인데. 이 가운데 <고향>, <향수>, <압천>, <산엣 색시 들녘 사내>, <다른 하늘>, <또 하나의 다른 태양>, <바다>, <풍랑몽> 등 8곡이 정지용의 시다.

1930년 3월 동인지『시문학』제1호가 간행된다. 이 동인지에는 김영랑, 정지용, 이하윤, 박용철, 정인보 등이 참여해 27편의 창작시와 5편의 번역시가 수록되었다 시문학파가 출현한 1930년대 전반기는 근대시의 출발 이래로 다양하게 분화된 시적 담론들이 이념적 지향을 선명하게 드러내면서 각축했던 시기이다. 각기 다른 이념의 언어가 충돌하는 지점에서 펼쳐진 기교주의 논쟁은 프로문학과 모더니즘의 논리가 부딪치는 첨예한 정점일 뿐 아니라, 근대시 성립 이래 주요한 화두였던 시적 본질에 대한 물음을 제기했다는 점에서 시사적 의미를 갖는다. 이러한 기교주의 논쟁의 과정에서 모습을 드러낸 '순수시론'은 시문학파의 미학적 세계가 구축되는 과정을 드러내준다. 진보적 이념 문학과 모더니즘 그리고 민족주의 문학의 대타적 지점에 시문학파가 구축한 '순수'의 미학은 미적 자율성의 원리와 언어의 심미성에 대한 자각으로 요약될 수 있다. 근대적 시의 형식과 내적 양식을 꾸준히 모색해 온 우리시사의 발전 과정에서 볼 때, 내적 정서를 조율하고 이를 표현할 언어 형식을 구축하고자 한 시문학파의 출현은 필연적이었다고 하겠다. '창조'와 '폐허' 등의 다양한 시적 흐름이 펼쳐진 20년대는 시적 주체들의 계몽적 열정과 주관성의 미학이 길항하던 시기였다. 낭만적 열정에 사로잡힌 주체들의 혼란과 격정의 파토스는, 소월이라는 문제적 개인을 거쳐 나오면서 비로소 '시적인 것'에 대한 인식으로 심화되기 시작한다. 계몽의 언어와 낭만적 언어가 혼재된 이러한 시적 흐름은 30년대 시문학파라는 마디를 거치면서 새로운 감수성과 시적 언어에 대한 혁신적인 사유에 이르게 되는 것이다. [25] 문학사의 관점이 아니라 문학과 음악이 융합된 예술가곡이란 관점에서 볼 때 시문학파 그 중

---

25) 이기성(2004), 「순수의 영토에 자기 세우기」,『한국시학 연구』제10호, 251쪽.

특히 정지용의 시를 주안점으로 볼 때 주목해야 견해가 있다.

시문학파 수수시의 특징을 요약하고 있는 오세영의 견해인데[26] 그는 시문학파시의 특징을 다음과 같이 요약 하고 있다. 첫째 이전의 다른 형식과 다른 창조적 정신으로 시작을 인식했고 둘째 시어의 함축적 의미 독창적 용법. 방언의 활용. 모국어의 계승과 계발. 셋째 어감의 차이. 의성어와 의태어의 활용, 리듬을 살리기 위한 호조음(리을, 니은, 유성음 사용), 음성상징(양모음과 음모음의 적절 한 선택사용) 압운음보 등의 활용 넷째 평이한 구문 다섯째 이미지를 살린 솜씨 등이 그것이다. 여기서 필자가 주목하는 것은 세 번째 특징인 어감의 차이. 의성어와 의태어의 활용, 리듬을 살리기 위한 호조음(리을, 니은, 유성음 사용) 음성상징(양모음과 음모음의 적절한 선택사용) 압운음보 등의 활용이라 했다.

예술가곡은 시에 선율이 붙여져 만들어지므로 시어의 음악성은 자음과 모음 등의 소리 자체가 지니는 성질이나 의성어 등의 음성상징 그리고 소리의 반복이나 교묘한 배열 등을 통해 이루어지는데 이때 시의 음악성을 결정짓는 반복성은 무엇보다도 같은 소리나 소리의 강약을 반복적으로 활용하는 리듬으로 나타나며 이와 같은 운율과 리듬은 그야말로 시의 음악적 특성을 결정적으로 나타내는 요소이다. 그리고 시어의 통일성과 변화성은 시의음악성을 결정짓는 데 그 방법 중 하나가 호조음이고[27] 그런 시의 전범으로 예시 된 작 품이 바로 정지용의 <말>이다.[28]

---

26) 오세영(1989), 『20세기 한국시연구』, 새문사, 108~114쪽.

27) 이승복(1995), 『우리 시의 운율체계와 기능』, 보고사, 164쪽.

28) 1935년 시문학사(詩文學社)에서 간행하였고, 1946년에 건설출판사(建設出版社)에서 재판하였다. 작자의 첫 시집으로 모두 5부로 나누어져 있으며, 총 87편의 시와 2편의 산문이 수록되어 있다. 시집의 맨 뒤에 박용철(朴龍喆)의 발문이 붙어 있다.

말 1

말아, 다락 같은 말아,
너는 점잖도 하다마는
너는 왜 그리 슬퍼 뵈니?
말아, 사람 편인 말아,
검정콩 푸렁콩을 주마.

이 말은 누가 난 줄도 모르고
밤이면 먼데 달을 보며 잔다.

말 2

청대나무 뿌리를 우여어차! 잡아뽑다가 궁둥이를 찧었네.
짠 조수물에 흠뻑 불리어 휙 휙 내두르니 보랏빛으로 피어오른 하늘
이 만만하게 비어진다.
채축에서 바다가 운다.
바다 우에 갈매기가 흩어진다.

오동나무 그늘에서 그리운 양 졸리운 양한 내 형제 말님을 찾아갔지.

1부//바다 1/바다 2/비로봉/홍역/비극/시계를 죽임/아침/바람/유리창 1/유리창 2/난
초/촛불과 손/해협/다시 해협/지도/귀로//2부 오월 소식/이른 봄 아침/압천/석류/발
열/향수/갑판 위/태극선/카페 프란스/슬픈 인상화/조약돌/피리/다알리아/홍춘 /저
녁햇살/뺏나무 열매/엽서에 쓴 글/선취/봄/슬픈 기차/황마차/새빨간 기관차/밤/호
수 1/호수 2/호면/겨울/달/절정/풍랑몽 1/풍랑몽 2/말 1/말 2/바다 1/바다 2/바다 3/
바다 4/바다 5/갈매기3부// 해바라기 씨/지는 해/띠/산너머 저쪽/홍시/무서운 시계/
삼월 삼짇날/딸레/산소/달새/병/할아버지/말/산에서 온 새/바람/별똥/기차/고향/산
엣 색시 들녘 사내/내 맘에 맞는 이/무어래요/숨기 내기/비둘기 4부//불사조/나무/
은혜/별/임종/갈릴레아 바다/그의 반/다른 한울/또 하나 다른 태양/5부//소묘(素描)/
밤/람프
발문(跋文)—박용철

「형제여, 좋은 아침이오.」
말님 눈동자에 엊저녁 초사흘달이 하릿하게 돌아간다.
「형제여 뺨을 돌려대소. 왕왕.」

말님의 하이얀 이빨에 바다가 시리다.
푸른 물 들듯한 언덕에 햇살이 자개처럼 반짝거린다.
「형제여, 날씨가 이리 휘영청 개인 날은 사랑이 부질없어라.」

바다가 치마폭 잔주름을 잡아온다.
「형제여, 내가 부끄러운 데를 싸매었으니
그대는 코를 풀어라.」

구름이 대리석빛으로 퍼져나간다.
채찍이 번뜻 배암을 그린다.
「오호! 호! 호! 호! 호! 호! 호!」

말님의 앞발이 뒷발이요 뒷발이 앞발이라.
바다가 네 귀로 돈다.
쉿! 쉿! 쉿!
말님의 발이 여덟이요 열여섯이라.
바다가 이리떼처럼 짖으며 온다.

쉿! 쉿! 쉿!
어깨 우로 넘어닿는 마파람이 휘파람을 불고
물에서 뭍에서 팔월이 퍼덕인다.

「형제여, 오오, 이 꼬리 긴 영웅이야!」
날씨가 이리 휘영청 개인 날은 곱슬머리가 자랑스럽소라!」

말 3

까치가 앞서 날고,
말이 따라가고,
바람 소올 소올, 물소리 쫄 쫄 쫄,
유월 하늘이 동그라하다, 앞에는 퍼언한 벌,
아아, 사방이 우리 나라로구나.
아아, 위통 벗기 좋다, 휘파람 불기 좋다. 채찍이 돈다. 돈다, 돈다, 돈다.
말아,
누가 났나? 너를. 너는 몰라.
말아,
누가 났나? 나를, 내도 몰라.
너는 시골 듬에서
사람스런 숨소리를 숨기고 살고
내사 대처 한복판에서
말스런 숨소리를 숨기고 다 자랐다.
시골로나 대처로나 가나 오나
양친 못 보아 서럽더라.
말아,
메아리 소리 쩌르렁! 하게 울어라,
슬픈 놋방울 소리 맞춰 내 한마디 할라니.
해는 하늘 한복판, 금빛 해바라기가 돌아가고,
파랑콩 꽃타리 하늘대는 두둑 우로
머언 흰 바다가 치어드네.

말아,
가자, 가자니, 古代와 같은 나그네길 떠나가자.
말은 간다.
까치가 따라온다.

말아,

누가 났나? 너를. 너는 몰라.

말아,

누가 났나? 나를, 내도 몰라.

너는 시골 듬에서

사람스런 숨소리를 숨기고 살고

내사 대처 한복판에서

말스런 숨소리를 숨기고 다 자랐다.

   정지용의 시 말에서 /드러나는 미음 니은 리을 시옷의 음소들이 어울려 호조음 효과를 내는데 특히 종행의 <사람스런 숨소리를 숨기고 살고>에서 '시옷'은 두운의 효과를 여기서 유음 '리을'이 갖는 음운운동의 연속이 첨가, 다시 이 음조의 흐름에 순음 '미음' 이 갖는 약간 닫힌 듯한 음감이 단위를 구별해주고 '기역' 음이 그러한 단위감을 추가하고 있다.[29] 무엇보다도 가곡 창작에 있어서 가장 중요한 조건은 그것이 시를 근거로 하는 작곡 형식이라는 점에 있다. 앞서 보았듯이 낭만주의를 배경으로 등장한 독일의 예술가곡은 그것 자체가 시 텍스트에 대한 감동의 표현이거나 시에 대한 음악적 해석이라 할 수 있다.[30] 음악은 가사에서 개념의 연속을 통해서만 나타나있는 정조(Stimmung)와 정신상태를 자립적으로 표현함으로써 시의 언어를 초월한다. 바로 이 점에서 즉 독특한 음악적 정조가 만들어지고 직접, 개념적인 것을 거치는 우회없이 전달되어 진다는 점에서 음악을 무한한, 상징적인 의미를 얻는다. 가사가 가지는 사실 결부성을 지양시키고 뚜렷이 생각되어지는 내용에 상상력(Einbildungskraft)에 상응하는 표현을 부가함으로써

---

29) 이승복, 앞의 책, 166쪽.

30) 오문석, 앞의 논문, 115~143쪽.

음악은 가사가 실지로 무엇을 암시하는지를 예감시킨다.[31] 음악은 서로가 각기 독립된 예술이었던 상태로부터 벗어나 완전히 하나로 융합되면서 또 하나의 새로운 예술인 '가곡'으로 탄생한다. 시를 낭송할 때 발생하는 고저장단高低長短 등의 운율은 노랫말이 음률로 옮겨지면서 리듬과 멜로디 속에 자연스럽게 반영되어야 하며, 노랫말의 뜻과 느낌이 작곡 기법을 통해 음률로써 감동적으로 표현되어야 한다.[32]

그 언어적 구성에 있어서 내용적으로는 물론이고 형식적으로도 '노래할 수 있어야 한다'(Sangbarkeit)는 규정에 구속된다. 그리고 리트를 음악적으로 만드는 것, 즉 단순성, 통일성, 선율적 다듬기, 노래가 가능하도록 음량 및 음역(Ambitus)이-기악작품과 달리-소폭으로 제한되어야 하는 것, 짧은 모티브, 악절성(Periodik), 각 절의 상응, 유절적 구성 등은 본질적으로 언어와의 유사성에서 이해되어 질 수 있는 것이다. 시를 지을 때 시어의 결합은 시어의 음악성을 결정짓기 때문에 작곡가는 시의 내용 뿐 아니라 시인의 시어선택을 통해 시에서 의도한 음악성을 파악하여 선율을 붙일 때 시와 선율의 자연스러운 결합을 이룰 수 있다.

또한 음악에서 음악적인 효과를 위해 선율을 반복 하고자 할 때 호조음 같이 동일한 선율에서 비슷한 성질을 지닌 모음과 자음을 배열하면 언어의 이 특질을 살린 선율의 결합을 의도할 수 있다.[33] <고향>, <향수>, <압천>, <산엣 색시 들녘 사내>, <다른 하늘>, <또 하나의 다른 태양>, <바다>, <풍랑몽> 등 8곡이 정지용의 시1937년 <바다>, <말>, <산 너머 저쪽>을 발표한다. 다름 아닌 정지용시집

---

31) 김미영(1996), 「가곡(Lied)에서 예술가곡(Kunstlied)으로」, 『낭만음악』 33, 낭만음악사, 125-144쪽.
32) 김학용 · 권호종, 앞의 논문, 373~402쪽.
33) 조현정, 앞의 논문, 58쪽.

에 실린 시 였다. 정지용시의 이같은 특징은 앞으로 전개할 예술가곡의 음운학적 접근과 정지용 詩脈을 이어간 박목월 서정시의 예술 가곡화 연구의 중요한 근거가 된다.[34]

---

34) 신진은 그의 논문 「소위 전통 서정시의 정체와 기반양식」이란 신진(石堂論叢, Vol.53 No., 2012)논문에서 정지용이 산수화풍 순수시는 청록파를 비롯한 많은 후배들과 제자들을 낳게 된다. 박목월은 지용의 산수화풍을 민요조로 노래했다. 그의 나그네 는 간결한 언어로 자연과 인간의 동화한 모습에 집중 한다. 민요조 3음보에 일정한 변화를 주면서 언어를 절제하고 리듬을 단순화했다고 했다. 피상적이긴 하지만 박 목월의 시세계를 정지용과의 문학적 사승관계에서 거론한 것이다.

4. 박목월 서정시의 모태공간으로서 동요의 세계

4.1 <문장>지 데뷔 이전 박목월의 동요

4.1.1 <어린이>지를 통한 박목월의 동요 데뷔

주지하다 시피 박목월은 1939년 정지용의 추천으로 ≪문장≫지 9월 호에 <길처럼>, <그것이 연륜이다>」가 1회 추천, 12월호에 「산그늘」 이 2회 추천 되었고 1940년 ≪문장≫지 9월호에 <가을어스름>과 <연륜>이 3회 추천 완료됨으로써 문단에 정식 데뷔 한다. 그러나 그 이전 박목월은 이미 박영종이란 이름으로 1933년 ≪어린이≫에 <통 딱딱 통짝짝>을, 그리고 ≪신가정≫에 <제비맞이>를 발표하였으며, <꽃가마>, <이상한 산골>등의 동시를 1935년 ≪중앙일보≫ 지상에 발표하고 있다.[1)]

박목월 문학의 출발은 아동문학 동요로부터 시작된다. 오늘날에는 아동문학의 운문 갈래는 동요와 동시로 구분하며 운문을 대표하는 장

---

1) 윤석중은 1933년, 방정환의 뒤를 이어 어린이 주간으로 취임한다.

르 명칭은 동시이고, 동요는 음악영역에 속하는 것으로 어린이들을 위한 노래의 가사로 장르를 구분하지만 일제강점기 아동문학의 운문을 대표하는 장르 명칭은 동요였다.[2]

박목월이 자신의 작품을 투고한 <어린이>지는 방정환이 중심이 되어 창간한 아동잡지로 1923년 3월 개벽사에서 처음 발행하였는데, 창간 당시 격주간이었다가 월간으로 바뀌었다.[3]

창간 당시에는 타블로이드판 12면의 신문형식이었으나, 제8호부터는 A5판 또는 B6판의 책자형식으로 바뀌었으며 일반기사는 국한문혼용 또는 한자를 괄호 처리하였으며, 문예물은 한글전용으로 평균 70면 정도였다.

방정환은 1921년 5월 1일 김기전金起田 · 이정호李定浩 등과 '천도교 소년회'를 조직해 "씩씩하고 참된 소년이 됩시다. 늘 사랑하며 도와갑시다"라는 표어 아래 본격적인 소년운동을 전개했다. 1922년에는 천도교소년회 중심으로 5월 1일을 '어린이날'로 선포하고, 개벽사에서 세계

---

2) 원종찬(2011), 「일제강점기의 동요, 동시론 연구」, 『한국아동문학연구』 20권, 한국 아동문학학회, 69~100쪽. 아동문학 장르로서의 동요는 두 가지 면에서 제한적이 다. 이는 아동문학에 대한 정의와 범주에서 비롯된다. 근대에 들어와 개념이 확립된 아동문학은 일차적으로 '어린이를 위해 전문작가 곧 어른이 창작한 문예물'을 가리 킨다. 여기에 따르면 악보로 표현된 동요는 음악 영역에 속하는 것으로서 아동문 학의 범주에서 제외될 것이다. 다음에 글로 표현된 동요도 어린이가 쓴 것은 따로 구 분해서 아동문학의 범주 바깥에 놓아야 하는데, 이 문제는 그리 간단치 않다. 주지하 다시피 일제강점기의 동요는 미성년 어린이가 쓴 것들이 부지기수인데 이중 명편 으로 알려진 것들도 상당하다. 결론부터 말한다면 이 문제는 한국아동문학사의 특 수성으로 설명되며, 이와 관련하여 특히 소년운동의 몫이 강조되어야 한다. 동화가 어린이에게 들려주는 이야기라면 동요는 어린이 부르는 노래라는 것, 곧 어린이 는 동화의 수용자였으나 동요에서는 가창자였다는 점도 어린이를 동요 창작의 주체 로 여기게끔 하는 요인이 되었다.

3) 1923년 4월 23일까지 격주로 발행되었고 1923년 9월부터 월간 발행되었다. 34년 7 월 통권 122호로 정간되었다가 48년 5월 복간되었으나, 49년 12월 통권 137호로 폐 간되었다.

명작동화집 <사랑의 선물>을 펴냈으며 1923년 3월 20일 순수 아동잡지 <어린이>를 창간했고, 그해 5월 1일 도쿄에서 손진태孫晉泰 · 윤극영尹克榮 · 진장섭秦長燮 · 고한승高漢承 등과 아동문화운동단체 '색동회'를 조직했다.

<방정환이 제정한 '어린이 날'을 보도한 동아일보(1923년 5월1일)>

1922년(24살) 기미독립운동의 주동자로 몰려 옥고를 치르던 그의 후견인 의암 손병희 선생이 3월에 보석으로 풀려났으나 5월 62세의 일기로 세상을 떠났고, '천도교소년 창립1주년'을 맞이하여 "10년 후 조선을 어린이에게 투자하라." 원문은 "10년 후 조선을 려(廬)하라"는 내용을 가두에서 전단을 뿌리고 선전하며 5월1일 어린이날의 취지를 담은 행사를 치른다. 이날 행사는 당시 동아일보는 "오늘은 어린이날, 어린이를 위한 처음 축복, 오후3시 전국에서 선전"이라는 제하로 대서특필 한다.

<최초의 어린이날 기념 포스터>

"우리는 참되고 씩씩하게 자라는 가운데 인정 많은 소년이 됩시다"라는 표어를 내걸고 자동차와 창가대를 동원, 대대적인 행사를 거행함으로써 우리나라 '어린이의 날'의 효시가 되었다.

그리고 1923년 3월 1일. 그의 어린이계몽운동과 아동문학의 잡지 월간 <어린이>가 창간되었으니 바로 색동회 창립 직전의 일이다. 이어서 그는 1923년 5월 1일 <어린이날 선언문>을 발표한다.4)

▶어른들에게

– 어린이를 내려다보지 마시고 치어다 보아 주시오.
– 어린이를 가까이 하시어 자주 이야기하여 주시오.
– 어린이에게 경어를 쓰시되 늘 보드랍게 하여 주시오.
– 이발이나 목욕, 의복 같은 것을 때맞춰 하도록 하여 주시오.
– 잠자는 것과 운동하는 것을 충분히 하게 하여 주시오.
– 산보와 원족 같은 것을 가끔가끔 시켜 주시오.

---

4) ▶소년운동의 기초 조건
– 어린이를 재래의 윤리적 압박으로부터 해방하여 그들에게 대한 완전한 인격적 예우를 허하게 하라.
– 어린이를 재래의 경제적 압박으로부터 해방하여 만 14세 이하의 그들에 대한 무상 또는 유상의 노동을 폐하게 하다.
– 어린이 그들이 고요히 배우고 즐거이 놀기에 족한 각양의 가정 또는 사회적 시절을 행하게 하라.

– 어린이를 책망하실 때는 쉽게 성만 내지 마시고 자세자세 타일러 주시오.
– 어린이들이 서로 모여 즐겁게 놀만한 놀이터와 기계 같은 것을 지어 주시오.
– 대우주의 뇌신경의 말초(末梢)는 늙은이에게 있지 아니하고 젊은 이에게 있지 아니하고 오직 어린이들에게만 있는 것을 늘 생각하여 주시오.

▶어린 동무들에게

– 돋는 해와 지는 해를 반드시 보기로 합시다.
– 어른들에게는 물론이고 당신들끼리도 서로 존대하기로 합시다.
– 뒷간이나 담벽에 글씨를 쓰거나 그림 같은 것을 버리지 말기로 합시다.
– 꽃이나 풀을 꺾지 말고 동물을 사랑하기로 합시다.
– 전차나 기차에서는 어른들에게 자리를 사양하기로 합시다.
– 입을 꼭 다물고 몸을 바르게 가지기로 합시다.

방정환 어린이날 선언문

우리들의 희망은 오직 한 가지 어린이를 잘 키우는 데 있을 뿐입니다. 다 같이 내일을 살리기 위하여 이 몇 가지를 실행합시다. 어린이는 어른보다 더 새로운 사람입니다. 내 아들놈 내 딸년 하고 자기의 물건같이 여기지 말고 자기보다 한결 더 새로운 시대의 새 인물인 것을 알아야 합니다. 자기 마음대로 굴리려 하지 말고 반드시 어린 사람의 뜻을 존중하도록 하여야 합니다. 어린이를 어른보다 더 높게 대접하십시오. 어른은 뿌리라 하면 어린이는 싹입니다. 뿌리가 근본이라고 위에 올라 앉아 싹을 나려 누르면 그 나무는 죽어버립니다. 뿌리가 원칙상 그 싹을 위해야 그 나무(그 집 운수)는 뻗쳐 나갈 것입니다.
첫째, 어린이는 어른보다 더 새로운 사람입니다.

둘째, 어린이를 어른보다 더 높게 대접하십시오.

셋째, 어린이를 결코 억박지르지 마십시오.

넷째, 어린이의 생활을 항상 즐겁게 해주십시오.

다섯째, 어린이는 항상 칭찬해가며 기르십시오.

여섯째, 어린이의 몸을 자주 주의하여 살펴 주십시오.

일곱째, 어린이에게 잡지를 자주 읽히십시오.5)

<어린이> 지는 바로 방정환의 생각이 응축되어진 잡지였다. 그러나 방정환은 1931(33세)에 신장염, 고혈압 악화로 경성제국대학부속병원(현 서울대학교 의과대학 부속병원)에 7월 23일 부인과 색동회 조재호 동인, 박진시, 주치의 이또오 박사, 장남 방운용씨가 입회한 가운데 오후 6시45분에 영민한다. 마지막으로 친구들에게 '어린이를 두고 가니 잘 부탁하오'라는 유언을 남기고 33년의 짧은 삶을 마감하다. <어린이>지 주간을 색동회 이정호 동인이 맡게 되고 1933년 윤석중이 선생의 뒤를 이어 <어린이>를 주관하게 된다.

1932년 봄에 방 소파가 남기고 간 ≪어린이≫잡지를 개벽사에 들어가서 내 손으로 꾸며내게 되었을 때, 영종이 보내온 <통•딱딱•통•짝짝>이라는 동요를 잡지 첫머리에 4호 활자로 짜서 두면에 벌려 대문짝만하게 내주면서 편지로 사귀게 되었다…… 뜻하지 않은 후대를 받은 영종은 동요창작에 몰두하였고 짓는 족족 나에게 부쳐 왔으며 연달아 잡지에 내게 되었다.6)

통•딱딱

통•딱딱

5) 소파 방정환, 어린이날의 약속(1923년 5월 4일, 색동회 어린이날 행사 중)

6) 홍희표(2002), 『목월시의 형상과 영향』, 새미, 26쪽. 재인용

기둥시게에 쥐가 그네를 뛴다.
기둥시게가 쌩 한씨!

놀래서 쥐가 다라난다.
통•짝짝
통•짝짝

— 「통•딱딱•통•짝짝」

나의 첫솜씨로 꾸며져 나온 ≪어린이≫의 독자 투고에서 동요 '통딱
딱•통짝짝'을 특선으로 뽑아 잡지 첫머리에 4호 활자로 2쪽에 벌려
실었으니, 독자들도 눈이 휘둥그래졌으려니와 투고한 경상도 건촌
사는 무명의 '영동(影童)' 또한 얼마나 놀랐겠는가 영동은 본명이 박
영종(朴泳鍾)이었고 그[7]는 바로 시인 박목월로 17세 때 일이었다.[8]

1933년 박목월의 동요는 이 잡지에 작품을 투고한다. 그 작품이 박
목월의 모든 연보의 앞머리에 실리는 <통•딱딱•통•짝짝>이다.」
윤석중이 편집을 맡은 ≪어린이≫는 11권 6호(109호, 1933.6)부터

---

7) 장정희(2015), <발굴 ≪어린이≫誌와 정지용•박목월의 동시>, ≪근대서지학회≫
12, 531쪽. 동시의 제목도 '통딱딱 통짝짝', '통딱딱 통딱딱' 등으로 잘못 알려져 왔음
이 밝혀졌다. 이 동시의 정확한 제목은 <통•딱딱•통•짝짝>이다. 박목월의 <통•
딱딱•통•짝짝>이라는 작품은 목월의 첫 동요(동시)라는 사실만 알려졌을 뿐 작품
의 실체는 공개된 적이 없다. 목월 동시집에서조차 한 번도 수록되지 않았던 것이다.
그 동안 '1933년 발표설'로 알려진 것과 다르다. <통•딱딱•통•짝짝>의 정확한 발
표 시기는 1934년 6월이다. <통•딱딱•통•짝짝>과 함께 <이슬비>라는 동요도 한
편 더 어울려 실렸다 ≪신가정≫에 당선된 <제비마중>도 실은 1933년이 아닌
'1934년 6월'에 발표된 동시이다.서 박목월의 <통•딱딱•통•짝짝>이라는 작품은
목월의 첫 동요(동시)라는 사실만 알려졌을 뿐 작품의 실체는 공개된 적이 없다. 목
월 동시집에서조차 한 번도 수록되지 않았던 것이다
8) 윤석중, 『어린이와 한평생』, 범양사, 1985, 150쪽. 박목월이 '창동(彰童) 라는 익명을
사용했을지의 여부는 확정할 수 없지만, 윤석중의 회고에 의하면 박목월이 쓴 필명
가운데 '영동(影童)'이라는 것이 있다.

12권 6호(121호, 1934.6)까지, 약 1년간 총 13개호이다. 이 글에서 윤석중은 목월의 작품을 '특선'으로 뽑아 싣던 때를 회상하며 "나의 첫 솜씨"라고 표현한다. 9). 윤석중이 <통•딱딱•통•짝짝>을 '특선'으로 꾸민 것은 ≪어린이≫ 121호, 그의 손으로 편집된 마지막 호였다.10) 이후 박목월 윤석중의 배려로 서울에서 발간되는 아동문학잡지에 작품을 발표한다. 이 작품들을 일별해 보자 .

우리집에 도적이 살지오

찍
찍
찍찍 도적이 살지오.

우리집 도적쥐는 우리집에
꽃씨만 물어오나보오
나도 나도 안심은 꽃이 피였다.

―「도적쥐」전문,『아이생활』, 1936. 4

---

9) 장정희, 앞의 논문 같은 곳 이 글에서 윤석중은 "경상도 건촌 사는 무명의 '영동(影童)'이라고 박목월을 소개하고 있다. '창동'이라는 낯선 필명에 대한 의문은 윤석중이 글에 남긴 "영동(影童)"이라는 표현에서 그 실마리를 잡을 수 있을 듯하다. 즉 창동의 '彰'은 영동의 '影'이 잘못 식자된 것으로 파악된다.

10) 장정희, 앞의 논문 같은 곳. 동시의 제목도 '통딱딱 통짝짝', '통딱딱 통딱따' 등으로 잘못 알려져 왔음이 밝혀졌다. 이 동시의 정확한 제목은 <통•딱딱•통•짝짝>이다.박목월의 <통•딱딱•통•짝짝>이라는 작품은 목월의 첫 동요(동시)라는 사실만 알려졌을 뿐 작품의 실체는 공개된 적이 없다. 목월 동시집에서조차 한 번도 수록되지 않았던 것이다. 그동안 '1933년 발표설'로 알려진 것과 다르다. <통•딱딱•통•짝짝>의 정확한 발표 시기는 1934년 6월이다. <통•딱딱•통•짝짝>과 함께 <이슬비>라는 동요도 한 편 더 어울려 실렸다 ≪신가정≫에 당선된 <제비마중>도 실은 1933년이 아닌 '1934년 6월'에 발표된 동시이다. 서 박목월의 <통•딱딱•통•짝짝>이라는 작품은 목월의 첫 동요(동시)라는 사실만 알려졌을 뿐 작품의 실체는 공개된 적이 없다. 목월 동시집에서조차 한 번도 수록되지 않았던 것이다

토기 통강 통강
불이야—
불이야—
사슴은
물 안독
여우는
물총 한게
다람쥐는
물 한사발
불은 무슨불
토끼눈
제눈이 쌜개서
토기집에 불낫다.

—「토끼집의 불」 전문, 『동화』, 1936. 5.

가얌 가얌 가얌 숲에
가얌 가얌 가얌나무
가얌 가얌 가얌이
바람이 쏴아 똑 또굴
가얌 숲에 가는 길은
오름 조름 토끼길

—「가얌」 부분, 『가톨릭소년』, 1936. 11.

시게 시게 시게
해바라기
허리 굽실 여덜시
아침 먹자
쫑긋 섯다 열두시
점심먹자

—「꽃시게」 부분, 『가톨릭소년』, 1936. 9.

통•딱딱
통•딱딱

쉬.
쉬.
아기도령 자는 틈에
도령까까 훔쳐가자
쉬.
쉬.

짱! 한시
기둥시계가 「네이놈」했다.

집보는 시계가
「네이놈」했다.

달강 상금
달강 상금
어럽쇼 어럽쇼
쥐서방네 힝 다라 났다.
　　　　　　　　— 「집 보는 시계」, 『소년』1권 7호, 1937. 10.[11]

<표 3> 문장지 데뷔 이전 박영종 발표 동시 일람

	박영종동시집(1946) 수록 출처 표시		비 고
㉠	토끼길	1937년 8월, 少年	소년 창간호, 1937. 4.
㉡	흥부와 제비	1939년 3월, 少年	소년 3권 4호,1939. 4. (원제:흥부 오막집)
㉢	이상한 산골	1935년, 10월, 中央日報	조선중앙일보, 1935. 11. 3.

11) 장정희, 앞의 논문 같은 곳.

㉣	감둥 송아지	1938년, 아이생활	아이생활156호,1939.5. (원제:깜둥송아지)
㉤	달	1937년 11월, 아이생활	아이생활140호,1937.10. (원제:달님)
㉥	제비맞이	1933년, 6월, 新家庭	신가정,1934.6 (원제:제비마중)
㉦	소롱소롱 이슬이	1935년, 9월, 아이생활	아이생활 173호, 1941. 1.
㉧	조고리	1939년, 8월, 少年	소년3권8호,1939.8. (원제:조고리—엄마가아기조 고리기우면서아기재운다—)
㉨	잘 자는 우리 아기	1939년, 8월, 아이생활	아이생활 170호, 1940. 10.

4.2 <어린이>지 윤석중을 매개로 한 박목월과 정지용의 조우

<윤석중 동요 첫 발표 노래 잔치 모임에서(1933년, 평양 백선행 기념관)>

<1944년의 윤석중>   <방정환>

한국아동문학사에서 윤석중이 차지하는 위상은 공고하다. 그는 13세의 나이로 <신소년>에 동요 <봄>이 입산되고, 1925년 <동아일보> 신춘문예에 동화극 <올빼미의 눈>이 선외 가작으로 뽑힌 다음, 같은 해 <어린이>에 동요 <오뚝이>가 입선되어 데뷔한다.

윤석중과 방정환 방정환이 창간한 <어린이>지와의 인연은 1925년 11월부터였다. 그는 <어린이>지 부록이었던 <어린이 세상>을 맡아 꾸리게 되는데 그 인연으로 개벽사에서 소파 방정환 선생과 함께 일하게 된다. 1931년에 방정환 선생이 타계하자 방정환이 맡았던 잡지 <어린이>의 주간이 된다.[12] <어린이>지의 편집을 맡아 본다.

윤석중이 편집을 맡은 ≪어린이≫는 11권 6호(109호, 1933.6)부터 12권 6호(121호, 1934.6)까지, 약 1년간 총 13개호로서. 34년 7월 통권 122호로 정간 될 때까지 방정환의 유업을 이어간다. 비록 짧은 기간이지만 윤석중이 <어린이>지의 책임을 맡은 기간 그는 색동회중심의 필진에서 새로운 필자를 찾아내려 노력 했는데 그 중심에 문단의 중추였던 정지용을 필자로 참여 이끌어내는 괄목할 만한 성과를 이룬다.

정지용은 1926년 잡지『학조』에 시「까페프란스」를 발표하면서 본격적인 시작 활동을 시작했다. 그는 1920년대의 감상주의적 시풍을 철저히 배격[13]하고, 시적 대상에 대한 감각적 경험을 참신하고 절제된 언

---

12) 노경수, 윤석중 연보
  http://navercast.naver.com/contents.nhn?rid=128&contents_id=5464&category_typ
  e=series
13) "30년대 한국시에 형성된 '서구적' 잔상을 더듬을 때 우리는 먼저 시방법에 있어서 감정의 지적 태도로 감상을 배제한 정지용과 만난다. 정지용의 시방법은 발상이나 기교가 위즈워드가 생각한 바와 같은 감정의 무절제한 流露(유로)나 靈感(영감)의 소산인 자연발생적인 것은 아니다. 20년대의 시의 지나친 감정의 용솟음에 대한 지양이며, 그에 대한 철저한 統御(통어-통제)이다."
  "지용 시에 이르러 지적 성장에 따라 종래의 感傷的(감상적) 낭만시에게서 訣別(멸별)을 고하여 비정할만큼 차가운 객관주의에 의한 사고와 감각의 균형을 유지하기에 이르렀다. 박철희, 「嶄新한 東洋人」, 『한국시사연구』, 1980, 205, 211쪽 안으로 열하고 겉으로 서늘옵기란 일종의 생리를 壓伏(압복)시키는 노릇이기에 심히 어렵다.
  그러나 詩의 威儀(위의)는 겉으로 서늘옵기를 바라서 마지 않는다." 정지용은 시론「시의 위의」에서 '서늘오움'의 시학을 주장하고 있다. 그는 "시가 우선하야 울어버리면 독자는 천천히 눈물을 咀嚼(저작)할 여유를 갖지 못할지니 남을 울려야 할 경

어로 표현하였으며 대상에 대한 정확한 묘사와 신선하고 감각적인 시어의 사용으로 현대시의 표현영역을 새롭게 열어주었다는 평가를 받고 있다. "언어의 예술성에 대한 자각과 청신한 감각의 결실"[14]을 보여주는 그의 초기 작품들은 한국시사에서 현대시를 여는 모더니즘의 효시가 되고 있다. 그는 명실상부한 30년대를 대표하는 한국시사의 거목이었다.

또한 정지용은 1927년 9월 1일 결성한 '조선동요연구협회' 회원으로 1920년~1930년대 우리나라 동요 보급과 연구에 선구적 역할을 한 인물이기도하다.[15]정지용은 그 당시에도 이미 동요동시 작가로 널리 일반적인 인정을 받고 있었다.

<홍시>, <삼월 삼짇날>, <할아버지> 등 23편을 실었다. 이 가운데 9편은 ≪어린이≫에 발표된 것이다. 정지용의 동시는 1933년 6월부터 11월까지, 윤석중이 편집을 담당하던 시기에 발표되었다.[16]

① <산에서 온 새>(4권 10호, 1926. 11, 1쪽)
　발굴 ≪어린이≫
② <해바락이씨>(5권 5호, 1927. 6, 16~17쪽)

우에 자기가 먼저 大哭(대곡)하야 失策 (실책)을 爆發(폭발)시키는 것"을 경계해야 한다고 말한다. 남을 슬프게 하기 위해서는 "자기의 感激(감격)을 먼저 신중히 배제"시켜야 한다는 것이다. 즉 시에서 감정의 분출을 배제하는 것이 '시의 위의'가 된다. 그의 시에서 감격과 같은 감정적인 속성들은 시의 본질이 아닌 시적 동인으로 작동한다. 정지용, 「시의위의」, 『文章(문장)』 11월호, 1939.

14) 유성호, 「언어의 예술성에 대한 자각과 청신한 감각의 결실들」, 『한국대표시집50권』, 문학세계사, 2013, 58쪽.

15) 이 협회는 '① 我等은 조선소년운동문화전신의 동요 부분에 立함 ② 我等은 동요의 연구와 실현을 期하고 그 보급을 圖함'이라는 3대 강령을 내세우고 창립되었는데, 이 협회의 의육적 활동은 이듬해 ≪조선동요선집(1928)≫으로 이어졌다. 창립 당시 한정동, 윤재항, 정지용, 윤극영, 고장환 등이 발기인으로 참여했다.

16) 장정희, 앞의 논문, 같은 곳.

③ <말>(11권 6호, 1933. 6, 8쪽)

④ <딸레(人形)>(11권 6호, 19+33. 6, 9쪽)

⑤ <띠>(11권 8호, 1933. 8, 11쪽)

⑥ <저녁놀>(11권 8호, 1933. 8, 11쪽)

⑦ <산넘어 저쪽>(11권 9호, 1933. 9, 10~11쪽)

⑧ <홍시>(제 11권 제 10호, 1933. 10, 15쪽)

⑨ <옵바가시고>(11권 11호, 1933. 11, 8쪽)

정지용은 생전에 동시집을 낸 적이 없다. 그가 펴낸 책 중에서 시집
은『정지용 시집』과『백록담』두 권뿐이다. 그런데 그가 펴낸 시집에
동시를 합철한 배경 무엇일까 이는 지용이 동시에 대한 각별한 애정과
관심을 내보인 것이라고 할 수 있다.정지용의 초기 시를 집약한 정지용
시집은 1935년 시문학사詩文學社에서 간행하였고, 1946년에 건설출판
사建設出版社에서 재판하였다.[17] ≪정지용시집≫은 1935년 시문학사에
서 간행되었다. 이 시집은 모두 5부로 나누어져 있으며 총 87편의 시와
2편의 산문을 수록했다. 이 가운데 정지용은 3부를 자신의 동요(동시)
작품을 수록하는 데 할애했다.

『정지용 시집』은 출간되자마자 사람들의 열광적인 환영을 받고 문
학청년들의 필독서가 되었다. 한국에서 발표된 정지용 작품에 대해 김
기림金起林은 "실로 우리 시 속에 현대의 호흡과 맥박을 불어넣은 최초

---

17) 이는 정지용의 첫 시집으로 모두 5부로 나누어져 있으며, 총 87편의 시와 2편의 산
문이 수록되어 있다. 시집의 맨 뒤에 박용철(朴龍喆)의 발문이 붙어 있다.
1부에는 「바다 1」·「바다 2」·「유리창 1」·「유리창 2」·「홍역(紅疫)」 등 16편,
2부에는 「향수(鄉愁)」·「카페 프란스」·「말 1」·「말 2」 및 '바다'를 제목으로 하
는 작품 5편을 포함하여 39편, 3부에는 「홍시」·「삼월(三月) 삼질날」·「병(瓶)」·
「할아버지」 등 23편, 4부에는 「갈릴레아 바다」·「또 하나 다른 태양」 등 9편, 5부
에는 산문 2편이 실려 있으며 23편의 동시가 합철되어 있다.

의 시인"(「1933년 시단의 회고」)이라는 평가를 했으며, 양주동은 "현시단의 작품으로서 불어나 영어로 번역하여 저들의 초현실적 예술경향, 그 귀족적 수준에 병가並駕하려면 이 시인을 제외하고는 달리 없을 듯하다"(「1933년도 시단연평」)고 말했다. 1935년 10월에는 『정지용시집』이 간행되었다. 김환태는 "그의 명성은 이미 정해졌다. 아무도 그의 천재를 감히 의심하고 부정하는 사람이 없다."(「정지용론」)고 말하고 있다.

『어린이』 (1927. 6)	『신소년』 (1927. 6)	『조선동요집』 (1928)	『아이생활』 (1939. 5)	『정지용시집』 (1935)
해바락이는 첫색시인데	해바락이는 첫시약씨인데	해바락이는 첫시약씨인데	해바라기는 첫시악씨인데	해바라기는 첫시시인데
소리를캑! 지르 고간 놈이사 철나무닙헤 숨은 오오청개고리 그놈 이다	소리를객! 지르 고간 놈이 오오사철나무 니페 숨은 청 개 구 리 고 놈 이다	소리를캑! 지르 고간 놈이 오오사철나무 니페 숨은 청개고리고 놈이다	소리를객! 지르 고간 놈이 오오사철나무 잎에 숨은 청개고리고 놈이다	소리를객! 지르 고간 **놈이** **오오**, 사철나무 잎에 숨은 청개고리고 **놈이다**

년도	제목	발표지	재발표지	시집수록면수	기타 참고사항
1 9 2 6 년	동요(별똥)	≪학조≫ 창간호(6월)	≪학생≫2권 9호(1930.10)	『정지용시집』 p.112	재발표지 제목 <별똥>
	서쪽하늘	〃		『정지용시집』 p.96	시집수록시 제목 <지는해>
	띠	〃		『정지용시집』 p.97	
	감나무	〃		『정지용시집』 p.100	시집수록시 제목 <홍시>
	한울 혼자보고	〃		『정지용시집』 p.106~107	시집수록시 제목 <병>

	달래와 (人形)와 아주머니	《문예월간》11월호		『정지용시집』 p.102~103	시집수록시 제목 <三月 삼질날>과 <딸레>로 개작
	산엣색시 들녀사내	《어린이》4권 10호(11월)		『정지용시집』 p.117~119	
	산에서 온 새		《신소년》(1927.6)	『정지용시집』 p.110	
1927년	내 맘에 맞는이	《조선지광》2월호		『정지용시집』 p.120~121	'민요시편'으로 묶음
	무어래요	〃		『정지용시집』 p.122	〃
	숨기내기	〃		『정지용시집』 p.123	〃
	비들기	〃		『정지용시집』 p.124	
	할아버지	《신소년》5월호	《문예월간》(1932.1.2권1호)	『정지용시집』 p.108	《문예월간》 '소녀시 2편'이라 되어있음 시집수록시 <말①>
	산 넘어 저쪽	〃		『정지용시집』 p.98~99	
	해바라기	《신소년》6월호		『정지용시집』 p.94~95	
	말	《조선지광》9월호		『정지용시집』 p.79~81	
1932년	옵바가시고	《문예월간》2권 2호 (1932.1)		『정지용시집』 p.101	시집수록시 <무서운 時計>로 개제
	기차	《동방평론》4호(1932.7)		『정지용시집』 p.113~114	
1935년	산소			『정지용시집』 p.104	
	종달새			『정지용시집』 p.105	
	바람			『정지용시집』 p.111	
미수록	넷니약이 구절				

4.3 정지용 동시에 대한 문학사적 평가

정지용이 동시에 대해 김환태는 '가장 완전히 동심을 파악한 동요 동시 작가'라고 평했지만 정지용 동시는 1922년을 전후한 습작기의 소산으로 여기고 가볍게 처리해온 것이 일반적인 경향이었다. 박용철이 시집의 발문에서 '많은 눈물을 가벼이 진실로 가벼이 휘파람 불며 비누방울 날리든 때'의 부산물이라고 언급했고, 오탁번은 '민속적 정서에 바탕을 둔 가벼운 소품들' 정도로 취급하기도 했다. 정지용 동시는 대부분의 동시는 일본유학 시절을 전후한 시기에 쓴 것으로 알려져 있다.

정지용의 동시에서 드러나는 특징 중 하나는 시어의 반복이다. 반복의 의도란 몇 가지의 과정을 통해 시적 효과를 잉태하게 되는데. 이때의 과정과 효과란 첫째, 반복을 통한 강조의 효과, 둘째, 반복의 중첩을 통한 반복 상황 자체의 강조 효과, 셋째, 후렴적 요소로써 음악성의 노출 효과 등이다.

그리고 이들 각각의 과정과 효과는 부분적으로 행 내의 구조를, 전체적으로는 연과 연 사이의 관계를 통한 전언의 구조를 형성하는데 기여한다.[18] 천진난만한 동심과 함께 세시 풍물의 모습이 더 선명하게 드러나 있다. 중과 애기의 모습을 비교한 것이 우선 흥미롭다. 머리 깎은 천진한 모습을 다시 "때때중/까까머리"의 대조로서 놀리듯이 표현한 것은 신선하기까지 하다. 거기에 "삼월삼질날/ 질나라비/ 제비새끼"를 결합하여 세시 풍정을 생동감을 불어넣으며, 다시 '쑥/ 개피떡"과 같은 계절 감각을 덧붙임으로써 생활적인 느낌을 던져주는 것이다. 특히 "중, 중/ 훨, 훨/ 호, 호/ 냠, 냠"등과 같은 의성 · 의태어가 반복됨으로써 신선감과 운율미를 불러일으키는 것은 특기할 만하다 할 것이다.[19] 전체 연에서 나타나는 반복어와 의성 · 의태어의 사용은 동시 전체에 리듬감

---

18) 이승복(1994),「지용 운율체계 연구」, 홍익대학교 박사학위논문, 117쪽.
19) 김재홍, 앞의 논문, 324쪽.

을 가져오며 또한 장면을 연상하도록 하는 작용을 한다.

정지용은 자신의 한 산문에서 그가 시를 쓰는 이유를 "최소한도의 조선인을 유지하기 위해서였다."[20]고 말하고 있다 식민지의 정치적·사회적 현실에 적응하지 않을 수 없는 환경에서 모국어에 관심을 갖고 사투리, 고유어, 향토어 등을 사용하여 전통적 가치관을 의도적으로 표출하려고 노력한 행위는 비록 민족 의식을 직접적으로 드러내지는 못한다 하더라도 간접적으로나마 드러내고 있으며, 그 의미를 잘 모르는 잘 모르는 독자에게까지 리듬과 감각만으로도 자연스레 받아들이고 경탄하게 할 정도의 수준이다.[21]

중, 중, 때때 중,
우리 애기 까까 머리.

삼월 삼질 날,
질나라비, 훨, 훨,
제비 새끼, 훨, 훨,

쑥 뜯어다가
개패 떡 만들어.
호,호, 잠들여 놓고
냥,냥, 잘도 먹었다.

중,중, 때때 중,

　　　　　　　　　　　　　　　　　－ <三月 삼질날> 전문

---

20) 정지용, 『散文』, 동지사, 1949, 30쪽.
21) 정의홍, <정지용 시의 연구>, 동국대 박사학위논문, 1992, 75~79쪽.

'중,중, 때때 중'이라는 어구를 반복하여, 3월 삼질날에 어린아이들이 일제히 머리를 깎은 모습을 '때때 중'으로 놀리던 어린 시절의 천진한 추억을 노래하고 있다. '훨, 훨,' '호,호', '냥,냥,' 이라는 음성 상징을 사용하여 리듬 효과를 살리고 있다.

> 당신은 내맘에 꼭 맞는이.
> 잘난 남보다 조그만치만
> 어리둥절 어리석은척
> 옛사람 처럼 사람좋게 웃어 좀 보시오.
> 이리좀 돌고 저리좀 돌아 보시오.
> 코 쥐고 뺑뺑이 치다 절 한번 만 합쇼.

　'호. 호. 호. 호.'라는 음성 상징을 사용함으로써 여성인 화자는 '내맘에 꼭 맞는이.'에 대한 화자의 감정과 그의 모습을 드러내고 있다. 음성 상징의 사용과 '이' '요'의 압운에 의해서 리듬 효과를 나타내고 있다. 리듬 효과를 가져오는 요소들은 하나의 시에서 단독으로 작용하는 경우보다는 대개 여러 요소가 복합적으로 작용함으로써 시의 음악적 효과를 전체적으로 잘 살리고 있다. 지용의 동시는 비록 소극적이지만 대체로 우리나라 전통적 서정의 양식을 수호하고 있다. 작품을 통하여 전통적인 가치관을 표출하고자 한 사실은 민족의 억압에 대한 간접적인 방어기제에 속한다. 짙은 토속적 이미지로 고향의 아름다움을 구축함으로써 한국의 전통적인 숨결을 느끼게 한다.[22] 정지용의 동시 23편 전편에서 반복어구가 사용되었다. 단어나 문장 단위의 반복은 동시의 내용을 강조하면서 리듬감을 살리는 역할을 하고 있다. 정형률을 갖지 않

---

22) 정의홍, 앞의 논문, 75쪽.

는 11편의 동시에 반복어구가 사용됨으로써 내재율을 갖도록 하는 기능을 하고 있다.또한, 지용의 동시 중에서 의성·의태어의 음성 상징을 사용함으로써 동시의 감각적 이미지를 더욱 더 실감있게 드러내는 역할을 하고 있다. <바람>, <종달새>, <三月 삼질날>, <해바라기 씨>, <산앳색시 들녀사내>, <홍시>, <내 맘에 맞는 이> 등에 나타나고 있다. 이처럼 지용의 동시는 반복어구의 사용과 의성·의태어의 음성 상징을 사용함으로써 시에 리듬감을 갖도록 하며, 동심의 세계를 효과적으로 나타내고 있다.[23)]

정지용 동시는 전승 설화, 세시풍속, 민요 등을 주요 소재로 한다. 또한 우리 시의 전통적인 율격을 훌륭하게 계승하고 있다. 우리는 지용을 전통 지향적 시인이라고 부르지 않지만 그의 동시는 전통지향 정형적 동시라고 부를 수 있을 만큼 향토적 색채가 짙다. 또한 정지용으로 불리는 윤동주를 비롯 박목월과 조지훈 박남수 시인의 작품세계에 지대한 영향을 미친다. 이들은 모두 동시와 시를 병행한 시인들이다 .[24)] 그것은 박목월의 데뷔작인 <통•딱딱•통•짝짝>이 바로 윤석중이 편책임 하에 <어린이>지를 통해 발굴되었고 윤석중에 의해 정지용의 동시 6편 역시 동일한 지면에 실림으로써 지면을 통한 두 사람의 조우[25)]는 의심의 여지가 없다.

이렇듯 박목월은 '1930년대 중요 작가의 한 사람'[26)]으로 아동문학사

---

23) 한애숙(2004), 「정지용 동시 연구」, 한국교원대학교 교육대학원, 59쪽.
24) 전병호(2005), 「아동시인으로서의 정지용, 그리고 정지용이 쓴 동시」, 『월간 <동화읽는가족』 2월호.
   http://blog.aladin.co.kr/3279/817693
25) 유성호 박목월 문학과 문학장(場 한국근대문학회, 한국근대문학연구 32, 2015. pp.7~31월의 장점이자 아킬레스건이 바로 동요적 기질과 속성이었음을 정지용은 예감했을 것이다. 물론 정지용은 '동요시인 박영종'을 미리 알고 있었을 것이고, 그 점에서 그것의 탈피 내지는 다른 세계로의 이월을 새삼 강조하였을 것이다

적 위치를 군히게 된다. 혹자는 <문장>지 데뷔 이전 박목월의 동요창작이 요적수사를 경계하라는 지적으로 인해 그의 시가 가지는 약점으로 지적하기는 하지만 그것이 선자 정지용이 성인시와 아동문학을 변별하라는 권유였지 동요(동시)의 창작을 포기하라는 말이 아니었음은 정지용 자신이 그의 시집에 당당하게 시를 수록 합철함을 볼 때 확대 해석된 생각에 불과하다. 정지용의 권유는 후일 박목월의 아동문학관에 깊은 영향을 주어 동요보다는 동시를 쓰라는 생각의 전환을 드러낸다.

뿐만 아니라 아니라 박목월의 동요는 후일 <송아지>, <할미꽃> 등 특유의 음악성과 리듬감등 동심의 표현에 최적성이 작곡가들에 가사로 채택되어 초등학교 음악교과서에 수록됨으로써 오늘날까지 널리 애창되고 있다. 그렇게 창작된 박목월의 동요를 일별해 보면 다음과 같다.

---

26) 이재철은 박목월(박영종)을 "1930년대의 중요작가"로 기술하며, "시기적으로 윤석중이 시도한 요적 동시(정형동시)를 계승하여 한걸음 나아가 자유 동시를 형상화", "요적 · 비시적 아동문학을 외면하고 시적 동시를 개척, 그것을 개화"시켰다고 평가한 바 있다. 해방 이후 3인 공동시집으로 낸 『청록집』을 내던 1946년, 박목월은 해방 전 발표한 동요와 동시를 한데 갈음하여 『박영종 동시집』을 대구에서 먼저 내고, 윤석중이 주재하던 조선아동문화협회에서 같은 해 10월 『초록별』을 연이어 세상에 내놓는다. 이후 그의 활동은 『산새알 물새알』(1961) 출간, 아동 잡지 『아동』 · 『동화』 · 『어학생』 창간, 동시 이론서간행, 세계 동시 번역 등 다기한 양상으로 확장되어 나갔으며 시와 아동문학창작을 병행한다 . 박목월이 생전에 낸 동시 선집류는 『박영종동시집』(1946), 『초록별』(1946), 『산새알 물새알』(1961) 3종이다. 『박영종동시집』과 『초록별』은 해방 직후 출간되었다는 점에서 해방 전 동시의 결산이라는 비슷한 성격을 보인다. 전자는 박목월이 주재한 대구 '조선아동회'에서 발행한 것이고, 후자는 윤석중이 주재하던 서울 '조선아동문화협회'에서 엮어 낸 것이다. 1933년 윤석중이 <어린이>지에 편집 책임을 맡으며 특선으로 뽑아 <통딱딱 · 통짝짝> 이후 박목월은 이후 박목월은 윤석중과의 인연으로 동시를 발표하는데 그 발표 지면은 윤석중의 궤적과 함께 한다. 윤석중은 <어린이>가 폐간되자 조선중앙일보사로 자리를 옮겨 잡지 <소년중앙>을 창간하고 다시 개벽사에서 최영주와 함께 잡지 <중앙>을 맡게 된다. 1936년에는 조선일보사로 자리를 옮겨 어린이 잡지 <소년>을 맡는다. 윤석중은 그가 자리를 옮기는 곳마다 박목월에게 지면을 할애한다.

박목월 동요일람				
제목	작곡	내용		비고
얼룩 송아지	손대업	송아지 송아지 얼룩 송아지/엄마 소도 얼룩소/엄마 닮았네송아지 송아지 얼룩 송아지/두 귀가 얼룩 귀/귀가 닮았네		
흰 구름	외국곡	미루나무 꼭대기에/조각구름 걸려 있네/솔바람이 몰고 와서/살짝 걸쳐 놓고 갔어요 뭉게구름 흰구름은/마음씨가 좋은가 봐/솔바람이 부는 대로/어디든지 흘러 간대요		
할미꽃	윤극영	깊은 산의 할미꽃/꼬부라진 할미꽃/젊어서도 할미꽃/늙어서도 할미꽃 하하하하 우습다 /졸고 있는 할미꽃/아지랑이 속에서/무슨 꿈을 꾸실까 깊은 산의 할미꽃/꼬부라진 할미꽃/젊어서도 할미꽃/늙어서도 할미꽃		
노래는 즐겁다	윤용하	노래는 즐겁다 지저귀는 멧새처럼/비배쫑 비배쫑 비배쫑 배쫑배쫑 노래를 부르면 해도 달도 내 동무/노래는 즐겁다 속삭이는 냇물처럼/졸졸졸 졸졸졸 졸졸졸/노래를 부르면 산도들도 내 동무		
누구하고 노나	한용회	꾀꼴 꾀꼴 꾀꼬리 누구하고 노나/꾀꼴 꾀꼴 꾀꼬리 꾀꼬리하고 놀지개굴 개굴 개구리 누구하고 노나/개굴 개굴 개구리 개구리하고 놀지방글 방글 아기는 누구하고 노나/방글 방글 아기는 엄마하고 놀지		
이야기 길	이계석	동무 동무 씨동무/이야깃길로 가아자.옛날 옛날 옛적에/간날 간날 간적에/아기자기 재미나는/이야깃길로 가아자. 동무 동무 씨동무/꽃밭길로 가아자.옛날 옛날 옛적에/간날 간날 간적에/아롱다롱 재미나는/꿈밭길로 가아자.		
다람쥐	이계석	다람다람 다람쥐/알밤줍는 다람쥐/보름보름 달밤에/알밤줍는 다람쥐알밤인가 하고/솔방울도 줍고/알밤인가 하고/조약돌도 줍고		

물새알 산새알	신귀복	물새는/물새라서 바닷가 바위 틈에/알을 낳는다./보얗게 하얀 물새알.산새는/산새라서 잎수풀 둥지 안에/알을 낳는다./알락달락 알룩진 산새알.물새알은/간간하고 짭조름한/미역 냄새. 바람 냄새./산새알은/달콤하고 향긋한/풀꽃 냄새. 이슬 냄새.물새알은 물새알이라서/날갯죽지 하얀/물새가 된다. 산새알은 산새알이라서/머리 꼭지에 빨간 댕기를 드린/산새가 된다.	
뻐꾸기	외국곡	한적한 산길 따라서 나는 올라갔지/우거진 깊은 숲에서 뻐꾸기 노랫소리/뻐뻐꾹 랄라랄랄랄라 랄라라 뻐꾹/랄라랄랄라 랄라라 뻐꾹/랄라랄랄라 랄라라 뻐꾹/랄라랄랄라 뻐꾹 맑은 시냇물 따라서 나는 내려갔지/숲 속에서 들려오는 뻐꾸기 노랫소리/뻐뻐꾹 랄라랄랄라 랄라라 뻐꾹/랄라랄랄라 랄라라 뻐꾹/랄라랄랄라 랄라라 뻐꾹/랄라랄랄라 뻐꾹	
다같이 노래를	한용희	아침을 노래하자 빛나는 아침 햇빛/저녁을 노래하자 포근한 잠이 오는/노래로 자라나고 노래로 사귀면/우리의 앞날은 무지개 꽃동산 새봄을 노래하자 새싹이 눈이 트고/가을을 노래하자 가지에 열매 맺는/노래로 자라나고 노래로 사귀면/우리의 앞날은 무지개 꽃동산	
달맞이 가세	홍난파	팔월이라 한가위는 달도 밝구나/우리벗님 손을 잡고 달맞이 가세/아리랑 아리랑 아라리요 아리랑 아리랑 아라리요팔월이라 한가위는 달도 밝구나/저 달님이 다 지도록 즐겁게 노세/아리랑 아리랑 아라리요 아리랑 아리랑 아라리요	
기차	박태원	칙칙폭폭 떠나간다 어서어서 올라타라/우리동무 웃음동무 조롱조롱 올라타라칙칙폭폭 다왔다네 어서어서 내려다오/올망졸망 우리동무 다 음다음 또 만나자	
가을	박태준	여름도 지나고 가을이래요/하늘 높고 물 맑은 가을이래요/울타리수숫대 살랑 흔드는/바람조	

		차 쓸쓸한 가을이래요단풍잎 우수수 떨어뜨리며/바람은 가을을 싣고 온대요/밤이면 고운달 머리에 이고/기러기도 춤추며 찾아온대요	
봄 잔치 하자	권길상	뒷산에 눈 녹은 개울물소리/돌돌돌돌돌 봄을 부르네/봄아씨 꽃아씨 어여쁜아씨/꽃수레 금수레 타고오셔요 얼음이 녹아서 시냇물소리/돌돌돌돌돌 봄을 부르네/산에도 들에도 꽃방석펴면/우리도 즐겁게 봄잔치하자	
여우비	김대식	땡볕 나는데 오는 비 여우비/시집가는 꽃가마에 한 방울 오고/뒤에 가는 당나귀에 두 방울 오고/오는 비 여우비 쨍쨍개었다	
감둥 송아지	김대식	송아지 송아지 감둥 송아지/두 귀가 새카만 감둥 송아지/엄마젖 쪼올쫄 한 통 먹고/호랑나비 따라서 강 건너 가았다	
누구하고 노나	한용회	꾀꼴 꾀꼴/꾀꼬리/누구하고/노-나/꾀꼴 꾀꼴/꾀꼬리/꾀꼬리하고/놀ㅡ지/개굴개굴/개구리/누구하고/노-나/개굴개굴/개구리/개구리하고/놀ㅡ지/	

4.4 <문장>지 데뷔 이전 박목월의 습작시대

1933년 윤석중이 <어린이>지에 편집 책임을 맡으며 특선으로 뽑아 <통딱딱·통짝짝'> 이후 박목월은 이후 박목월은 윤석중과의 인연으로 동시를 발표하는데 그 발표 지면은 윤석중의 궤적과 함께 한다. 윤석중은 <어린이>가 폐간되자 조선중앙일보사로 자리를 옮겨 잡지 <소년중앙>을 창간하고 다시 개벽사에서 최영주와 함께 잡지 <중앙>을 맡게 된다.1936년에는 조선일보사로 자리를 옮겨 어린이 잡지 <소년>을 맡는다. 윤석중은 그가 자리를 옮기는 곳마다 박목월에게

<학등 제8호>

지면을 할애한다. 박목월은 1935년 계성 중학교 4년제를 졸업하고는 경주금융조합에 취직하여 고향 경주에 머무르던 박목월에게는 윤석중의 배려는 중앙의문단과 교류 할 수 있는 유일한 활로였다. 그 무렵 박목월은 동요 동시를 쓰는 한편 새로운 시세계로의 도약을 모색하기 시작 한다.

박목월은 그의 자전적 시론집 <보랏빛 소묘>에서 다음과 같이 술회하고 있다.

내가 아동문학(동시童詩에서 일반적인 시로 탈피하게 된 것은 1939년 9월 문장지에 추천을 받고 부터이다. 자기탈피의 동기는 동시로서는 내적인 충족을 기할 수 없었기 때문이다. …… 추천받는 동안이 긴장과 노력은 나로서는 무척 고된 시련이었다.27)

<1928년에 창간된 기독교 월간 잡지 신생>

박목월은 ≪신생≫28)에 <汽車 속>,

---

27) <보랏빛 소묘> 박목월전집5 1974 삼중당. 이 책은 목월 사후 문학세계사에서 박목월 대표에세이 <가난한자의 작은 촛불에 다시 재록된다. 1981 6, 10. 49~107쪽.
28) 1928년 10월 창간되었던 월간종합교양잡지. 1934년 1월 제7권 제1호를 마지막으로 폐간되었다. 발행 겸 편집인은 김소(金炤, Genso, J. F.), 주간은 유형기(柳瀅基)이며, 신생사(新生社)에서 간행하였다.

≪학등≫에[29] <숲>(1934. 6), <宵의 호수 바람>, <9월 풍경> (1934. 11), <달은 마술사>(1935. 1), <송년송>(1935. 3)을 연이어 발표 한다. 이들 6편의 작품들은 목월 박영종이 동시로부터 성인시로 옮겨가는 궤적을 보여주는 작품들이다. 1933년에서 1940년 문장에 데뷔하기 전까지의 시기는 시인이면 누구나 겪는 습작기에 해당된다.

이 시기에 발표된 박목월의 시를 살펴보자.

透明한 그 푸른 宮殿에
낮잠에서 깨어난 새들의 꿈 이야기
그리워하는 밤은 아득한 숲처럼
적은 쏫想에 열매 맺은 숲

薰氣로운 바람에 흩어지는
적은 歌手 - 새들의 노래여!

그 그림자를 품은 이맘에 추겨진 내 呼吸은 香氣로울거나.
山꽃이 핀 그윽한 숲.
넓은 풀잎.
거득한 그늘에 잠겼는 樂隊 - 적은 버레들.
그리워 하는 밤. 그늘진 숲.
敎會집웅우 十字架에 달이 넷조각.

(1934, 5월)
ー「숲」

---

29) 1933년에 창간되었던 문예잡지.A5판. 50면 내외. 한성도서주식회사(漢城圖書株式會社)에서 발행하였다. 1933년 10월에 창간되어 1936년 3월호까지 통권 23호를 발간하였다.

실바람이 湖水의 머리카락을 스담구
실바람에 湖水는 버들가지에 감아 돕니다.
봄바람의 엷은 꿈결이 호수우에 스치고
버들속에 잠든 새도 노래하라구 湖水가 버들가지를 흔들어 봅니다.
실바람이 내 머리털을 휘날리고
靑春의 무르녹은 내 맘과 靈의 香氣를
湖水우로 휘날려봅니다.
실바람이 湖水의 머리카락을 스담구
실바람에 감아봅니다.

(1934. 11. 학등 11호)
－「宵의 湖水」

1934년 6월 ≪학등≫에 발표된 <숲>과 1934년 11월호 ≪학등≫에 발표된 「宵의 湖水」의 전문이다. 이들 작품들은 동시적 발상에 토대를 둔 순수 서정시이다. 그러나, 같은 시기에 발표된 <9月 風景>과 <달은 魔術師>, <送年頌> 등의 작품은 성인 시로서의 특징들이 두드러지게 표출동시 세계로부터 성인시를 향해 변모를 시도해 보여주고 있다.

<散文詩>

九月風景

九月은 붉은 카운을 쓰고 가는(微)바람 금줄을 고루는 안타까운 눈물의 湖水가의 歌姬－－－
달－－ 戀愛病患者.
－－그달의 차디찬 입술이 서리 맺힌 風景우에 自殺하겠다구 脅迫을 고치지 않나이다.
사박

사박--잔디우에 그리구 나무잎우에두

九月이 지나가는 삽분거리는 발자욱.

… 이 하루를 胡桃나무 그늘에 꾀꼬리가 울고 가더이다.

가을의 午後 시드른 빛아래 힘없는 꾀꼬리의 나래짓이여-

감나무 꼭대기의 마른 잎몇개

빨간 귀여운 열매를 갖구 어머니의 애처로운 愛撫여!

九月은 내맘에두 눈물의 塔을 쌓구

九月의 안개의 한숨은 곬에 가득합니다.

(1934. 11 학등 11)

달은 魔術師

히멀건 어두움 우에 달은 影像의 塔을 사구

女人의 남실거리는 별(星)의 눈이 가느다란 태-프로

追憶을 塔가에 구름처럼 디룸이여-

가느다란 바람줄기가 실실이 이마의 머리카락을여리며 追憶을 낚시

질하려 하나이다.

(달은 魔術師. 뜻하지 않은 그女人의 이름이 그리워지나이다)

히멀건 이 어둠의 부드러운 波紋우에 달의 冷靜한 웃음이 塔을 고히

실어 가버리나니

追憶의 구슬들은 좌울거리며 까뭇한 별속으로 살아져버리나이다

(1935. 1. 학등 13호)

送年頌

펄펄치는 눈보라속에

[시베리아]로 떠나갈 말은 발버둥치고

향기로운 봄(靑春)의 꽃다발을 戀人이여!

우리는 그 설매 우에 던저 버리지 않으려나.

펄펄치는 눈보라 속에

[시베리아]로 떠나갈 말은 발버둥치고

젊은騎者가 [만도링]을 고르는고나

戀人이여 그리운 꿈이 서러운 노래와 함께

떠나려 함을 전송하지 않으려나.

바람결에 채죽소래 들리드니

떠나갈 말은 우렁차게 울음을뽑는고나

이 그뭄의 밤에 鍾소래는 고히 挽詞를열고

戀人이여 우리는 情談스러이 祈禱를올리는고나――

(1935.3 학등 14호)

그는 성인시를 위한 습작을 시작했고 위의 시에서 보이는 산문시 형
태들은 이전에 발표된 목월 박영종의 동시들이 보여준 간결한 형태와
퍽 다른 면모를 보여준다. 30)

1935년은 시인 박목월에게는 그의 문학적 궤적에서 대단히 중요한
년도이다. 1935년 계성중학교 4년제를 졸업하고 경주금융조합에 취직
하는데 그해 고향 선후배간이며 계성고등학교 2년 선배인 김동리가
<화랑의 후예>가 <조선중앙일보> 신춘문예에 당선된다. 동 목월이
계성학교를 졸업하던 그 해, 즉 1935년 1월 동리의 소설<화랑의 후
예>가 『조선중앙일보』 신춘문예에 당선된다.31) 김동리의 존재는 목
월에게 있어 두 가지 의미를 가진다. 하나는 서로가 서로의 외로움을
달래주는 상대역이 될 수 있다는 점이오, 다른 하나는 문학적 성장의

---

30) 李健淸(1997), 「木月 朴泳鍾의 童詩 硏究」, 『한국언어문화』 Vol.15, 581쪽.

31) 동리는 박목월보다 세 살 위인 1913년생으로 대구 계성학교에 2학년까지 다니다
서울의 경신학교로 전학해 갔고 목월의 중학교 선배이기도 하다. 두 사람이 만난
것은 서울의 경신학교에 다니던 동리가 휴학을 하고 경주로 내려와 있던 1934년의
겨울방학 때였다.

촉발자의 구실을 하였다는 점이다.[32] 뿐만 아니라 어린이지를 통해 지면으로만 조우했던 정지용의 시집이 발간되던 해이다. 앞서 살펴보았듯 1935년 시문학사 리는 박목월보다 세 살 위인 1913년생으로 대구계성학교에 2학년까지 다니다 서울의 경신학교로 전학해 갔고 목월의 중학교 선배이기도 하다. 또한 1935년 정지용시집이 간행된다. 1939년 문장지에 초회추천이 되기까지 성인시로서 변모를 꾀하던 박목월의 시는 데뷔작에서 보여주는 리리시즘 보다는 정지용의 초기시의 영향 아래 있었다고 보아진다. 이것은 비단 박목월의 경우만은 아니다. 당시 한국청년들이 모국어로 시를 쓰려고 할 때 꼭 읽어야 할 기본적인 교과서였다. 지용의 시풍은 시단을 풍미하고 문학청년들은 지용 작품을 모방했다. 적어도 1930년대 후반, 한국시단에서 정지용의 영향력은 절대적인 것이었기 때문이다.[33] 그중에서도 특히 박목월은 경우는 절대적으로 영향을 받는다.

이 시기 박목월은 자신 내면에서 끓어오르는 문학적 열정과 그에게는 도반과 같았던 김동리의 화려한 데뷔 그리고 취직과 결혼 같은 질곡 속에서 탈출을 모색하는데 그 출구가 바로 정지용이 선자로 있는 <문장>지였다.

4.5 문학잡지 <문장>(文章)의 문학사적 위상과 등단제

≪문장≫文章은, 1939년에 창간되어 1941년 4월에 폐간되었다.

---

32) 동리목월문학관
   http://www.dmgyeongju.com/work/history2.php
33) 사나다 히로코(2009), 「정지용 재평가의 가능성」, 『한국현대문학회』 2009년 제1차 전국학술발표대회.

1939년을 전후하여 《문장》과 《인문평론(人文評論)》의 양대 순문예지가 출현하여 일제 말기의 민족 수난기에 있어서 최후의 보루堡壘역할을 했다. 이 두 잡지는 문학사적으로 큰 공적을 남겼는데 1941년 4월 일제의 탄압으로 폐간될 때까지 한국 현대문학을 이끌고 중요한 매체였다.

근대 사회에 새롭게 출현한 매체인 신문과 잡지는 독자의 확보, 독자의 적극적인 관심과 참여 유도, 매체의 권위 확보 등 다양한 요구와 필요에 의해 근대적 작가를 배출하는 통로의 역할을 담당한다. 신문은 독자 투고에서 신춘문예로, 잡지는 동인 활동에서 추천제로 작가 배출의 통로를 각각 발전시켜 '등단제도'로서 확립할 수 있게 된다.

신춘문예가 한 편의 작품을 1월 1일자 신문에 발표하며 문단에 진출하는 방식이라고 한다면, 추천제 특히 『문장』의 3회 추천제는 한명의 문인을 발굴하고 키우고 완성시켜 문단에 진출시키는 등단 제도이다. 선자는 투고 작품의 선후평을 통해 투고자에게 일종의 도제식 지도를 하였고, 또 이 선후평은 많은 문학지망생이 함께 학습하는 효과가 있었다. 『문장』의 추천제는 창간과 더불어 실시된다. 창간호에 '추천작품모집' 공고가 실리는데, 모집 분야는 시조(1인 1회 3편 이내, 이병기 선), 시(1인 1회 3편 이내, 정지용 선), 소설(1인 1회 사백자 원고지로 30매 이내, 이태준 선) 등 세 분야이다.

추천을 세 번 얻는 작가에겐 그 후부터는 기성작가로 대우한다는 규정을 마련했다. 그러나 이 규정은 19호(1940. 9)부터 기성작가 한 사람의 1회 추천 완료 방식으로 바뀐다.

『문장』이 19호부터 추천 방식을 바꾼 것은 13호(1940. 1)에 실시하였던 신춘좌담회가 결정적으로 작용하였을 것이다. '문학의 제 문제'라는 제하에 실시된 좌담회는 이병기, 정지용, 이태준, 정인택 등 『문장』의 편집위원뿐 아니라 김기림, 이원조, 이선희, 임화, 양주동, 모윤숙, 박종화, 박태원, 유진오, 최정희 등 14명이 참여하여 다양한 주제를 다루었는데, 맨 마지막에 『문장』의 추천제를 거론한다.

이태준, 최후로 문장의 추천제에 대해서 기탄없이 말씀해 주십시오.[34]

정지용, 가장 공평하지 뭐.

모윤숙, 그만 두는게 좋아요, 선자를 바꾸든지.

임 화, 매달하지 말구, 일년에 한번이든지 두 번 이든지 소설, 시를 합해서 신인 특집호를 내면 어때요

이원조, 선자를 바꾸는 게 좋지요, 경향이 다른 사람이 선해야지 그렇지 않으면 「에피고오넨」만 만들어 내게 되지요.

모윤숙, 꼭 그게 있어요.

정지용, 나한테 가까운 놈한테 가장 엄하게 했는데 모두들 저렇게 에피고오넨이란단 말야

양주동, 지용이 선을 하면서 지용 다웁지 않는 것을 선해야 정말 위대하지.

임 화, 선하는 사람도 사람이지만 투고하는 사람이 우선 문제지.

이태준, 좋은 말씀들입니다. 추천을 매월하는 것은 그만치 신인들에

---

34) 신춘좌담회, <문학의 제문제>, 『문장』 제2권 1호, 1940, 194쪽. 위의 신춘좌담회에서는 점차 권력화 하는 문장의 추천제에 대한 주변 문인들의 경계가 드러나고 있다. 신춘추천제도는 신추천제로 19화부터 그 규정이 바뀐다. 종래의 1인 선자의 3회 추천에서 기성작가의 1회 추천으로 추천이 완료되는 방식으로 변화하였다. 이 추천제는 단 한명의 선자의 추천으로 이루어지는 자기 완결적 구조를 가지고 있었으며, 따라서 추천에 선자의 개성적인 미적 취향이 크게 작용하였을 것이다. 그에 따라 선자의 문학세계가 후진들에게 막대한 영향력을 행사했음은 짐작하기 어렵지 않다. 특히 정지용은 시선 후에 매호 짧은 양식의 선후평을 작성하였는데, 투고자들은 이에 민감하게 반응하였다. '선자의 취향을 고려한 시는 선되지 못할 것'이라고 항변한 지용의 평에도 불구하고, 당시 문단의 평가는 이러한 상황을 잘 드러내고 있다.

게 기회가 잦기를 바라는 때문입니다. 그리고 선자가 자기를 닮은 사
람만 뽑으리란 선입견은 너무 선자를 단순히 보는 건줄 압니다.

　이후『문장』의 신인 추천 과정은 추천작품모집 공고에서 출발하여,
추천작을 게재하고, 선후평을 싣는 순서로 전개된다. 그리고 3회 추천
이 완료되면 '여묵'이란 편집후기에 언급하고, 다음 호에 당선소감과
신인을 칭찬하고 격려하는 '문장사' 또는 추천자 명의의 박스 기사가
실린다. 이러한 신인 추천 제도는 조선문단에서 비롯된 것이다[35] <조
선문단>의 현상문예는『문장』의 추천제에 직접적인 영향을 미쳤는데
선자를 미리 공지했다는 점은 그대로 계승되었고, 작품에 차등을 두어
선별하는 방식과 연속 투고를 유도하여 시간을 두고 신진 작가로 소개
한다는 규정은 3회 추천으로 명문화되었으며 세심하고 수준 높은 선후
평도 그대로 계승되었다. 또한 선후평이 당대 문학 지망생에게 창작의
지침서로 작용하고, 고선의 전문성과 권위를 강화하는 데 기여한 점도
흡사하다. 당대의 가장 권위 있는 등단제도로 다른 매체를 통해 등단한
작가들의 재등단이 적지 않은 점도 유사한 대목이다.[36]

<hr />

35) 조선문단사(朝鮮文壇社)에서 발행하였다. 1924년 10월 창간되어 1936년 6월 통권
　　26호로 종간되었다. 1～4호까지는 이광수)가 주재하였고, 1～17호까지 방인근)에
　　의하여 편집 겸 발행되다가 휴간되었다.1927년 1월 18호부터 남진우에 의하여 속
　　간되었으나 다시 휴간되었고, 1935년 2월 통권 21호가 속간 1호로 다시 발간되어
　　26호까지 발행되었다. 이 잡지의 추천제에 의하여 작가가 된 사람은 최학송 · 채만
　　식 · 한병도 · 박화성 · 유도순 · 이은상 · 임영빈 · 송순일 등이고, 주요활동 문인
　　은 이광수 · 방인근 · 염상섭 · 김익 · 주요한 · 김동인 · 전영 · 현진 · 박종화 · 나
　　도향 · 이상화 · 김소월 · 김동환 · 양주동 · 이은상 · 노자영 · 진우촌 · 양백화 ·
　　조운 · 이일 · 김여수 등이다.
36) 박순원 <『문장』의 신인 추천제 연구> 한국근대문학회, 한국근대문학연구 20,
　　2009.10, pp.67～94.『문장』은 당대의 가장 권위 있는 문예지로서, 선자들의 까다
　　로운 3회 추천과 전문적인 선후평 통하여 신인의 수준을 높일 수 있었으며, 그 선
　　후평은 당대뿐 아니라 후대에까지 문학 교과서의 역할을 수행하였다. <문장>의

『문장』의 추천제는『조선문단』의 현상응모를 발전적으로 계승한다.『문장』은 3회 추천 과정을 통하여 신인을 발굴하고 성장시키고 완성하여 자신 있게 문단에 진출시키는 장치를 제도적으로 완성한다.[37)]

신인 추천 세 부문 중, 시 부문의 결과가 질적으로나 양적으로 가장 풍성하였다. 3회 추천을 마친 시인은 조지훈, 김종한, 이한직, 박두진, 박목월, 박남수 등 6명이며 총 29명의 문인을 배출하였다.

37) cf: 하빛나, <정지용 시 영향관계 연구> :『백록담』이『청록집』에 미친 영향 한양대학교 대학원, 2015.

<청록집 출판기념회에 모인 박목월 · 조지훈 · 박두진(앞줄 왼쪽 두
번째부터)과 동료 문인들>

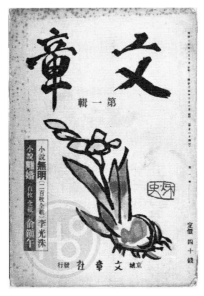

<文章(창간호) 1939년 1월 · 문장>

4.6 문학잡지 <문장>의 신인 추천제도를 통한 박목월의 등단작품과 정지용의 선후평

박목월은 1939년 정지용의 추천으로 《문장》지 9월호에 「길처럼」,[38] 「그것이 연륜이다」[39]가 1회 추천, 12월호에 「산그늘」[40]이 2회 추천 되었고 1940년 《문장》지 9월호에 「가을어스름」[41]과 「연륜」[42]이 3

---

38) 길처럼 머언 산 구비구비 돌아갔기로/산 구비마다 구비마다/절로 슬픔은 일어 ……// 보일 듯 말 듯한 산길/산울림 멀리 울려나가다/산울림 홀로 돌아나가다/…… 어쩐지 어쩐지 울음이 돌고/생각처럼 그리움처럼……길은 실낱같다.

39) 머언 산 굽이굽이 돌아갔기로 / 산 굽이마다 굽이마다 / 절로 슬픔은 일어…… //보일 듯 말 듯한 산길 / 산울림 멀리 울려 나가다 / 산울림 홀로 돌아 나가다 /……어쩐지 어쩐지 울음이 돌고 /생각처럼 그리움처럼…… // 길은 실낱 같다 /어릴적 하찮은 사랑이나 / 가슴에 백여서 자랐다. / 질 곱은 나무에는 자주 빛 연륜이 / 몇 차례나 몇 차례나 감기었다. / 새벽 꿈이나 달 그림자처럼 / 젊음과 보람이 멀리 간 뒤 /……나는 자라서 늙었다. /마치 세월도 사랑도 / 그것은 애달픈 연륜이다. //

40) 어릴적 하찮은 사랑이나 / 가슴에 백여서 자랐다. / 질 곱은 나무에는 자주 빛 연륜이 / 몇 차례나 몇 차례나 감기었다. / 새벽 꿈이나 달 그림자처럼 / 젊음과 보람이 멀리 간 뒤 / …… 나는 자라서 늙었다. /마치 세월도 사랑도 / 그것은 애달픈 연륜이다. / 장독 뒤 울밑에 / 모란꽃 오무는 저녁답 / 모과목 새순 밭에 / 산그늘이 나려왔다 / 워어어임아 워어어임 //길 잃은 송아지 / 구름만 보며 /초저녁 별만 보며 / 밟고 갔나베 / 무질레밭 약초 길 / 워어어임아 워어어임 //휘휘휘 비탈길에 / 저녁놀 곱게 탄다 /황토 먼 산길이사 / 피 먹은 허리띠 /워어어임아 워어어임 //젊음도 안타까움도 / 흐르는 꿈일레 /애달픔처럼 애달픔처럼 아득히 / 상기 산그늘은 나려간다 / 워어어임아 워어어임 //

41) 사늘한 그늘 한나절 / 저물을 무렵에 /머언 산 오리목 산길로 / 살살살 날리는 늦가을 어스름 //숱한 콩밭머리마다 / 가을바람은 타고 /청석 돌담 가으로 / 구구구 저녁 비둘기 //김장을 뽑는 날은 / 저녁밥이 늦었다 /가느른 가느른 들길에 / 머언 흰 치맛자락 /사라질 듯 질 듯 다시 보이고 / 구구구 구구구 저녁 비둘기 //

42) 슬픔의 씨를 뿌려놓고 가버린 가시내는 영영 오지 않고… / 한해 한해 해가 저물어질고은 나무에는 가느른 피빛 연륜이 감기었다 / 가시내사 가시내사 가시내사 //목이 가는 소년은 늘 말이 없이 새까아만 눈만 초롱 초롱 크고… / 귀에 쟁쟁쟁 울리듯 차마 못있는 애달픈 웃녘 사투리 연륜은 더욱 새빨개졌다 / 가시내사 가시내사 가시내사 //이제 소년은 자랐다 구비구비 흐르는 은하수에 꿈도 슬픔도 세월도 흘렀건만… / 먼 수풀 질고은 나무에는 상기 가느른 가느른 피빛 연륜이 감긴다. / 가시

회 추천 완료됨으로써 문단에 정식 데뷔한다. 박목월의 추천작과 정지용의 추천사를 살펴보자.

가. 초회추천작 <길처럼> <그것은 연륜이다>
박목월군 등을 서로 대고 돌아 앉어 눈물 없이 울고 싶은 리리스트를 처음 맞나뵈입니다 그려. 어쩌자고 이 험악한 세상에 애련 촉촉한 리리시슴을 타고나셨습니까! 모름지기 시인은 강하야 합니다. 조롱 안에 서도 쪼그리고 견딜 만한 그러한 사자처럼 약하야 하지요. 다음에는 내가 당신을 몽둥이로 후려갈기리라. 당신이 얼마나 강한지를 보기 위하야 얼마나 약한지를 추대하기 위하야![43]

나. 2회 추천작 「산그늘」
박목월군 민요에 떠러지기 쉬울 시가 시의 지위에서 전락되지 않었읍니다. 근대시가 <노래하는 정신>을 상실치 아니하면 박군의 서정시를 얻을 것으로 생각합니다. 충분히 묘사적이고 색채적이기도 합니다. 이러한 시에서는 경상도 사투리도 보류할 필요가 있는 것이다. 박군의 서정시가 제련되기 전의 석금과 같어서 돌이 금보다 많었읍니다. 옥의 티와 미인의 이마에 사마귀 한낯이야 버리기 아까운 점도 있겠으나 서정시에서 말 한개 밉게 놓이는 것을 용서 할 수 없는 것이외다. 박군의 시 수편 중에서 고르고 골라서 겨우 이 한편이 나가게 된 것이외다.[44]

다. 3회 종료 추천작 「가을 어스름」, 「연륜」
북에는 소월이 있었거니 남에는 박목월이가 날 만하다. 소월이 툭툭 불거지는 삭주귀성조(朔州龜城調)는 지금 읽어도 좋더니 목월이 못지않아 아기자기 섬세한 맛이 좋아. 민요풍에서 시에 발전하기까지

내사 가시내사 가시내사 가시내사 //
43) <문장> 제1권 8호, 1939. 9.
44) <문장> 제1권 11호, 1939. 12.

목월의 고심이 더 크다. 소월이 천재적이요, 독창적이었던 것이 신경 감각 묘사까지 미치기에는 너무나 "민요"에 시종하고 말았더니 목월이 요적(謠的) 뎃상 연습에서 시까지의 콤포지션에는 요(謠)가 머뭇거리고 있다. 요적 수사(修辭)를 충분히 정리하고 나면 목월의 시가 바로 한국시이다.[45]

문장지 데뷔시 정지용의 추천사 선후평에 대하여 박목월은 후일 그의 자전적 시론집 <보랏빛 소묘>에서 다음과 같이 술회하고 있다.

내가 아동문학(동시童詩에서 일반적인 시로 탈피하게 된 것은 1939년 9월 문장지에 추천을 받고 부터이다. 자기탈피의 동기는 동시로서는 내적인 충족을 기할 수 없었기 때문이다. …… '민요에 떠러지기 쉬울 시가 시의 지위에서 전락되지 않았습니다.' 나는 그 평문을 가슴에 새겨두었던 것이다. 과연 선자의 말대로 <산그늘>이 시적인 지위에서 떨어지지 않았다면 그것은 민요의 보편적인 서정성을 나 자신의 보다 내면에서 파악한 탓이 것이다. 또한 그가 지적한대로 3, 4연은 그야말로 <충분히 묘사적>이기는 하지만 그렇다하여 단순한 객관적 묘사에 시종한 것도 아니다. 형식면에서는 요적형태를 지녔다고 하지만 결코 민요처럼 4. 4조의 정형율에 얽매인 것은 아니다. 오히려 나 자신의 내면적인 서정의 필연적으로 영탄과 호소적인 율조를 마련하려 하였던 것이다 <밟고 갔나베>, <꿈일레> 등 사투리를 다루게 된 것은 경상도 사투리의 투박한 것이 간직한 애수와 여운을 살리기 위한 의식적인 작업이었다. 추천받는 동안이 긴장과 노력은 나로서는 무척 고된 시련이었다. …… 선자는 나의 작품에 종합적인 강평을 내렸다.

---

45) 정지용, <문장>(1940. 9) 「문장」 제2권 제7호

'북에는 소월이 있었거니 남에는 박목월이가 날 만하다. 소월이 툭툭 불거지는 삭주귀성조朔州龜城調는 지금 읽어도 좋더니 목월이 못지않아 아기자기 섬세한 맛이 좋아. 민요풍에서 시에 발전하기까지 목월의 고심이 더 크다. 소월이 천재적이요, 독창적이었던 것이 신경 감각 묘사까지 미치기에는 너무나 "민요"에 시종하고 말았더니 목월이 요적謠的 뎃상 연습에서 시까지의 콤포지션에는 요謠가 머뭇거리고 있다. 요적 수사修辭를 충분히 정리하고 나면 목월의 시가 바로 한국시이다'

선자는 나를 소월에 비교하였다. 물론 그것이 엉뚱한 것으로만 여겨지지는 않지만 오히려 나 자신은 요적 수사修辭를 충분히 정리하고 나면 '목월의 시가 바로 한국시이다'라는 말에 집착하였다.[46]

문장지의 선후평은 시인 박목월의 시창작에 지대한 영향을 미친다. 그는 후일 정지용의 월북으로 인하여 선자의 이름을 밝히지 못하고 '선자'는 이라는 주어로 서술하면서 추천받는 동안이 긴장과 노력은 나로서는 무척 고된 시련이었다. 자신의 생각을 술회하며 정지용의 지적에 대해 조목조목 항변하지만 나는 그 평문을 가슴에 새겨두었던 것이다.

요적 수사修辭를 충분히 정리하고 나면 목월의 시가 바로 한국시이다라는 말에 집착하였다라고 긍정적으로 수용한다.

4.7 소월의 민요시와 목월의 서정시의 변별(辨別)

정지용은 박목월이 투고한 문장지 투고작 <길처럼>, <그것은 연륜이다> 두 편을 추천하며 추천사에서 '눈물 없이 울고 싶은 리리스트

---

46) 박목월, <보랏빛 소묘>, 앞의 책, 49~107쪽.

를 처음 맞나 뵈입니다 그려. 어쩌자고 이 험악한 세상에 애련 촉촉한 리리시슴을 타고나셨습니까!' 라고 박목월을 리리시트lyricist 즉 서정 시 인라 평했다. 그의 이러한 평가는 후일 박목월의 초기시를 '향토적 서 정시로 명명하는 중요한 준거틀이 된다. (frame of reference) 또한 그를 김소월과 비교하여 '북에는 소월이 있었거니 남에는 박목월이가 날 만 하다고 상찬했다. 그러나 이 말의 배경에는 정지용이 개념 했던 서정시 또는 서정시인의 자질에 대한 냉철한 기준이 존재하고 있다. 목월의 시 는 '민요에 떨어지기 쉬울 시가 시의 지위에서 전락되지 않으며' 그의 시 세계가 '목월이 소월에 못지않게 아기자기 섬세한 맛이 좋아. 민요 풍에서 시에 발전하기까지 목월의 고심이 더 크다. 소월이 천재적이요, 독창적이었던 것이 신경 감각 묘사까지 미치기에는 너무나 "민요"에 시종하고 말았더니' 라고 소월의 시는 시로 발전하지 못하고 민요에 머 르고 말았다고 단정했다. 초회추천사에서 정지용이 밝힌 목월의 시가 가진 특징을 소월처럼 민요에 떨어지기 쉬울 시가 시의 지위에서 전락 되지 않았기에 박목월을 추천한다는 뜻이다.

그렇다면 민요시 혹은 민요조 서정시는 무엇인가 이는 1920년대 한 국 시사에 등장했던 시 유형으로서, 민요의 율격과 미의식을 지향했던 일군의 시 작품을 가리키는 용어이다 특히 민요시라는 용어는 김소월 의 <진달래꽃>이 1922년 7월 <개벽> 제25호에 게제 되었을 때 그 부제副題로 쓰인 이후에 널리 통용되었는데, "한마디로 민요를 지향하 면서 씌어진 개인 창작시"라고 정의될 수 있다.

자유시에 대한 이론적 인식이 본격적으로 나타난 것은 1919년의 일 이다. 황석우는 "우리 詩壇은 적어도 自由詩로부터 發足"해야 한다고 주장하며, 자유라는 용어를 의식적이고도 본격적으로 사용했다. 그에게 자유시란 "그 律의 根柢를 個性에 直"[47]한 것이라는 측면에서, 김억의 '새로운 시'와 거의 일치한다. "시인의 호흡과 고동에 근저를 잡은 音律이 시인의 정신과 심령의 산물인 절대가치를 가진 詩가 될"것[48]이라고 한 황석우의 주장은 김억이 말한 시란 "개인의 주관"에 맡겨져 있다는 점 시의 호흡과 그에 의해 형성되는 음률은 사람마다 얼굴 생김새가 각기 다른 만큼이나 상이하다. 왜냐하면 "모든 예술은 정신, 쏘는 심령의 산물"이기에 그렇다. 이에 따르자면 "시인의 호흡의 동정에 근저를 잡은 音律이 시인의 정신과 심령의 산물인 절대가치를 가진 시된 것"임은 당연한 일이다. 그런데 김억은 "아직싸지 엇더한 시형이 적합한 것[49] 이러한 그의 이론은 1920년대로 접어들면서 민요시에 관심으로 이어지고 민요시의 요체로 김억은 시에서 적 음률의 발견은 미적 자아의 보편적 실현이라 할 수 있다.[50]"라는 민요시의 개념으로 확대된

---

47) 황석우, <朝鮮 詩壇의 發足點과 自由詩>, ≪매일신보≫, 1919. 11. 10.

48) 김억,<「詩形의 音律과 呼吸>, ≪태서문예신보≫, 1919. 1. 13. (여기서는 박경수 편, 『안서 김억 전집』 5권, 한국문화사, 1987) 35쪽)

49) cf: 김억은 시인 개인을 '조선인'이라는 집단으로부터 완전히 분리하지 않았다. 김억에게 중요한 것은 프랑스인과 영국인에게 고유한 시형(詩形)이 존재하는 것처럼, 조선인에게도 조선인에게 고유한 시형이 존재할 것이라는 믿음이다. 그가 시를 개인의 주관에 맡겨야 한다고 주장한 것은 아직 조선인의 고유한 시형이 발견되지 않았기 때문이다. 이러한 유보사항 때문에 「시형의 음률과 호흡」을 완전한 근대적 자유시의 선언으로 간주하기 어렵다. 그러나 그가 개인과 조선인을 분리하지 않았던 것은 시어로서의 조선어에 대한 인식이 있었기 때문이다. 말하자면 조선인의 내면은 조선어로 표현되며 조선어를 사용하는 한에서 개별 시인은 조선인의 내면을 공유하고 있다는 측면에서 개인은 조선인과 분리되지 않는다. 이 글에서는 주관과 음률의 관계에 대해서만 다룰 예정이므로, 이에 대한 논의는 생략한다. 이에 대한 자세한 논의는 박슬기, 「김억의 번역론, 조선적 운율의 정초 가능성」, 『한국현대문학연구』 30집, 한국현대문학회, 2010. 4. ; 「한국 근대시의 형성과 율의 이념」, 서울대 박사논문, 2012. 4장 2절 박슬기, 「율격론의 지평을 넘어선 새로운 리듬론을 위하여」, 『민족문학사연구』 48호, 민족문학사학회, 2012.

50) 채상우(2002), 「1910년대 문학론의 미적인 삶의 전략과 상징」, 『한국시학연구』 Vol.6, 249쪽.

다. '민요시'라는 용어가 처음 사용된 것은 김소월의 시「진달래꽃」으로,『개벽』25호(1922. 7)에 발표되면서 '민요시'라는 부제를 붙인 것에서 비롯된다.

"소월군의 시「삭주구성」51)의 삼편 시는 군의 민요시인의 지위를 올리는 동시에 군은 민요시에 특출한 재능이 있음을 긍정 시킵니다 .우리의 재래 민요조 그것을 가지고 어떻게도 아름답게 길이로 짜고 가로 역시 곱은 조화를 보여주었습니까! 나는 작자에게 민요시의 길잡이를 간절히 바라는 바입니다. 로작군의 시 <흐르는 물을 붙들고서>(백조제3호)는 늦은 봄 3월에도 저무는 밤에 하소연하게도 떠도는 곱고도 설은 정조를 잡아서 아릿아릿한 민요체의 고운 리듬으로 얽어맨 시작입니다. 참기 어려운 그야말로 안타까운 듯한 순감의 황홀입니다.52) 뿐만 아니라 김억은 민요시라는 용어를 다시 자신의 역시집 <잃어버린 진주>(명문관, 1924)의 서문에서도 사용하고 있다. 즉 시의 종류로 민요시를 설정하고, 김소월의「금잔디」를 예로 들어 민요시를 설명하고 있는 것이다.53) 그리고 김억의 시적 사유 중에서 가장 핵심을 근대시를

---

51) 물로 사흘 배 사흘/먼 삼천리(三千里)/더더구나 걸어 넘는 먼 삼천리(三千里)/삭주구성(朔州龜城)은 산(山)을 넘은 육천리(六千里)요//물 맞아 함빡히 젖은 제비도/가다가 비에 걸려 오노랍니다/저녁에는 높은 산(山)/밤에 높은 산(山)//삭주구성(朔州龜城)은 산(山) 넘어/먼 육천리(六千里)/가끔가끔 꿈에는 사오천리(四五千里)/가다오다 돌아오는 길이겠지요//서로 떠난 몸이길래 몸이 그리워/님을 둔 곳이길래 곳이 그리워/못 보았소 새들도 집이 그리워/남북(南北)으로 오며 가며 아니 합디까//들 끝에 날아가는 나는 구름은/밤쯤은 어디 바로 가 있을 텐고/삭주구성(朔州龜城)은 산(山) 넘어먼 육천리(六千里)

52) 김안서(1923),「시단의 일년」,『개벽』제42호, 47쪽.

53) 이상옥(2014),「김억의 근대적 민족시형의 구상」,『우리말 글』, Vol.63, 우리말글학회. 또 김억은 소월의 시뿐만 아니라 자신의 시인「여름 저녁에 읊은 노래」(『영대』2호, 1924.9) 등 4편 등에서도 '민요시'라고 규정하고 있다.그 후 민요시라는 용어는 보편화되어 주요한도「가신 누님」(『조선문단』1호, 1924. 4)을 목차에서 동요라고 표기하고 있으며, 시론「노래를 지으시려는 이에게」(『조선문단』1~3호,

"민족(공통)성"이 내재된 개념으로 이해하고 있다. 김억은 "본질적 예술"이 나라와 민족마다 다른 모습으로 표현되는 이유는 민족공동체의 "혼"의 차이 때문이라고 생각했다. 즉 "혼"이라는 토대가 '언어'의 의미 관계를 규정하고, 언어의 특질이 표현 형식(시형)을 결정하기 때문에 "혼"의 차이에 의해 서로 다른 예술이 생겨난다는 것이다. 그가 민족적 토대를 배경으로 한 내용과 형식의 일치를 근대시 수립의 조건으로 전제한 것은 이 때문이다. 따라서 우리가 주목해야 할 것은, 이러한 예술적 태도에서는 서구문학과 조선문학 사이의 위계적 구도가 근본적으로 성립될 수 없다는 사실이다. 세상에 존재하는 모든 문학은 "언어"라는 "민족의 숙명"에 의해 상대적 자율성을 지닐 수밖에 없다. 김억이 모방의 수준에 머물러 있는 조선시단을 비판하며 조선혼의 회복, 조선어의 존중, 조선적 시형의 창출을 요구했던 것은, 그것이 근대시의 전제이면서 동시에 조선의 근대적 민족시형 수립의 핵심적 요건이라는 민족시형론으로 확대된다. 그리하여 그가 찾아낸 시인이 바로 김소월이고 그가 창출한 시가 바로 민요시의 전범典範이라는 것이다.[54]

1924.10~12)에서도 민요·동요를 중요시한 신시를 지을 것을 강조한다. 김기진도 김억, 김소월, 홍사용, 주요한 등을 '민요시인' 또는 '민요적 시인'이라고 지칭한다. 이와 같은 김억과 주요한의 민요시 운동보다 좀 늦게 김동환도 「동정녀」(『조선문단』18호, 1927.1) 등 6편의 시를 민요·동요라는 부제로 발표하면서, 민요의 중요성을 강조하였다.

54) 박슬기(2012), 「율격론의 지평을 넘어선 새로운 리듬론을 위하여」, 『민족문학사연구』48호, 민족문학사학회, 2012. 371~380쪽. 김억과 황석우의 논의에서 김억은 시를 흡律과 일치시키고, 황석우는 律과 일치시킨다. 개성과 주관에 근거한 律이 시라는 것인데, 여기에서 율은 시어의 특징이라기보다는 시의 본질적 속성이다. 시인의 생명과 호흡의 언어화를 가리키는 것이기는 하지만 시어의 배열 원리를 가리키는 것은 아니라는 것이다. 음률 혹은 영률은 시를 시이게 하는 어떤 본질, 시인의 비언어적인 내면의 언어화다. 황석우와 김억의 글에서의 보이는 시와 율의 일치, 이것이 한국시에서 리듬을 말할 때 대면하게 되는 패러독스다. 율은 내면의 언어화이긴 하지만, 언어 그 자체의 속성에 근거하고 있는 것은 아니다. 내면의 언어화를

"소월군의 시 <삭주구성>(개벽10월호)의 삼편 시는 군의 민요시인의 지위를 올리는 동시에 군은 민요시에 특출한 재능이 있음을 긍정시킵니다. 우리의 재래 민요조 그것을 가지고 어떻게도 아름답게 길이로 짜고 가로 역시 곱은 조화를 보여주었습니까! 나는 작자에게 민요시의 길잡이를 간절히 바라는 바입니다."라고 상찬한 된 작품이 바로 '삭주구성(朔州龜城)'(<개벽> 40호, 1923) 이다.1934년 자살을 택하기 까지 소월이 이뤄낸 문학적 성과는 특출한 것 이었다. 정지용 역시 그는 '소월이 툭툭 불거지는 삭주귀성조朔州龜城調는 지금 읽어도 좋더니' 라고 평가했고 김소월을 천재적이요, 그의 시가 독창적이었으며 특히 김억이 상찬한 삭주 구성의 가진 가치에 대해서도 부정하지 않았지만 소월의 시는 시로 발전하지 못하고 민요에 머무르고 말았다고 단정했다.

그러나 소월의 시의 특질은 무엇인가 오세영은 일련의 소월연구를 통해 얻은 결과를 축약하여 소월시의 민요적 특질은 전통적 율조, 정서 향토 또는 민요적 소재 언어 표현 등에서 찾아 볼 수 있다고 명쾌하게 요약정의 했다.[55] 그러면 이런 기준을 가지고 정지용의 추천사를 재분석해 보자.

① (전통적 율조를 지녔으되) 민요에 떠러지기 쉬울 시가 시의 지위에서 전락되지 않고 충분히 묘사적이고 색채적이다. 하지만

가능케하는 것, 내면의 호흡과 고동에 완벽하게 언어가 일치할 때 성립하는 것이율이라 할 때, 율을 논의하기 위해서는 반드시 주체성이라는 율의 근본 토대를 논의하지 않으면 안된다. 율격 혹은 운율이라는 개념적 패러다임이 자유시에서 그 실체의 규명에 실패했던 이유는, 자유시에서 율은 언어학적 차원이 아니라 시학의 차원에 놓여 있는 것이기 때문이다.

55) 오세영(1979), 「植民地 狀況과 不連續的 삶-金 素月의 詩」, 『현상과 인식』 통권 10호, 142쪽.

② 이러한 시에서는 경상도 사투리도 보류할 필요가 있는 것이다. (그러려면 전통적 율조, 정서 향토 또는 민요적 소재 언어 표현등의 언어 표현을 배제해야 한다.)

③ 소월이 툭툭 불거지는 삭주귀성조(朔州龜城調)는 지금 읽어도 좋더니, (그런 점에서 소월은 민요시로써 일가를 이루었다.)

④ 목월(도)이(에) 못지않아, 소월시에 비해 아기자기 섬세한 맛이 좋지만 소월의 시같은 민요풍에서 시에 발전하기까지 목월의 고심이 더 크다 (소월의 아류가 되지 않으려면),

④ 소월이(은) 천재적이요, 독창적이었던 것이(었으나) 신경 감각 묘사까지 미치기에는 너무나 "민요"에 시종하고 {(시에(로)} 발전하지 못하고 말았다)

⑤ (그런데) {(목월(의) 시는)} 요적(謠的) 뎃상 연습에서 시까지의 콤포지션에는 요(謠)가 머뭇거리고 있다. 그러나 목월의 시가 민요풍의 시는 아니다. 민요에 떠러지기 쉬울 시가 시의 지위에서 전락하지 않았으므로)

⑥ (그래서)요적 수사(修辭)를 충분히 정리하고(시가 시의 지위를 확보하여) 목월의 시가 바로 조선시(한국시)이다

정지용은 박목월에게 근대시가 <노래하는 정신>을 상실치 아니하면 박군의 서정시를 얻을 것으로 생각합니다 했고 박목월도 '형식면에서는 요적형태를 지녔다고 하지만 결코 민요처럼 4 · 4조의 정형율에 얽매인 것은 아니다. 오히려 나 자신의 내면적인 서정의 필연적으로 영탄과 호소적인 율조를 마련하려 하였던 것이다'라고 술회함으로써 소월이 지닌 민요조 또는 민요풍의 시와 다름을 강조했다.

그렇다면 정지용이 지적한 요적수사란 바로 동요적이란 말이 된다. 소월이 시가 민요에 머물러 시가 되지못하였듯 박목월이 동요적 구성

과 묘사에 머문다면 시가 될 수 없다는 말이니 성인시 즉 시와 동요를 변별하라는 뼈아픈 질책이다. 이것은 정지용이 자신도 작품을 발표했던 <어린이>지를 통해 박목월의 동요와 윤석중의 배려로 <소년>, <아희생활>등에 발표한 약관의 나이의 박목월(박영종)의 작품과 존재를 알고 있었음을 의미한다. 그러나 이 말은 동요를 쓰지 말라는 뜻이 아니라 시와 동요를 엄격히 구분하여 동요는 시는 시라는 변별하여 시의 지위를 공고히 갖추고 병진(竝進)하면 목월의 시가 바로 조선시(한국시)이다는 문학적 지향 목표를 제시 한 것이다. 박목월 자신도 정지용의 요적수사(修辭)를 충분히 정리하고 나면 목월의 시가 바로 한국시이다 라는 말에 집착하였다라고 술회하며 그의 질책을 긍정적으로 수용한 며 자신의 시와 문학관을 공고하게 다듬는다. 그러한 개념이 명확하게 드러난 것은 박목월이 1963. 보진재에서 발행한 소년소녀문장독본'에 실린 <동시 쓰는 법>인데 이 글을 통해 그는 <시와 동시>, <동시와 시> 의 명확한 기준을 제시하고 있다.

글자를 4 · 3씩 꼭꼭 맞추었다. 이것을 4 · 3조라 한다. 목청을 돋구어 부르기 좋게 하기 위해서다. 우리나라에서 옛날부터 내려오는 동요가 많다. "달아달아 밝은 달아"도 "새야 새야 파랑새야"도 옛날 동요다. 그것은 글자가 네 개씩, 4 · 4조다. 그래서, 동요라는 것들에라도 나가서, 즐겁게 뛰며 부를 수 있는 노래이다. 노래이기 때문에 가락을 고르고, 다듬어야 한다. 그러므로, 글자를 4 · 3조로 꼭 맞추어 그 가락을 다듬고 골랐다. 그러나, 동시는 단정하게 가락을 다듬을 필요가 없다. 여러분 가슴에 이는 느낌을 따라, 그윽한 생각의 물결을 속삭이듯 나타내면 된다.

<동요>
° 노래한 것
° 가락을 고르게 뽑아, 노래하기를 주로 한 것.
° 느낌이나 생각이 밖으로 나타난다.
° 박자의 아름다움

<동시>
° 속삭인 것.
° 그윽한 감정의 가는 물결을 속삭이듯 나타낸 것.
° 안으로 생각하는 힘이 세다.
° 생각의 흐름이 그윽하게 펼쳐짐.

　　그러나 여러분은 동요를 쓸까, 동시를 쓸까 망설일 필요는 없다. 다만, 자기의 느낌이나 생각을 찬찬히 올바르게 기록하려는 뜻에서 붓을 잡아야 한다. 그러나, 되도록 동요보다 동시를 써야 한다. 왜냐 하면, 동요는 가락이 4 · 4조, 3 · 4조, 7 · 5조로 잡혀 있기 때문에 참된 자기의 생각을 깊이 살펴서 담기보다는 겉으로 흘려버리기 쉽다. 더구나, 여러분이 가락을 잡는다는 것은 어려운 노릇이다. 왜냐 하면, 잡혀진 가락(정형) 속에 새로운 느낌이나 생각을 담기가 가장 힘이 들고, 능란한 솜씨가 필요하기 때문이다.
　　'가락'이란 개념으로 이해했다. 한국어가 갖고 있는 '언어의 형식적인 선율'로서, 음절의 장단(리듬) 형식과 자음(초성)의 음계 구성이 수리적으로 3틀과 2틀의 구조를 가지고 형성되는 형식적인 가락(멜로디) 말하다. 박목월이 개념한 동요는 시조의 음수율이 아니라 멜로디의 의미를 포괄 하는 개념이며 동요란 불려지는 노래의 내용, 곧 노랫말이란 뜻을 의미한다. 가락은 넓은 의미로는 선율(melody)을 가리키고,

좁은 의미로는 잔가락, 즉 꾸밈음을 뜻한다.56)

박목월이57) 가락이란 개념한 동요는 형식상 음악성이 강한, 어린이를 위한 정형시로서 그 시원은 노래이며, 외형률, 특히 음수율을 중심으로 구성되어 불려지는 노래의 내용, 곧 노랫말이다.58) 소위 요적謠的이란 지적의 실체이며 박목월의 시와 과 김소월의시가 구분되는 변별점이다. 그리고 정지용은 '요적 수사修辭를 충분히 정리하고 나면 목월의 시가 바로 한국시다'라고 했다. 그 후 박목월은 정지용의 지적을 가감없이 받아들인다. 후일 박목월은 "선자(정지용)은 나를 소월에 비교하였다. 물론 그것이 엉뚱한 것으로 만 여겨지지 않았지만 오히려 나자신은 요적 수사를 충분히 정리하고 나면 목월의 시가 바로 한국시라

---

56) 장사훈(1992), 『한국의 음계』, 民族音樂資料館, 1992, 202쪽.

57) 원종찬(2011), 「일제강점기의 동요 · 동시론 연구: 한국적 특성에 관한 고찰」, 『한국아동문학연구』 No.20, 한국아동문학학회. 보진재 '발행소년소녀문장독본'은 1940년 《아희생활》에 수록된 박영종의 「동시독본에 기초하고 있다. 1940년 《아희생활》에 수록된 박영종의 「동시독본」은 초보적인 형태지만 '동시'의 본령에 접근하기 쉽게 동시 창작의 길을 보여준 글이다. 박영종의 동시론은 동시의 소재에 대해 다양한 방면으로 접근하고 관찰, 추론할 수 있도록 어린이들의 상상력을 이끌어낸 후, 이를 바탕으로 본격적인 동시를 쓰도록 유도하는 구체적인 창작법이었다. 이것은 광복 후보다 구체화되는 데 《주간소학생》과 《소학생》에 「동요 짓는 법」과 「동요 맛보기」를 연재하여 외국 아동문학이론가의 영향을 받지 않은 독특한 스타일의 동요론을 내놓았다.

58) 김영돈 <한국민족문화대백과사전> 방정환(方定煥)의 창작동요 <늙은 잠자리>(1924), 윤극영(尹克榮)의 <반달>(1924), 유지영(柳志永)의 <고드름>(1924), 박팔양(朴八楊)의 <까막잡기>(1924), 한정동(韓晶東)의 <따오기>(1925), 서덕출(徐德出)의 <봄편지>(1925), 윤석중(尹石重)의 <오뚜기>(1925), 이원수(李元壽)의 <고향의 봄>(1926) 등은 동요의 황금시대를 대표하는 한국 현대 아동문학 성립기의 작품이다.1930년대에 들어서면서 동요는 양적인 팽창을 이루며 시성(詩性)을 가미한 예술적 동요의 창작시대를 맞이하게 되었는데, 유도순(劉道順) · 윤복진(尹福鎭) · 신고송(申孤松) · 김태오(金泰午) · 강소천(姜小泉) · 박영종(朴泳鍾) · 권오순(權五順) 등 시인들에 힘입어 광복기에 이르기까지 한국 아동문학의 주류를 이루었다.

http://encykorea.aks.ac.kr/Contents/Index?contents_id=E0016700

는 말에 집착하였던 것이다." 진술함으로써 데뷔 이후 정지용이 1935
년 펴낸 <정지용시집>에 23편의 동시를 당당하게 합철合綴했듯 시와
동시(동요)의 창작을 병진하며 1978년 붓을 놓을 때까지 자신의 시와
시학의 요체로 삼는다.

제2부

박목월 서정시의

예술가곡화

1. 인트로

1.1 일제하 암흑기, 해방공간의 혼란 6 · 25 한국동란

<조선문학가동맹이 1946년 2월 정식 출범을 선언하며 개최한 전국문학자대회 장면>

1940년 전후부터 8 · 15 해방 그리고 6 · 25 동란 까지는 한국문학사 사상 가장 가혹한 시련기였다. 이 시기를 문학사적으로 1940년에서 해방 지를 문학의 암흑기라 하고 해방 후 5년간을 해방공간 문단과 예술계의 이념에의한 재편기라 부른다. 1931년 만주사변을 계기로 고개를 들기 시작한 일본 군국주의는 중 · 일전을 거쳐 1941년 태평양전쟁에 들어선다. 적으로 박탈당한 채 궁성요배와 신사참배 및 황국신민의 서사誓詞의 구송 등을 강요당했으며 일어상용으로 우리말과 잃은 치욕을 겪어야 했다. 그런데 의외로 그 시기에 순문예 종합지인 <문장>이 1939년 2월 이태준의 주재로, <인문평론>이 같은 해 10월 최재서의 주재로 창간되었다.

<문장>은 암흑의 시기에 놓여 진 교량과 같은 존재였다. 특히 신인 발굴을 위한 한 제도로서 신설한 <문장>의 추천제도는 한국문학사상 신인을 발굴하는 새로운 등용문으로 제도화되는 최초의 계기를 만든다. 소설은 이태준, 시는 정지용, 시조는 이병기가 추천의 책임을 맡았는데 재도를 통하여 시인으로 김종한 · 박남수 · 이한직 · 김수돈을 비롯하여 조지훈 · 박두진 · 박목월 등이 등장한다. 그러나 1931년 소위 만주사변을 계기로 1937년의 1941년의 태평양전쟁에 이르러 1940년 8월 <동아일보>, <조선일보> 양대 신문을 강제 폐간시켰으며,<국민총력조선연맹 1940. 10. 16>을 발족 시켰고 <조선어학회사건(1942년 9월)>을 조작했고, 1943년 9월 <진단학회>를 해산시킨다. 뿐만 아니라 일제는 우리말과 글을 지켜온 우리 문학의 마지막 보루인 <문장>과 <인문평론>이 자진 폐간이란 미명으로 1941년 4월 없애버렸다.[1] 그러나 일제의 탄압은 1945년 해방으로 종식 된다. 그리고 나서의

---

1) cf : 천이두(1973), 『한국문학대사전』, 문원각.

좌우로 갈라진 정치적 이념으로 우리 예술계와 문단은 또 한 번의 시련을 겪는다. 해방과 더불어 식민지 시대 문화에 대한 청산과 문인들의 자기반성을 목표로 문단 정비 작업이 이루어진다. 하지만 이러한 작업은 정치 세력의 사상적 대립으로 인해 분열을 낳게 되어 문단에도 여러 분파가 성립되어 갈등을 드러내게 된다.

<시인 임화>

1945년 <조선문학건설본부>는 임화, 이태준, 김기림, 김남천, 이원조 등에 의해 해방과 함께 가장 먼저 조직된 문인단체이다. 그런데 <조선문학건설중앙협의회>를 주도하고 있는 임화 등의 사상에 불만을 갖던 민족 계열의 변영로, 오상순, 박종화, 김영랑, 이하윤, 김광섭, 김진섭, 이헌구 등이 별도의 문화 단체인 <중앙문화협회>를 설립한다.[2] 그리고 <조선음악건설본부>, <조선미술건설본부>, <조선영

2) 권영민(1986), 『해방직후의 민족문학운동 연구』, 서울대출판부, 7~8쪽. 해방 직후

화건설본부> 등이 잇달아 등장한다. 이들 조직이 연합하여 <조선문화건설중앙협의회>(1945. 8. 18)를 결성하면서 예술활동 전반을 장악할 수 있는 문화단체로서 그 조직을 확대하게 된다. 그 결과로 해방 직후의 문화예술계는 자연스럽게 좌우 세력으로 양분된다. <조선문화건설중앙협의회>의 내부에서도 조직의 주도권을 갈등이 표출된다. 급진적 좌파 성향을 보여주고 있던 이기영, 한설야, 송영, 윤기정, 이동규 등은 조선문화건설중앙협의회의 지도부에 자리잡고 있는 이태준, 김기림 등의 해방 전 활동을 문제 삼으면서 임화의 지도노선에 반발한다. 그리고 문학예술의 각 부분에서 급진적 성향을 지닌 문화예술인들을 다시 규합하여 <조선문화건설중앙협의회>를 이탈한 후 <조선프롤레타리아예술동맹(1945. 9. 30)>을 조직한다. 이들은 식민지시대 사회주의 문학단체였던 <조선프롤레타리아예술동맹>(카프)의 정신을 이어받아 프롤레타리아문학의 정통성을 계승해야 한다고 내세우며3) 좌익계열의 문화단체가 <조선문화건설중앙협의회>와 <조선프롤레타리아예술동맹>으로 이원화되자, 조선공산당은 서로 대립하여 갈등을 보이고 있는 두 문화단체의 조직을 합작하도록 종용한다. 조선공산당은 정치운동의 단일노선을 구축한 뒤에 문화운동의 이념적 투쟁보다는 전선적 통일이 중요함을 강조한다. 이러한 조선공산당의 방침에 따라 1945년 12월에 좌익계열의 두 단체는 문화운동의 통일전선을 확립한다는 성명을 발표하고, <조선문학가동맹> 이라는 새로운 이름으로

의 문단적 상황을 직접적으로 확인해 볼 수 있는 자료는 조선문학가동맹 편, 『건설기의 조선문학』(조선문학가동맹 중앙위원회 서기국, 1946)이 있다.

3) 권영민, 「<해방공간의 문학사적 회복을 위하여>, 김윤식 외,<해방공간의 문학운동과 문학의 현실인식>(한울, 1989), p.329. 조선문학가동맹의 일원이었던 김기림, 정지용은 정부 수립 후 보도연맹에 가담하고 문학의 새로운 전환을 시도했으나 6·25 당시 납북 당한 것으로 알려져 있다.

통합을 이루게 되는 것이다. 그럼에도 불구하고 이기영, 한설야 등은 <조선문학동맹>의 중심에서 벗어나 그 활동 무대를 평양으로 옮기고 새로운 문단 조직에 앞장서게 된다. 민족진영의 문인들은 <중앙문화협회>를 중심으로 <전조선문필가협회>(1946. 3. 13)를 창설하고, 문학인으로서 민주주의 국가건설에 공헌하고 민족문화를 발전시켜 나아가자는 강령을 내세운다. 이 단체에 가담하고 있던 조연현, 김동리, 서정주, 조지훈, 곽종원 등이 별도로 <조선청년문학가협회>를 조직하여 활발한 문학활동을 전개하게 되자, 조선문학가동맹과 대립관계에 놓이게 된다. <조선문학가동맹>은 1947년 제2차 전국문학자대회를 준비하면서 이를 계기로 그 조직을 강화하고 좌익 문화운동의 사회적 지지 세력을 만회해 보려고 계획한다. 그러나 1947년 4월 <조선문학가동맹>은 객관적 정세의 불리함을 구실삼아 전국대회를 무기 연기하게 된다. 이기영, 한설야 등과 <조선프롤레타리아문학동맹>의 조직에 가담했던 이동규, 한효, 홍구, 윤기정, 박세영, 박아지 등은 제2차 전국대회가 연기되자 모두 서울에서 그 모습을 감추고 평양으로 넘어간다. 그런데 조선조선문학가동맹의 실질적인 책임을 맡고 있던 임화가 그의 처 지하련과 함께 박헌영의 뒤를 따라 38선을 넘어 월북하자, 김남천, 이원조, 오장환 등도 그 뒤를 따르게 된다. <조선문학가동맹>은 안회남, 김기림, 정지용, 김동석, 설정식 등이 주축이 되어 그 조직을 지탱한다. 그러나 남한의 단독 정부 수립이 점차 기정사실화되면서 <조선문학가동맹>에 가담하고 있던 안회남, 허준, 김동석, 임학수, 김영석, 박찬모, 조영출, 조남영, 김오성, 박서민, 윤규섭, 이서향, 박팔양, 신고송, 이갑기, 조벽암, 함세덕, 이근영, 박영호, 지봉문, 이병철, 엄흥섭, 김상훈, 조운, 김상민 등이 모두 월북하여 <조선문학가동맹>의 조직은 자연스럽게 와해된다.

한편 <전조선문필가협회>와 <조선청년문학가협회>는 1947년 2월 12일 민족진영 문화인의 총결속을 위해 <전국문화단체총연합회>를 결성하고 그 다음날인 2월 13일 문화옹호궐기대회를 개최한 바 있다. 정치. 사회. 문화의 위기를 극복하자는 구호를 내걸고 이루어진 <전국문화단체총연합회>에는 <전조선문필가협회>, <극예술연구회>, <조선영화극작가협회>, <조선청년문학가협회>를 위시한 25개의 각종 문화단체가 참여하였고, 결국 전국문화단체총연합회가 새 정부 수립 후의 문화운동의 주축을 이루게 된다. 문단의 경우에는 정부 수립 후에 <한국문학가협회>(1949. 12. 17)가 새롭게 발족된다. 말 그대로 당시는 정치면으로나 사회적인 면으로 혼돈 기였다. 이 시기의 음악인들 역시 혼돈스러운 선택을 할 수밖에 없었다. 어떤 이는 월북했고 또 어떤 이는 월남했다.[4] 우리나라에는 종족상잔의 비극인

---

4) cf : 임화, 한설야, 백석, 이태준, 박태원이 있고, 화가인 정현웅, 이쾌대, 김용준이 있으며 작곡가 김순남, 극작가였던 임선규, 배우 문예봉 이 있다. 조영복 돌베게 2002년 1945년에 북한에 정착한 문인: 이기영, 안막, 송영, 박세영, 윤기정 /1946년에 월북한 문인: 홍명희 /1947년에 월북한 문인: 이태준, 임화, 지하련 /1948년부터 1950년 6·25 때까지 월북한 문인: 김남천, 이원조, 안회남, 허준, 김동석, 오장환, 임학수, 김영석, 박찬모, 조영출, 조남령, 김오성, 주영섭, 윤규섭, 황민, 이서향, 한효, 이동규, 박세영, 박팔양, 송영, 윤기정, 신고송, 이갑기, 조벽암, 함세덕, 이근영, 지봉문, 박산운, 엄홍섭, 조운, 황하일 /6·25 이후 월북한 문인: 설정식, 이용악, 박태원, 양운한 /6·25 이전에 월남한 문인: 김동명, 안수길, 김진수, 임옥인, 황순원, 구상, 최태응, 오영진, 유정/6·25 이후에 월남한 문인: 김이석, 박남수, 장수철, 박경종, 김영삼, 이인석, 양명문, 최인훈, 황순원, 주요섭, 선우휘, 손창섭, 안수길, 이호철, 구상, 김광섭, 주요한, 김광림, 전봉건, 김종삼 /6·25 중 납북 문인 /김억, 정지용, 김동환, 박영희, 김기림, 이광수 등 북으로 올라간 예술가들은 1959년에 국립연극극장 총장을 지냈던 극작가 신고송, 국립예술극장 총장을 지낸 극작가 이서향은 복고주의 종파분자로 숙청당한다. 1961년에 만담연구소 소장을 지낸 만담가 신불출은 1967년 반당 종파분자로 숙청당하며, 심영은 국립연극극장 부총장과 영화인동맹 위원장, 평양연극영화대학 교수를 지냈지만 역시 1967년 반당 종파분자로 숙청당한다. 연출가 안영일은 1949년 국립고전예술극장 부총장, 1957년 국립연극극장 총장, 1964년 연극인동맹 위원장을 지냈지만, 1967년 복고주의 종파분자로 숙청된다.

6 · 25 전쟁이 터지게 된다.

　일제하 암흑기와 해방공간의 혼란 6 · 25 한국동란이라는 역사적 격
동기를 거치며 우리는 감당하기 힘든 변혁과 혼동. 사상과 이념의 지향
에 따른 혼돈기를 거쳐야 했다. 이는 이땅의 모든 예술가들이 겪어야하
는 피할 수 없는 시련이었다. 음악가들과 문인들을 각각 자의든 타의든
이념에 따라 남북으로 분단된 현실에 순응할 수밖에 없었다. 이시기의
예술가곡의 창작자들도 예외일수 없었다. 1920년대의 개척기를 거쳐
1930년대에 이르러 근대음악양식의 하나로 정착된 우리예술가곡은

연극배우 배용 또한 예술영화촬영소 배우극장 총장을 지낸 이력에도 불구하고
1968년 복고주의 종파분자로 숙청당하고, 극작가 추민은 국립영화촬영소 부장, 예
술영화촬영소 총장을 지냈지만 1970년 역시 복고주의 종파분자로 숙청 당한다 조선
문학건설본부 건설에 앞장섰다가 남로당 숙청시 '미제(美帝)의 고용스파이'였음을
자백하고 사형장의 이슬로 스러져간 임화 같은 사람이 있는 반면, 일제시대 신파극
<홍도야 우지마라>(원제 '사랑에 속고 돈에 울고')에서 홍도 오빠 철수 역을 기가
막히게 연기해 요즘 장동건이나 배용준에 부럽지 않은 인기를 누리다 월북하여
1955년 북한 최초로 인민배우 칭호를 받고 1957년에는 내각 문화성 부장, 국립연극
극장 총장을 역임하는 듯 영예를 누리다가 1961년 사망하여 평양시 형제산 구역 애
국 열사릉에 안장된 황철 같은 사람도 있다. 한설야처럼 최고인민회의 부의장까지
오르는 등 승승장구하다 숙청되어 자강도의 협동농장으로 추방되어 그곳에서 죽은
사람도 있고, 정치적인 문제에 얽히지 않으려고 아동문학 창작과 번역 작업으로 펜
을 옮겼다가 당성(黨性)이 약하다는 이유로 양강도 산골의 협동농장으로 추방되어
그곳에서 농장원으로 일하다 죽었고 백석도 협동농장에서 일하다 1995년 1월 83세
의 나이로 세상을 떠났다 또한 화가이자 평론가이며 수필가였던 김용준은 노동신
문에 실린 김일성의 사진을 오려내지 않고 폐품으로 내놓았다는 이유로 비판무대에
오르게 되자 자살로 생을 마감했고, 이태준은 대남 심리전 소설을 쓰는 비밀작가로
일하다 재추방, 결국은 강원도 탄광에서 뇌혈전(腦血栓)으로 쓰러진 아내 병 수발하
다다. 박태원도 역사를 위조하라는 당국의 명령을 거부했다는 죄로 강제노동수용소
에 수용되기도 했고, 시골 소학교 교장으로 좌천 당해 작품활동을 할 수 없었던 시기
도 있었으며, 박태원은 협동농장에서 일하다 1960년에 작가로 복귀하고 그 이후로
는 역사소설을 쓰면서 현실과 적당히 타협하게 된다. 백석은 1963년 사망한 것으로
세상에 알려져 있었으나 백석은 죽지 않고 협동농장으로 추방되어 1995년 1월 83
세의 나이로 세상을 떠났다 한다.

1940년대에 들어 일제의 암흑기에서도 새로운 방향을 모색하게 된다. 당시 가곡들은 크게 두 가지의 특징으로 나타나는데 하나는 1930년대에 주류를 이루었던 서정적인 가곡의 맥을 잇는 형태이며 또 하나는 진보적인 동시에 사실주의적 경향의 가곡이었다. 전자의 경우 앞서 거론한 작곡가들을 중심으로 이루어지고 있었고, 후자의 경우, 새로이 등장하는 작곡가들 즉, 윤이상, 김건우, 나운영 등이 주도하였다고 볼 수 있다. 윤이상은 <추천(그네)>, <고풍의상>, <달무리>, <편지>, <나그네>, <충무공> 등 6편의 가곡을 작곡했다. 1947년에 <산유화>, <바다>, <그를 꿈꾼 밤>, <잊었던 마음>, <초혼>의 다섯 곡을 작곡하였고, 1948년에 <진달래꽃>, <상열>, <탱자>, <양>, <철공소>, <자장가> 등 여덟 곡을 합하여 13곡을 남기고 그는 월북했다. 이건우 역시 김순남과 마찬가지로 월북 작곡가인데 1948년 5월 <금잔디>, <붉은 호수>, <가는 길>, <엄마야 누나야>, <산>을 작곡하였고, 11월에 <자장가>, <꽃가루 속에>, <소곡>, <추풍령>, <산길>, <빈대> 등 11곡을 작곡하여 발표했다. 나운영은 1939년 가곡 <가려나>로 동아일보 주최 신춘문예 작곡부문에 입상하면서 작곡가의 길로 들어섰다. 그 이후 <박쥐>, <달밤>(1946년), <가는길>(1947년), <별과 새에게>(1948년), <접동새>(1950) 등의 가곡을 작곡했다. 그리고 1950년대 한국예술가곡사에서는 이시기를 황금기라 말한다. 시기를 대표하는 작곡가들로는 윤용하, 이호섭, 정세문, 변 훈, 김순애, 김달성, 이상근, 김형주, 정윤주, 정회갑 등을 들 수 있다. 이들은 제1세대 작곡가들로부터 작곡 수업을 받은 제2세대의 작곡가들로 윤용하는 <보리밭>(1952), <달밤>(1956), <산골의 노래>(1956) 등의 가곡을 작곡했으며, 이호섭은 <국화 옆에서>(1955), <어머니의

얼굴>(1956) 등을, 변훈은 <떠나가는 배>(1953), <낙동강>(1951), <자장가>(1952), <명태>(1952) 등을, 여성으로서 첫 작곡가인 김 순애는 1938년에 <네잎클로버>를 작곡하여 작곡계에 입문하여 <모란이 피기까지는>, <4월의 노래>1953)를 작곡했다. 김달성은 12곡으로 이루어진 연가곡 <사랑이 가기 전에>(1958)를, 김형주는 <자장가>와 <고요한 밤>을(1949) 시작으로 <낙화암>(1951), <고향>(1951)등 50년대에 많은 가곡을 남기고 있다. 정회갑은 <진달래꽃>(1947)으로 가곡작곡에 입문한 이후, <음 3월>(1952), <먼 후일>(1953)등을 작곡했다.5)

5) cf: 김미애 <한국 예술 가곡: 시와 음악의 만남> 서울: 시와시학사, 1996.

<공군종군작가단 이상로의 출판기념회 모습>

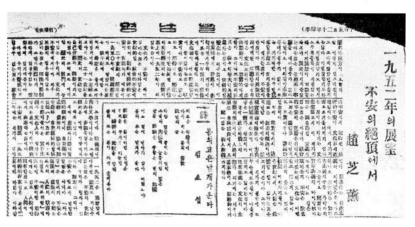

<공군종군문인단의 부단장이었던 시인 조지훈은 1952년 1월1일자 영남일보 신년호에 '1952년의 전망 영남일보>

전쟁의 포연 속에서도 예술가곡의 흐름은 맥맥히 이어져 음악인들은 육군 종군 작가단을 조직하며 음악인들이 모여 해군당국의 협조로 <해군문화선무대>를 조직 1951년 전 대원이 해군문관으로 임명되어 <해군 정훈음악대>로 발족한다. 문인들 역시 그 흐름에 동참한다. 대구에는 최독견·김팔봉·마해송·박영준·임옥인·최정희·박목월·조지훈·최인욱·구상·유주현 등이 모이고 부산에는 김동리·김말봉·김광주·황순원·곽종원·김송·박연희·김규동·박인환 등이 모여 육군·해군·공군 별로 각각 종군작가단이 꾸려지는데, 1951년 1월, 대구에서 가장 먼저 공군 작가단이 결성되었다. 단장 마해송, 부단장 조지훈, 사무국장 최인욱, 김동리, 박두진, 박목월, 방기환, 유주현, 최정희, 황순원 등 국내 정상급 작가들로 구성되었고, 이후 작곡가 김성태가 참여했다. 이들은 전쟁의 포연 속에서도 예술가곡을 창작하여 1955년 3월에 이흥렬이 <어머니의 마음>, <바위고개>, <봄이 오면>, <코스모스를 노래함> 등이 실린 <이흥렬 가곡집>이 국민음악연구회에서 발행되었고, 5월에는 김성태의 가곡 모음집 <봄노래>, <한국 가곡집>이 유정사에서 출판되었다. 금수현의 <그네>, 김대현의 <새우>, <자장가> 김동진의 <가고파>, <내 마음>, <뱃노래>, <봄이 오면>, <수선화> 김성태의 <꿈>, <동심초>, <사친>, <산유화>, <이별의 노래>, <즐거운 우리 집>, <진달래 꽃>, <한송이 흰 백합화> 김세형의 <밤>, <물 긷는 처녀>, <뱃노래>, <옥저>, <찢어진 피리> 채동선과 김성태 그리고 당대 최고의 시인 정지용을 중추로 점화된 한국의 예술가곡은 해방공간과 한국동란을 거치는 혼란과 고난의 시대를 지나며 백화제방百花齊放 시대가 열린다. 그 결실들이 집약된 1958년 12월 <한국가곡 100곡집>이 국민음악 연구회에서 발간되는데 그 책 속에는 작곡가들은 구두회, 김규환, 김대현, 김동진, 김진균, 김성태, 김세형, 김순애, 김형주, 나운영, 박찬석, 박태준, 윤용하, 윤이상, 이동욱, 이상근, 이호섭, 이흥렬, 장일남, 정대범, 정윤주, 정희갑, 조두남, 채동선, 최영섭, 하대응, 현제명, 홍난파 등 28명의 작곡가들의 작품이 실린다.

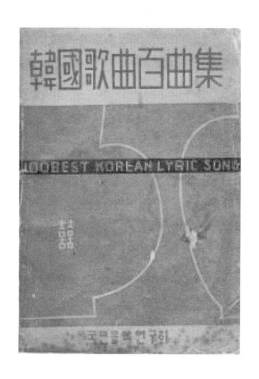

1.2. 박목월서정시의 예술가곡화 연구를 위한 전제

본 연구를 진행하기 위해 필자는 예술가곡은 시와 음악이라는 서로 독립된 장르가 하나로 융합되어 성립한 성악곡을 가리키며 가곡은 문학사의 관점에서건 음악사의 관점에서건 시와 음악의 조화를 지향한다고 전제하고 예술가곡의 필요충분조건(a necessary and sufficient condition)을 다음과 같이 정의했다.

가) 예술가곡은 전문적 자질을 갖춘 시인의 시를 바탕으로 해야 한다.
나) 작곡가는 시를 해석하고 교감하여 언어로서 표현되어질 수 없는
    영역을 음악적으로 표현하여야한다.
다) 이렇게 창작된 노래는 피아노 또는 전문 연주자들의 반주에 맞추어,
라) 성악가에 의해 노래 불려 져야 한다.

이 같은 전제로 본 연구가 한국예술가곡의 효시로 비정한 정지용과 채동선의 <고향> 이후 지금까지 창작된 예술가곡은 과연 몇 편이며 어떤 작품들이 있는가 하는 문제를 개관해보기로 한다. 이같은 문제에 접근하려할 때 이정표가 될 만한 성과가 있는 데에서 발간한 1986년에 음악평론가 이장직씨가 조사해 문화예술진흥원 기관지 월간 <문화예술> (현 문화예술위원회) 8월호에 발표한 '한국시의 가곡화에 대한 분석' 이다. 그 내용을 간추려[6] 살펴보면 다음과 같다.

---

6) 이 글은 한국예술가곡을 전수조사해서 얻은 통계는 아니다. 필자 이장직도 조사범위를 한정하며 글의 목적은 한국의 예술음악 장르 중에서 비교적 폭넓은 대중성을 확보하고 있는 가곡에 사용된 시들을 작가별·내용별로 분석함으로써, 한국가곡에 대한 성격의 규명과 아울러 그 문제점을 지적하려는 데에 있다. 이 글에서의 통계자료에는 기존의 것에 필자가 다소 수정을 가한 것도 포함되어 있다. 기존의 통계자료가 만들어진 이후에 출판된 몇 권의 가곡집에 수록된 노래들 때문에 통계가 수정될 수밖에 없었다고 한계를 밝혔다. 그러나 그 이후 이같은 관점에서 한국예술가곡의 현황을 전수 조사하여 일별해 본 글이 없으므로 아직도 유효한 통계로 보아야 한다.

<표 6 > 작가별 가곡수

작사자	가곡 수	시의 편수	작곡자수	비고
김소월	140	57	44	
조병화	39	29	18	
박목월	38	27	23	
서정주	33	25	8	
이은상	32	30	12	
김영랑	31	19	16	
조지훈	25	13	20	
양명문	22	20	7	
박두진	19	15	11	
김춘수	17	14	11	
한하운	16	8	10	
유경환	16	10	2	
이병기	15	12	13	
김억	13	11	11	
김동환	12	11	2	
피천득	11	11	6	
박화목	9	5	8	
김광섭	9	8	8	
김용호	8	5	5	
김동명	8	4	7	
유치환	8	8	5	
유성윤	7	7	4	
장수철	7	6	4	
김남조	7	7	1	
김지하	5	5	3	
주요한	5	3	5	
이육사	5	4	3	
신석정	5	5	5	
모윤숙	5	3	5	
윤곤강	5	5	3	

<표 8> 작품별 가곡수 (5편 이상)

시인	시	가곡수
김소월	진달래꽃	10
"	가는 길	10
"	임의 노래	9
"	못잊어	8
"	초혼	8
김영랑	모란이 피기까지는	8
김소월	먼후일	6
"	접동새	6
"	금잔디	6
"	산	6
"	예전엔 미처 몰랐어요	6
박목월	나그네	6
조지훈	마을	6
한하운	파랑새	6
김광섭	마음	5
서정주	국화 옆에서	5
김소월	산유화	5

이장직이 대상으로 삼은 분석 작품 7백여 곡의 가곡 가운데 140곡이 소월의 시를 가사로 쓰고 있는 것으로 나타났다. 소월 다음으로 시인은 조병화(39곡) 박목월(38곡) 서정주(33곡) 이은상(32곡) 김영랑(31곡) 조지훈(25곡) 양명문(22곡) 순이었다. 소월 시 가운데서는 <진달래꽃>과 <가는 길>이 가장 많이 가곡화 되었는데,7) 각각 10곡씩이

---

7) <素月詩에 붙인 韓國歌曲 研究> 김애엽, 서울대학교 대학원,[1984란 논문에 의하며 "200여편에 달하는 소월의 시중 67편의 시가 가곡의 가사로 채택되었으며 작곡자 50명에 의해 가곡화된 숫자가 총 184곡에 이르고 있다. 이것은 단일 작사자에 붙여진 가곡의 숫자로는 우리나라 가곡사상 가장 많은 숫자이다."라고 밝히고 있다.

가곡으로 채택되었다고 했다. 8)

또한 이장직은 1920년에 발표된 홍난파의 <봉선화>부터 시작하여 한국 가곡의 역사는 현재에 이르고 있다. 민경찬(1986)9)은 한국가곡사를 크게 10년 단위의 5단계로 나눈다.

  (1) <봉선화> 이후의 1920년대의 개척기
  (2) 30년대의 서정 가곡기
  (3) 1940년대의 예술가곡기
  (4) 1950년대의 과도기
  (5) 1960년대 이후의 현대가곡기가 그것이다.

논문에 따르면 소월의 시를 가사로 쓴 가곡도 184곡에 이른다. 또 가장 많이 작곡된 시는 <가는 길>로 김달성, 나운영, 하대응, 김규환 씨등 14명의 작곡가가 곡을 붙였고, 그 다음으로 많이 작곡된 시는 <진달래꽃>으로 김노현, 김동진, 김순애, 김성태 씨 등 11명의 작곡자가 노래를 만들었다. 또한 <못 잊어>, <초혼>, <임의 노래> 등 세 개의 시엔 각각 10명이 곡을 붙였다. "소월 시의 형식적 특징은 전통적으로 전해 내려오는 민요인 율조에 그 정형성을 근거하고 있다는 것이다. 이 점은 민요가 노래로 불려진 것임을 생각할 때 소월 시는 이미 시 자체에 음악화 될 가능성을 풍부하게 갖고 있음을 의미함과 동시에 그 음악성은 우리 고유의 음악성이며 내용과 함께 보편성과 공감성을 지닌다는 것을 나타낸다. 따라서 이 점은 소월시의 형태적 특징이 작곡가들에게 작곡 동기를 마련해 준다는 것이며 내용과 형식이 일치하여 조화를 이루고 있음을 입증하는 점이기도 하다." 이 논문은 현재 필자의 요구에 의해 원문보기가 지원되고 있지 않아 내용 점검이 불가하다.

8) 이 논문은 1986년 7 · 8월 월간 문화예술 통권 106호 특별기획 프로그램으로 실린 것이다(당시 한국문화예술진흥원발행). 필자는 1년간 충분한 시간을 두고 자료를 조사 후 글을 써서 게재한 것인데 동일한 지면에 박상천, <한국 근대문학의 작가 필명과 익명 문학작품연구 시론>과 같은 의미 있는 연구들이 게재 된다. 당시 필자는 기획편집 담당이었다. 이장직 한국시의 가곡화에 대한 분석 http://www.arko.or. kr/zine/artspaper86_07/19860703.htm .

9) 민경찬 「시대별로 살펴본 한국가곡 60년사. 봉선화에서 십이음기법까지」, 『음악동아』 1985년 9월호, p.246.

한편 그는 20년 단위로 한국가곡의 <세대>를 구분하기도 한다. (i) 1920년 이후의 제1세대 (ii) 1940년 이후의 제2세대 (iii) 1960년 이후의 제3세대가 그것이다 제1세대는 창가에서 가곡양식으로의 발전을 이룩하여 한국가곡의 장르를 개척하였으며, 제2세대는 예술가곡을 청중들 사이에 정착시켰으며, 제3세대는 현대적 어법의 가곡을 창작했다는 점에서 각각 특징을 발견할 수 있다고 했다.[10]

이처럼 한국예술가곡의 역사를 구획하고, 좋은 가곡은 훌륭한 시인과 작곡가가 만나서 이루어지므로 한국가곡에 있어서 작곡자가 시를 선택하는 과정에는 여러 가지 요인이 작용하는데 시의 내용이 작곡가가 소화할 수 있는 만큼의, 생소하지 않는 것이어야 하고 그 다음의 문제는 형식적 요인, 즉 음수율이나 시의 길이에 있으므로 한국가곡은 일정한 음수율이 있는 정형시를 선호하는 경향을 보여 준다. 고 개관했다.[11]

---

10) 이장직, 앞의 글, 같은 곳. 글의 목적은 한국의 예술음악 장르 중에서 비교적 폭넓은 대중성을 확보하고 있는 가곡에 사용된 시들을 작가별·내용별로 분석함으로써, 한국가곡에 대한 성격의 규명과 아울러 그 문제점을 지적하려는 데에 있다. 이 글에서의 통계자료에는 기존의 것에 필자가 다소 수정을 가한 것도 포함되어 있다. 기존의 통계자료가 만들어진 이후에 출판된 몇 권의 가곡집에 수록된 노래들 때문에 통계가 수정될 수밖에 없었다.

11) 이장직, 앞의 글, 같은 곳. 이것은 가곡화하는 과정에서의 손쉬움 때문이기도 하지만 일정한 틀을 유지할 수 있고, 유절 가곡화하여 짧은 오선지 내에 긴 가사를 소화할 수 있기 때문이다. 정형시가 아닌 경우 그것을 가곡화하려면 보통 음악의 규범적인 박절구조를 파괴할 수밖에 없다. 아니면 많은 음절을 일정한 박자에 담기 위해서 짧은 음표, 가령 예를 들면 16분 음표를 동시에 많이 사용해야 하기 때문이다. 현대가곡에 들어오면서 곡 중간에 박자 바꾸는 기법이 보편화되지만, 초기에는 거의 없었다. 따라서 초기의 가곡은 대부분이 정형시를 가사로 사용하고 있다고 봐도 크게 틀린 것은 아니다.

또한 김소월의 시가 한국가곡 전체의 15퍼센트 이상을 차지하고 있는데 이는 그의 시가 갖는 7·5조의 음수율은 4마디를 기본단위로 하는 가요형식(song form)의 한 악구와 대응되기 때문이며, 음수율 외에도 그의 시가 갖는 내용이 큰 요인으로 작용한다고 했다.

특히 소월의 시중에서도 <진달래꽃>과 <가는 길>이 각각 10곡으로 작곡빈도가 가장 높으며 이는 '<진달래꽃>은 소월의 대표작이라는 점에서 작곡가들의 관심이 되었을 것이다'라고 추정했다.

그리하며 전체적 개관을 통해 몇 가지의 결론을 유추하여 기술하고 있다.

(1) 한국가곡은 자유시보다는 정형시를 가사로 선택하는 경우가 많다. 그 이유는 노래형식이라는 규범적인 틀―가령 2부분 형식이나 3부분 형식, 다 카포 형식 등―에 가사를 맞추어 넣기가 쉽기 때문이다. 이외에도 정형시를 가곡화함으로써 얻는 손쉬움은, 곡 전체를 하나의 박자 ― 가령 4/4또는 3/4…―로 계속 진행시킬 수 있다는 점이다. 또 다른 이유는, 정형시는 일정한 음수율에 의해 구성된 언어의 구조물이기 때문에, 가사 자체의 내적인 리듬―낭독과정에서부터 느낄 수 있는 리듬―과 음악적 리듬을 비교적 쉽게 일치시킬 수 있다는 점이다.[12]

(2) 한국가곡의 박자 구조상으로 2·4박자 계통보다 3/4·6/8·9/8 박자 등의 3박자 계통을 선호하는 경향이 있다.[13]

---

12) 이장직 앞의 글 같은 곳. 이에 반해서 자유시는 액센트의 위치나 싯구의 길이가 불규칙적이어서 리듬 패턴이나 박자에 의해 지속시키기가 어렵다. 따라서 처음부터 애창곡의 범주에서 출발했던 한국가곡의 이러한 <어려움>을 쉽게 받아들일 수가 없었다. 그러나 무엇보다도 자유시가 가곡화되는 빈도가 낮은 것은 작곡가 입장에서 시에 대한 깊은 이해가 부족했기 때문이라고 보아진다. 이와 더불어 비정형시를 수용할 만한 음악적 기법의 미성숙함을 여기서 충분히 느낄 수 있다.
13) 이장직 앞의 글 같은 곳. 여기서 6/8박자를 굳이 3박자 계통에 포함시킨 것은, 한국

(3) 한국가곡은 그 주제나 내용 면에서 서사적·사실적인 것보다는 서정성이 짙은 것을 위주로 하고 있다. 앞의 도표에서도 살펴보았지만 인간이나 사회·역사에서 보다 자연에서, 그것도 신비화되고 인간으로부터 멀리 떨어진, 왜곡된 자연에서 소재나 주제를 택한 것이 압도적으로 많다. 인간감정을 노래한 것이라고 해도 기껏해야 사랑, 그리움, 이별 등의 비극적·감성적인 면만을 강조한 것이기 쉽다.

(4) 한국가곡이 역사성·사실성을 결여하고 있다는 사실은, 가곡이 원래 낭만주의의 산물이라는 점에서 위로 받을 수 있긴 하지만 그것이 음악계 전반을 지배하고 있는 통념, 즉 음악이란 현실에 무관하며, 또 무관해야 한다는 생각에 미친 영향을 감안한다면 가볍게 보아 넘길 것은 아니다.

(5) 한국가곡은 그 주제나 내용 면에서뿐만 아니라 가사의 선택대상이 되는 시인이나 시의 폭에 있어서 너무 좁은 느낌을 준다. 잘 만들어진 시에 자신이 곡을 붙여서 그 노래가 널리 애창되었으면 하는 마음은 가곡 작곡가라면 누구나 가지고 있다. 그러나 '이러한 희망이 특정의 시인이나 시작품이 수많은 노래로 가곡화 되고 있는 <기현상>을 모두 설명해주지 않는다'[14]고 했다.

가곡에서의 6/8박자는 서양음악에서의 그것과는 달리 2박자적 속성보다는 그 하부구조인 3박자적 속성을 강조하고 있기 때문이다. 타령조의 노래나 뱃노래, 민요풍의 내용을 담고 있는 노래엔 보통 이 3박자 계통의 박자들이 많이 사용된다. 이것은 전통 국악에서의 장단과 서양음악에서의 규범적 박자사이에서 찾아지는 문화적 절충주의이다. 그러므로 한국가곡에서 6/8이나 9/8를 사용하는 방법은 서양음악에서의 실제와 다르며, 그렇다고 해서 그 리듬이 국악의 장단과 정확히 일치하는 것은 아니다. 한국가곡 작곡가들은 이러한 박자와 리듬의 사용을 통하여 가사에서 느낄 수 있는 향토적 서정성을 실현화하려고 했던 것 같다.

14) 이장직 앞의 글 같은 곳. 오히려 작곡자가 가사를 선택하는 번거로움을, 이미 가곡화된 유명 작가의 시를 손쉽게 선택함으로써 덜어보려는 안이한 태도가 아닌가 하

본 연구의 중점은 박목월서정시의 예술가곡화이다. 논의의 초점을 시인 박목월에게 맞추어 그의 작품을 중심으로 살펴보기로 한다.

최근 최민성은 '박목월의 시는 민족적 형식과 정서를 갖추었던 만큼, 그의 시를 가사로 많은 가곡들이 창작되었고 전제하고, 목월의 기존 발표작을 가사로 하거나, 목월이 가사를 붙인 곡이 166편에 이른다'15)고 밝혔다. 이는 이장직의 연구에서 산출한 140곡을 상회하는 숫자이고 작품별 통계에서도 김소월의 진달래꽃을 가곡으로 창작된 10편이 최고였음에 비해 박목월의 나그네를 작곡한 작품이 14곡이란 사실을 적시했다.

고 의심해 보아야 할 것이다. 새로운 시를 찾아내어 그것을 가곡화하는 과정은 작곡자에게 많은 번거로움뿐만 아니라 고통을 안겨 준다. 그 고통은 새로운 시를 발굴하여 가곡으로 남기는 일을 생각한다면, 참아낼 수 있는 값진 것이다. 필자는 아직도 많은 시인들이 자신이 작품이 가곡화되어 음악작품으로도 남게 되길 기대할 것으로 생각한다. 이러한 <기현상>은 시문학에 대한 작곡자의 이해가 아직 세대적 요구에 못 미치기 때문에 빚어지는 것이라고도 볼 수 있다. 가곡이 문학과 음악이 만나서 이루어지는 일종의 종합예술임을 생각할 때 가곡화 과정에서 시문학에 대한 깊은 이해는 필수적인 것이다. 이것이야말로 시의 리듬과 음악적 리듬의 불일치, 가사의 액센트와 음악적 액센트 사이의 부조화, 다시 말해서 선율·리듬과 가사와의 부적응 상태를 해결할 수 있는 방법이다.

15) 최민성 <박목월 문학의 재인식과 현재성> : 박목월 관련 콘텐츠의 현황과 전망 한국언어문화학회 <한국언어문화> 57권 2015 pp.85~108. 최민성은 박목월 탄생 100주년 기념 심포지엄에서 우리가곡운동본부 http://krsong.com/bbs/board.php?bo_table=05_1_1&wr_id=2에 업로드 된 자료를 바탕으로 직접 음반작업 여부를 화인하여 통계를 산출했는데 이를 바탕으로 배감 학술정보관 서지 사항과 김연준 연가곡 <인생>과 <비가>자구레코드 1976 등 필자가 조사한 결과들을 가감하였다.

47 편	
<구강산>, 조두남 곡	<모란여정>, 박경규 곡
<갑사댕기>, 권효정 곡	<봄비>, 김경중 곡
<고향의 달>, 황병기 곡	<산도화>, 이상규 곡
<그리움>, 이수인 곡	<산도화>, 조두남 곡
<나그네>, 김수정 곡	<산이 날 에워싸고>, 정태준 곡
<나그네>, 정덕기 곡	<산이 날 에워싸고>, 한만섭 곡
<나그네>, 장기찬 곡	<어머니의 손>, 박은회 곡
<나그네>, 김원호 곡	<윤사월>, 임우상 곡
<나그네>, 이영자 곡	<이별가>, 박은회 곡
<나그네>, 김영호 곡	<적막한 식욕>, 이철구 곡
<나그네>, 김광순 곡	<청밀밭>, 정덕기 곡
<나그네>, 김광자 곡	<청밀밭>, 송재철 곡
<나그네>, 하대웅 곡	<한석산>, 송재철 곡
<나그네>, 진정숙 곡	<이별의 노래>, 김성태 곡
<나그네>, 조윤주 곡	<사슴>, 김성태 곡
<나그네>, 윤이상 곡	<수련의 노래>, 김성태 곡
<나그네>, 변훈 곡	<산이 날 에워싸고>, 신영회 곡
<나그네>, 이문주 곡	<4월의 노래>, 김순애 곡
	<영광>, 김순애 곡
<달무리>, 윤이상 곡	<산이 날 에워싸고>, 허연실 곡
<달무리>, 박해미 곡	<모란여정>, 박경규 곡
<달무리>, 전원상 곡	<청노루>, 권효정 곡
<달무리>, 한만섭 곡	<임에게>, 권효정 곡
<니 와모르노(원제: 대좌상면 오백생)>, 박은회 곡	

<표 10> 박목월 서정시를 가사로 한 예술가곡Ⅱ 김연준 작곡

총괄		
박목월 시전집 소재 작품	박목월 시전집 미수록 작품	계
24	87	111

동요 15편
<송아지> 손대엽 곡
<누구하고 노나> 한용회 곡
<다 같이 노래를> 한용회 곡
<할미꽃> 윤극영곡
<흰구름> 박목월, 외국곡
<이야기 길> 이계석 곡
<노래는 즐겁다> 윤용하 곡
<물새알 산새알>신귀복곡
<뻐꾸기> 외국곡
< 다람다람 다람쥐>박태준 곡
<어린이노래 >박태준 곡
<가을> 박태준 곡(원작 '가을이지'를 윤복진 월북으로 개사)
<봄 잔치 하자> 권길상곡
<여우비> 김대식곡
<감동 송아지> 김대식곡
가요 3편
<나그네>, 장사익 작곡, 노래
<나그네>, 송상환 곡, 양현경 노래
<나그네>, 장덕기 작곡, 양지 노래

이렇듯 노래로 만들어진 박목월의 서정시는195편이다.

1. 예술가곡: 162편 (김연준 작곡 111편)

2. 동요: 15편

3. 대중가요 :3편

4. 특수목적가요: 19편 등 중 예술가곡 158 편만을 본 연구의 대상으로 삼는다.16) 그리고 김연준에 의해 작곡된 박목월의 작품을 부록으로 달라 전편을 수록했다.

---

16) 여기서 필자가 주목하는 것은 연구의 대상인 예술가곡 162편의 서정시가 박목월 시전집에 수록 되었는가하는 여부였다. 이는 지금까지 다루어지지 않는 박목월 시 연구의 미답(未踏) 영역이다. 혹자는 노래가사가 된 시를 의도적으로 배제하였다 고 하여 문학성의 문제를 거론하지만 이는 예술가곡이 시인과 작곡가의 동등한 협 업으로 이루어지는 것이란 개념이 부족에서 비롯된 것이므로 본 연구에서는 거론 치 않는다. 또한 이 작품들의 문학적 가치는 별도의 연구를 필요로 하므로 본 연구 의 범위에서 제외했다. 김연준 작곡 111편의 가사와 시전집 수록 여부는 전수 조사 후 부록으로 붙였다.

2. 예술가곡의 가사로서 박목월 서정시의 최적성

2.1 분석대상 작품의 범위

시인 박목월은 정지용의 시맥을 정통으로 계승한다. 그것은 1930년대 시문학파의 계승이며 문장은 암흑의 시기에 놓여진 교량과 같은 존재였던 <문장>을 통해 정지용에 의해 발탁되었음으로 증명된다. 이같은 시문학의 계승은 예술가곡의 역사적 흐름에서도 이어진다.

일제 강점 시기에 활착한 예술가곡은 해방과 해방공간을 거치며 예술가곡 창작협업에 활발하게 참여했던 작곡가 박태준, 정지용 등의 월북과 6·25 동란 등을 거치며 혼란이 야기되었으나 종전 후 문학과 음악의 협업을 통한 한국가곡의 창작은 더욱 활발하여 오늘날까지도 국민 애창곡으로 자리 잡게 된다. 박목월은 향토적 서정에 민요적 율조가 가미된 초기 시부터 현실에 대한 관심과 인간의 운명이나 사물의 본성에 대한 깊은 통찰, 가족이나 생활 주변에서 시의 소재를 형상화하여 한국 시문학사의 독보적 위상을 차지하고 있는 시인이다. 1939년 <문

장>에 <길처럼>, <연륜> 등이 정지용에 의해 추천되어 등단한 박목월은 해방 후 재편된 문단의 중추로 자리 잡으며 1979년 타계 시까지 한국 시문학의 중심에서 활발한 활동을 펼친다. 박목월의 초기시가 가지고 있는 서정성과 율성 즉 음악성은 작곡가들에게 주목 받는다.

2.2 한국예술가곡의 창작에서 <김소월>과 <박목월>의 시가 주목 받는 이유

2.2.1 김소월의 경우

예술가곡의 음악이나 문학연구의 방법론으로만 접근 할 수도 음악연구의 시각으로 일방적 시각으로 만으로는 접근이 불가능한 융합 장르의 연구이므로 연구의 성격 상 논의의 한계를 지닌다. 그리하여 채동선 작 정지용의 <고향>에서 비롯된 우리나라 예술가곡이 그 시발로부터 오늘날에 이르기 까지 한국예술가곡이란 이름하에 창출된 작품들을 일별하여 연구대상 작품을 한정할 수밖에 없는 것이다. 비록 전수 조사된 것은 아니지만 이정직의 <한국시의 가곡화에 대한 분석> 본 연구의 시발점이 된다

이장직에 의해 계량화되고 도출된 결과에서 우리는 한국예술가곡 창작의 최다 작품과 작가가 김소월이란 점을 도출하였고 최민성과 필자의 추가 보완 조사를 통해 김소월의 시 140편보다 박목월의 시가 23편이 더 많다는 결과를 얻었으며 작품별로는 김소월의 진달래꽃이 10편임에 비해 박목월의 시 <나그네>가 14편으로 최다 창작되었음을 규명하였다.[1]

그렇다면 왜 예술가곡의 작곡자들은 김소월의 작품과 박목월의 작품에 주목하고 있는가?

김소월 시가 지닌 매력은, 모국어에 대한 천부적 자질을 바탕으로 형성된 시적 리듬과 음률성에 대한 철저한 자각에서 비롯한다.[2] 이장직은 우리나라예술가곡의작곡자들이 김소월의 시를 예술가곡창작의 가사로 작품화하는데 최적성을 다음과 같이 설명하고 있다.

김소월의 시가 한국가곡 전체의 15퍼센트 이상을 차지하고 있는데 이는 그의 시가 갖는 7 · 5조의 음수율은 4마디를 기본단위로 하는 가요형식(song form)의 한 악구와 대응되기 때문이며, 음수율 외에도 그의 시가 갖는 내용이 큰 요인으로 작용한다고 했다.

특히 소월의 시중에서도 <진달래꽃>과 <가는 길>이 각각 10곡으로 작곡빈도가 가장 높으며 이는 <진달래꽃>은 소월의 대표작이라는 점에서 작곡가들의 관심이 되었을 것이다라고 추정했다. 한국가곡은 자유시보다는 정형시를 가사로 선택하는 경우가 많다. 그 이유는 노래 형식이라는 규범적인 틀―가령 2부분 형식이나 3부분 형식, 다 카포 형식 등―에 가사를 맞추어 넣기가 쉽기 때문이다. 이외에도 정형시를 가곡화함으로써 얻는 손쉬움은, 곡 전체를 하나의 박자―가령 4/4또는 3/4…―로 계속 진행시킬 수 있다는 점이다. 또 다른 이유는, 정형시는 일정한 음수율에 의해 구성된 언어의 구조물이기 때문에, 가사 자체의 내적인 리듬 - 낭독과정에서부터 느낄 수 있는 리듬 - 과 음악적 리듬을 비교적 쉽게 일치시킬 수 있다는 점이다.[3]

---

1) 이러한 계량적 결과는 후일 관심 있는 연구자의 전수조사에 이해 언제든지 그 결과는 유동적일 수 있다. 본 연구는 이러한 계량적 한계를 전제로 출발한다.
2) 오세영 앞의 논문 같은 곳
3) 이장직 앞의 글 같은 곳. 이에 반해서 자유시는 액센트의 위치나 싯구의 길이가 불규칙적이어서 리듬 패턴이나 박자에 의해 지속시키기가 어렵다. 따라서 처음부터 애

이장직의 시각은 예술가곡의가사로서 김소월의 시가 지닌 최적성에 대한 시각이다.

문학연구에서 김소월의 시가 지닌 율격의 문제는 한국문학연구자들의 주요한 관심영역이었다. 이는 문학연구의 관점에서 전통시가와 한국현대시의 율격 문제를 다루는데 있어서 대단히 중요한 과제였다. 그리하여 도출된 결과들을 정리해보면 다음과 같다

김소월 시의 민요조 리듬에 대한 음수율적 분석은 '전통적 형식→ 정형률→ 민요조→ 음수율'이라는 궤적을 그린다. 우리가 김소월을 '민요시인'내지 '전통시인'으로 규정한다면, 그의 시의 리듬 또한 '민요조' 내지 '전통적 율격'을 따르는 것으로 간주해야 한다. 이때 문제가 되는 것은 소월 시의 7·5조를 과연 "傳統的 定刑律"로 볼 수 있는가 하는 점이다. 그동안 4·4조(3·4조, 4·3조의 변조를 포함하여)는 전통적 율격의 대표자로 간주되어 왔다. 전통적 시가 양식인 시조와 가사는 물론 개화기 시가 양식인 개화가사 등이 4·4조 율격을 따르기 때문이다. 즉 '전통적 형식→ 정형률→ 민요조→ 음수율≠7·5조←외래의 율격'에서 '민요조'와 '음수율'사이에 '음보율'이라는 새로운 도로를 개설하는 것이다. 음보율의 출현은 김소월 시의 민요조 리듬을 새로운 차원으로 볼 가능성을 제시한다. 이제 우리는 '전통적 형식→ 정형률→ 민요조→ 음보율'이라는 새로운 도식을 얻는다.

창곡의 범주에서 출발했던 한국가곡의 이러한 <어려움>을 쉽게 받아들일 수가 없었다. 그러나 무엇보다도 자유시가 가곡화 되는 빈도가 낮은 것은 작곡가 입장에서 시에 대한 깊은 이해가 부족했기 때문이라고 보아진다. 이와 더불어 비정형시를 수용할 만한 음악적 기법의 미성숙함을 여기서 충분히 느낄 수 있다.

'그리하여 소월 시의 율격의 핵심을 "4연, 4행, 3보격"으로 규정한다. 좀 더 엄밀히 말한다면, 소월 시의 3보격은 동일한 음량의 반복인 '동량 3보격'이 아니라, 7·5조의 율격(4-3-5)에서처럼 동일하지 않은 음량이 반복되는 '층량 3보격'으로 규정된다. 그런데 문제는 '층량 3보격'이 "우리 전통시가와 당대에 가장 널리 유행되던 율격양식"에서 보듯 이중의 기원을 갖는 것으로 설정되고 있다는 점이다.[4]

이러한 논의의 출발점에는 조윤제의 <시조자수고>가 있다. 이 논문은 체재와 방법론 및 분량에 이르기까지 이 분야에 나타난 최초의 본격적 학술논문으로[5] 이 논문은 통계적 방법에 의해서 시조의 자수율 구조를 파악한 것이다. 그리하여 <3·4·4(3)·4, 3·4·4(3)·4, 3·5·4·3>이라고 하는 시조의 자수 율격은 거의 일반으로 자리를 굳혔고, 새로운 율격 이론이 대두되기 이전까지는 시조의 형식을 논할 때 이 자수율 이론이 거의 불문율로 통용되어 왔다.[6]

시에서 율격의 유형적 분류는 음절율, 장단율, 강약률, 고저율의 4개의 유형으로 크게 나누는 것이 통례로 되어 있다. 이러한 분류는 야콥슨R. Jakobson에 의해 시도되었는데, 야콥슨은 음절율, 장단율, 강약률이라는 3대 유형을 설정하면서 고저율의 설정을 반대하였다[7]고 있다. 우리의 경우도 유형론적 분류로 보기에는 다소 막연한 음수율音數律, 음성률音聲律, 음위율音位律이다 이러한 4대 유형에 대한 인식은 거의 이견이 없이 받아들여지고 있었다.[8]

---

4) 장철환 <김소월 시에서 민요조 율격의 위상>(현대문학의 연구, Vol.38 No.-, 2009. 69~105쪽.
5) 예창해, <한국시가 운율연구에 대한 통시적 성찰>, 『고전시가론』, 새문사, 1984, 39쪽.
6) 강홍기, <현대시 운율 구조론>, 태학사, 1999, 17쪽.
7) 로만 야콥슨, <문학 속의 언어학>, 문학과 지성사, 85쪽.

이후 이러한 논의는 조동일은 <시조의 율격과 변형규칙>에서 음수율의 문제를 지적하면서 음보율로 전환을 주장하면서 극복된다. 율격적 휴지(음보)에 대해서 다음과 같이 설명하고 있다. "휴지에는 문법적 휴지도 있고, 율격적 휴지도 있다. 율격적 휴지는 문법적 휴지를 근거로 삼지만, 문법적 휴지가 있다고 해서 그것이 모두 율격적 휴지일 수는 없다. 율격적 휴지는 휴지에 의해서 구분된 토막이 일정한 수를 갖추어서 되풀이될 때 인정되고, 이러한 의의를 갖지 않는 휴지는 문법적 휴지인 데 그치고 율격적 휴지일 수는 없다. 그런데 휴지에 의해서 구분된 토막이 일정한 수를 갖추어서 되풀이되느냐는 것은 휴지의 크기에 따라서 판별된다.

조동일은 <현대시에 나타난, 전통적 율격의 계승>에서 한용운, 김소월, 김영랑의 작품들 속에서 3음보를 이상화의 작품 속에서는 4음보를, 그리고 이육사의 작품 속에서는 2, 3, 4의 혼합 음보를 찾아내면서 우리의 전통 음보가 현대시 속에 분명히 이어지고 있음을 확인해 보았다. 그러나 그는 음보 설정에 적잖은 무리를 감행하고 있어서 재고되어야 할 소지를 다소 안고 있는 것으로 보았다.[9]

이 논의는 김대행에 이르러 재고된다. 그는 「한국시가운율론 서설」에서 현대 국어의 운소韻素 장단이 현대시의 율격 형성에 관여한다고 했다. 현대시 율격론에 대해서는 이를 한 단계 발전시킨 양상을 보이고 있다. 즉 음운 자질의 장단長短이 고정적인 상태로 율격을 형성하는 것

---

8) 성기옥, <한국시가율격의 이론>, 새문사, 1986, 117쪽.
예창해는 한국 시가 율격에 대한 연구를 4기로 나누었다. 제1기(1920~40년대)—초창기 및 해방 전후의 침체기, 제2기(50년대)—연구의 본격화, 제3기(60년대)—연구의 다양화, 제4기(70년대)(<한국시가 운율연구에 대한 통시적 성찰>, <고전시가론>, 새문사, 1984. 36쪽).
9) 강홍기, <현대시 운율 구조론>, 태학사, 1999, 24쪽,

이 아니라 통사적 단계에서 '비음운론적 제약'에 의해 '음운 규칙에 부가적으로 나타나는 장단음절의 변화'가 생긴다는 것이라 했다. 이는 현대시가 장단율격을 형성할 가능성을 증대하는 것이지만, 김대행은 한국 현대시의 율격을 장단율로 규정하고 있지는 않다. 따라서 김대행이 말하고 있는 현대 국어의 장단은 현대시가 장단율격을 형성하는 데 관여하는 요소가 아니라, 다만 음보가 등시성을 형성하는 데 관여하는 요소라 할 수 있다.10) 그런데, 음운 자질 즉 운소로서의 장단이 음보의 등시성 형성에만 관여하게 된다면 그 장단은 결과적으로 무의미한 것이 되고 마는 것이다. 율격과 음악의 상관성을 밝히는 일 역시 시가의 형식 체계를 규명하는 데 있어 중요한 선결과제다 라고 했다 전통시가나 민요 등 우리의 시가문학 연구의 율격연구의 흐름이다, 이러한 논의 중심에는 김소월이 존재한다. 그리하여 김소월 시가 지닌 매력은, 모국어에 대한 천부적 자질을 바탕으로 형성된 시적 리듬과 음률성에 대한 철저한 자각에서 비롯한다. 라는 전제로 귀납된다.

소월의 시가 민요조에 기초하여 쓰여졌다는 사실은 널리 인정되는 터이다. 대체로 민요에 계승되는 전통적 운율을 가리키는 말이라는 데는 이의가 없는 것 같다.11)

한 소월시 연구가가 제시한 통계에 따르면 전체시 126편12) 가운데서 사보격 음보율을 지닌 시는 모두 2편으로 전체의 1%, 3보격 음보율을 지닌 시는 총 80편으로 전체의 64%를 차지하는 것으로 되어 있다.

---

10) 김대행, <한국시가구조연구>, 삼영사, 1976, 36쪽.

11) 오세영, 앞의 논문, 같은 곳.

12) 1925년 版 賣文社 刊 <진달래 꽃에 수록된 전체 시의 통계, 白淳在, 河東鎬의 <法定版 素月全集, 못잊을 그 사람>(良書閣, 1966. 12)에는 <진달래꽃> 수록 작품 수를 127편으로 잡고 있다.

여기서 자유율로 쓰여진 33편(26%)를 제외하고 고려한다면 소월시의 정형율은 대부분이 3步格 음보율이라 할 것이다.[13] 소월 시의 민요적 특질은 그 전통적 율조, 정서, 鄕土, 혹은 민요적 소재, 언어 표현 등에서 찾아볼 수 있다[14]

2.2.2 박목월의 경우

박목월의 시가 김소월의 시와 다름을 간파한 이는 다름 아닌 정지용이다. 김소월 사후 문장지에 투고한 박목월의 시를 평하며 정지용은 다음과 같이 지적한다. 김소월은 독창적이며 천재적이다. 그러나 그의 시는 민요에 머물렀다는 것이다. 그러나 박목월의 시는 민요에 떨어지기 쉬울 시가 시의 지위에서 전락되지 않았다고 평한다. 이같은 정지용의 지적은 소위 '민요조', '민요풍', '민요시'와 '시' 또는 '서정시에 대한 명료한 변별 의식의 기준을 제시 한 것으로 본다.

회화, 조각, 음악, 무용은 시의 다정한 자매가 아닐 수 없다. 이들에서 항시 환희와 이해와 추이를 찾을 수 없는 시는 화조월석花朝月夕과 사풍세우乍風細雨에서 끝나고 말았다. 그러나 이러한 것들의 구성, 조형에 있어서는 흔히 손이 둔한 정신의 선수만으로도 족하니 언어와 문자와 더욱이 美의 원리와 향수享受에서 실컷 직성을 푸는 슬픈 청빈의 기구를 가진 시인은 마침내 비평에서 우수한 성능을 발휘하고 만다. 시가 실제로 어떻게 제작되느냐, 이에 답하기는 실로 귀치 않다. 시가 정형적 운문에서 別한 이후로 더욱 곤란한 질문이 아닐 수 없다. 그것은 차

---

13) 오세영, 앞의 논문, 같은 곳.
14) 오세영, 앞의 논문, 같은 곳.

라리 도제가 되어 종장宗匠의 첨삭을 기다리라. 시가 어떻게 탄생되느냐. 유쾌한 문제다. 시의 모권母權을 감성에 돌릴 것이냐 지성에 돌릴 것이냐. 감성에 지적 통제를 경유하느냐 혹은 의지의 결재를 기다리는 것이냐. 오인吾人의 어떠한 부분이 시작 詩作의 수석이 되느냐. 또는 어떠한 국부가 이에 협동하느냐. 15)

여기서 우리가 주목해야 할 관점은 '시가 정형적 운문에서 별別한 이후로'라는 견해 이다. 소월의 시를 바라보는 정지용의 시각은 이 말 한마디로 요약된다. 즉 소월의 시는 민요에 머무르고 말았다는 단언의 배경이다. 그리하여 시란 '감성에 지적 통제'란 것으로 결론 내진다. 이것이 정지용이 소월과 달리 박목월의 시에서 발견한 가능성이다. 이같은 견해는 정지용과 박용철 김영랑이 참여한 동인지 <시문학>의 창간호 선언과 맥을 같이 한다

> …… 우리는 詩(시)를 살로 색이고 피로 쓰듯 쓰고야 만다. 우리의 詩(시)는 우리 살과 피의 매침이다. 그럼으로 우리의 詩(시)는 지나는 거름에 슬적 읽어치워지기를 바라지 못하고 우리의 詩(시)는 열 번 스무 번 되씹어 읽고 외여지기를 바랄 뿐, 가슴에 늣김이 잇을 때 절로 읇허 나오고 읇흐면 늣김이 이러나야만한다. 한 말로 우리의 詩(시)는 외여지기를 求(구)한다. 이것이 오즉 하나 우리의 傲慢(오만)한 宣言(선언)이다. 사람은 生活(생활)이 다르면 감정이 갓지 안코 敎養(교양)이 갓지 안으면, 感受(감수)의 限界 (한계)가 따라 다르다. 우리의 詩(시)를 알고 늣겨줄 만혼 사람이 우리 가운대 잇슴을 미더 주저하지 안는 우리는 우리의 조선말로 쓰인 詩(시)가 조선사람 전부를 讀者(독자)로 삼지 못한다고 어리석게 불평을 말하려 하지도 안는다. 이

---

15) 정지용, <시 (詩)의 옹호>(문장, 1939.6)

것이 우리의 自限界(자한계)를 아는 謙遜(겸손)이다.한 민족이 言語(언어)가 발달의 어느 정도에 이르면 口語(구어)로서의 존재에 만족하지 안이하고 文學(문학)의 형태를 요구한다. 그리고 그 文學(문학)의 成立(성립)은 그 민족의 言語(언어)를 完成(완성)식히는 길이다.16)
(하략)

<용아 박용철>

오세영은 시문학파시의 특징을 다음과 같이 요약 하고 있다. 첫째 이전의 다른 형식과 다른 창조적 정신으로 시작을 인식했고 둘째 시어의 함축적 의미 독창적 용법, 방언의 활용, 모국어의 계승과 계발. 셋째

---

16) 박용철, <『시문학』 편집후기>, 1930년 3월 5일, 창간호.

어감의 차이, 의성어와 의태어의 활용, 리듬을 살리기 위한 호조음(리을, 니은, 유성음 사용), 음성상징(양모음과 음모음의 적절 한 선택사용), 압운 음보 등의 활용 넷째 평이한 구문 다섯째 이미지를 살린 솜씨 등이 그것이다. 세 번째 특징인 어감의 차이, 의성어와 의태어의 활용, 리듬을 살리기 위한 호조음(리을, 니은, 유성음 사용), 음성상징(양모음과 음모음의 적절 한 선택사용), 압운 음보 등의 활용이라는 점을 주목했다.17)

이것이정지용과 박용철 김영랑이 주장한 '口語(구어)로서의 존재에 만족하지 안이하고 文學(문학)의 형태를 요구한다. 그리고 그 文學(문학)의 成立(성립)은 그 민족의 言語(언어)를 完成(완성)식히는 길이다'이란 모토와 일치한다.

목월과 소월의 시가 일견 유사한 듯 하나 다른 점이 비로 이것이다. 박목월의 시는 정지용과 시문학파의 연장선상에 위치하며 민요조가 아니라 우리말의 언어학적 특성과 민족 언어의 완성이라는 음운학적 변별자질에 도착해 있다. 이것이 채동선, 김성태 등 초기 한국예술가곡의 작곡자들이 정지용의 시에 주목한 이유기도 하고 김소월이나 박목월 만큼은 아니지만 김영랑의 시31편이 16명의 작곡가에 의해 예술가곡화 된 이유기도 하다

---

17) 오세영, <20세기 한국시연구>, 새문사, 1989, 108~114쪽. 앞서 본 연구는 채동선이나 김성태 같은 초기 예술가곡의 작곡자들이 정지용의시에 주목한 이유가 그의 시에 나타나는 한국어의 음운론적 특성을 잘살려낸 공과에 있으며 이러한 음운학적이며 음성학적 특질이 선율로 표현하기에 적합한 것이었음을 오세영의 요약하고 있는 오세영의 견해를 빌려 설명한 바 있다.

<시인 김영랑>

<시인 김소월>

<김소월 시집 '진달래꽃' 초판>

한국예술가곡의 가사로서 선호된 것이라고 말할 수 있다.

소월의 시를 새로히 정독할 기회를 가진 것만으로써도 즐거운 일이
었다. 기다림과 사모와 눈물과 한숨— 싱싱한 청춘 감정을 소박한 민
요풍으로 엮은 그의 작품이 우리에게 「영원한 청춘」의 눈물 속에서
살게 한다. 서정주씨의 「소월시론」 속에 고향의 밀어라는 말이 있거
니와 청춘이야말로 인간의 영원한 고향이오´ 동시에 소월시는 우리
들의 영원한 고향의 그 속삭임일지 모른다. 시를 감상하는 것은 어려
운 일이다. 보다 더 알기 쉽게 풀어서 이야기함은 지난한 일이다. 자
칫하면´ 감상하는 자의 독단에 빠지기 쉽다. 더구나 그것이 극도의
주관적인 감정을 노래한 서정시를 푸는데 있어서 그러하다. 소월
은´ 생애의 역정이 소상하지 못한 시인이다. 그러므로 이런 분의 시
는 작품의 배경되는 사실이 모호하고´ 작품이 이룩된 근거를 더듬
기가 어려워´ 한결 작품을 푸는데 곤란하였다. 앞으로 기회 있으
면´ 이분의 내력을 연구해서´ 좀더 상세한 감상을 해보리라. 다
만´ 샛빨간 양귀비의 즙(汁)에서 따내온 약을 먹고´ 스스로 자기의
목숨을 끊은 한 많은 시인의 영 앞에 조그만 꽃다발을 드리듯´ 그런
심정에서 이 어슬픈 책자를 엮어본 것이다.18)

후일 박목월은 장만영과 함께 펴낸 <소월시 감상> 이란 책자의 서
문에서 소월의 시를 소박한 민요풍民謠風의 작품이라 평한다. 이는 박
목월이 소월의 시를 폄하한 것이 아니라 그 가치를 십분 이해하고 있음
을 말하는 것이다.

2.2.3 예술가곡 작곡자들이 박목월의 시 선호 배경과 논리

앞서 이장직은 한국 예술가곡의 작품들을 개관하며 중 가장 많은 작

---

18) 박목월 · 장만영, <소월시 감상>, 1957년 6월 30일, 서울시사통신사, 2쪽.

품이 김소월이라 밝히고 그다음 순서를 조병화(39곡), 박목월(38곡), 서
정주(33곡), 이은상(32곡), 김영랑(31곡), 조지훈(25곡) 임을 밝혔다. 김
소월과 서정주, 이은상의 작품이 선호된 것은 전통적 서정 민요조와 시
조라는 시의 율격적 특성이 선호 배경이라면, 조병화의 경우는 조금 다
른 이유에서 선호된다.

조병화 시인의 시적 노력의 한 중요한 특징은 그가 말하듯이 쓰련다
는 자세로 일관해 왔다는 점이다. 이것은 이 시인이 산문을 지향해 왔
다는 것이 아니고 자연스러움의 견지를 변경할 수 없는 자기 부과적 계
율로 삼아 왔음을 말하는 것이다. 그대로 '말하듯이 쓰는 시'를 위한 역
정이라고 해도 지나치지 않는다. 이 점 가장 예시적인 것은 이 시인이
즐겨 편지체의 시편을 쓴다는 사실일 것이다. 한일상의 범상한 사람살
이와 범상한 정감이 말하듯, 편지하듯, 토로되어 있는 그의 시는 따라
서 누구에게나 쉽게 호소한다. 19)

<시인 조병화>

19) 유종호, <조병화 전집 10.조병화문학관 조병화의 시세계>, 학원사, 1988, 부분.

시인 조병화는 생전 창작 시집 53권, 선시집 28권, 시론집 5권, 화집 5권, 수필집 37권, 번역서 2권, 시 이론서 3권 등을 비롯하여 총 160여 권의 저서를 출간했다. 이는 그의 시가 쉽고 대중적이며 자연스러운 감정의 토로를 통해 많은 독자를 확보하고 있었음을 말한다 이는 이장직이 지적했듯 작곡가 들이 예술가곡의 가사의 선택하는 조건 중 잘 만들어진 시에 자신이 곡을 붙여서 그 노래가 널리 애창되었으면 하는 마음은 가곡 작곡가라면 누구나 가지고 있으며 이러한 희망이 특정의 시인이나 시작품이 수많은 노래로 가곡화 되고 있는 경향의 한 증명이기도하다.

이를 유형화하면

ⓐ 전통적 서정과 율격: 김소월, 서정주, 이은상
ⓑ 한국어 (모국어)의 음운론적 자질: 박목월, 김영랑, 정지용, 조지훈
ⓒ 시의 대중성 : 조병화

세 개의 유형으로 나눠볼 수 있다 .[20]

이 같은 부류에 의해 김소월류의 시편들과 함께 박목월류의 작품들이 작곡가들에게 선호된 배경은 무엇인가 하는 논거를 예술가곡 성립의 필요충분조건에 입각해서 적시해 보면 다음과 같다.

---

[20] 이는 문학 연구에서 갈래 짓는 유형이 아니라 본고의 관점인 예술가곡의 관점에 의한 임의적 분류이다 여기서 본연구가 주목하는 것은 ⓑ의 유형으로 유형은 1930년대 <시문학파>와 이들의 문학적 전통을 이어받은 <문장> 출신 시인들에 한정하며 그중 박목월만을 대상으로 한정한다.

① 예술가곡은 시에 선율이 붙여져 만들어진다. 시어의 음악성은 자음과 모음 등의 소리 자체가 지니는 성질이나 의성어 등의 음성상징, 그리고 소리의 반복이나 교묘한 배열 등을 통해 이루어지는데 이때 시의 음악성을 결정짓는 반복성은 무엇보다도 같은 소리나 소리의 강약을 반복적으로 활용하는 리듬으로 나타나며 이와 같은 운율과 리듬은 그야말로 시의 음악적 특성을 결정적으로 나타내는 요소이다. 그리고 시어의 통일성과 변화성은 시의음악성을 결정 짓는데 그 방법 중 하나가 호조음이다.[21]

② 시를 지을 때 시어의 결합은 시의 음악성을 결정짓기 때문에 작곡가는 시의 내용뿐 아니라 시인이 시어 선택을 통해 시에서 의도한 음악성을 파악하여 선율을 붙일 때 시와 선율이 자연스러운 결합을 이룰 수 있다. 또한 음악에서 음악적인 효과를 위해 선율을 반복하고자할 때 호조음과 같이 동일한 선율에서 비슷한 성질을 지닌 모음과 자음을 배열하면 언어의 특질을 살린 선율의 결합을 의도할 수 있다.[22]

③음악의 장르 중 언어의 역할이 중시되는 분야인 가곡의 작곡과 연주 에 있어서 언어학적 면의 고려가 있어야 함은 필수적이다. 한국예술가곡은 서양의 작곡 기법으로 만들어졌지만 우리말 가사로 불려지는 음악이다. 예술가곡의 창작에서는 가사가 지니는 언어적 특질을 고려하여 가사의 의미에 맞는 선율을 붙이는 것이 무엇보다 중요하며 연주자 들은 이렇게 작곡된 가곡의 언어적 특징을 바르게 이해하고 그 특징을 살려 노래 부를 수 있어야 한다.[23]

---

21) 이승복, <우리 시의 운율체계와 기능>, 서울 보고사, 1995, 164쪽.
22) 조현정, <한국 예술가곡 가사의 음운학적 분석 및 가창 지도방안 연구>, 한국교원대학교 대학원, 2010, 58쪽.
23) 조현정, 앞의 논문, 2쪽,

④ 그러므로 가사와 선율의 결합에 있어서 시의 의미를 살리고 표현하는 것은 중요하고 의미 있는 일이다. 하지만 가사와 선율의 결합에 있어서 시에 나타난 언어적 특질과 그 내용을 중요시 하지 않고 음악의 형식에만 치우칠 때 이는 언어활동에서 파롤은 없고 랑그만 존재하는 것과 같은 건조한 기호체계의 전달에 그치게 된다. 가곡의 가사는 상징성을 지닌 시적 언어로 작곡가는 시적언어에 더 큰 의미를 부여하여 시의 느낌을 선율로 표현해 낸다. 시는 자음모음자체가 지니는 성질이나 의성어 의태어 등의 음성상징 그리고 소리의 반복 등 여러 가지방식으로 언어를 배열해 이루어지는 데 이러한 언어 배열은 시어의 음악성을 결정짓는다.

하지만 시인과 작곡가의 생각을 잘 해석 하였다하더라도 정확한 발음으로 노래하지 못했다면 음악을 잘 표현했다고 말할 수 없다.[24]

⑤ 예술가곡은 시인과 성악가가 함께 만들어 나가는 예술장르이다. 또한 한국예술가곡이라 함은 우리말을 표현의 도구로 산고 있다는 대전제 하에 성립된다. 따라서 가사를 잘 전달하기 위해서는 국어의 억양을 체계적으로 기술하는 작업이 필요하다. 이 작업에는 음소와 변이음의 목록을 작성할 때와 비슷한 음운론적 방법론이 적용된다. 그런데 음성학 훈련을 제대로 받지 못한 사란들은 다양한 억양 패턴을 구별해서 듣지 못하기 때문에 억양패턴 목록을 작성하지 못한다.[25] 그러므로 한국가곡의 정확한 발음을 구사하기 위해서는 시의 음운연구가 선행되어야한다.

⑥ 성악의 연주자는 발성에 대해 잘 알아야 하며 시를 분명히 이해해야한다. 곡을 연주하며 그 시 대한 이해부족은 그 시가 전하고자 하는

---

24) 조현정, 앞의 논문, 43쪽.
25) 이호영, 국어음성학, 서울 태학사, 1996, 17쪽.

메세지나 미묘하게 풍겨 나오는 아름다움을 놓칠 수가 있다.26) 좋은 딕션diction은 이러한 이해 속에서 단어들을 음미하고 한국 가곡의 경우 국어학적 문학적 특성을 잘 알로 발음해야 한다. 그러기에 국어학적 지식을 가곡의 가사에서 음운현상과 발음 현상을 적용시켜 보고 악상에 따른 가사표현 방법까지 생각해 봄으로써 가창 시 올바른 가사 전달을 하여야 하는 것이다 .

노래하는 데 있어서는 호흡법 발성법이 발음 문제보다 앞서기는 하나 발성과 발음은 동시에 이루어지는 것이다. 즉 소리를 어떻게 내느냐에 따라 가사의 발음이 영향을 받고 가사의 발음을 어떻게 하느냐에 따라 소리가 영향을 받는다.27)

⑦ 노래란 언어가 음악화된 것이다. 따라서 음에 대한 의미와 변화 및 음색을 줄 수 있는 언어의 법칙이 노래에 있어서 절대적이며 연주자는 가사에 대하 올바른 언어학적 지식과 깊은 이해가 절실히 요구 되는 것이다.28)

---

26) Richard C.Knoli vocal knollism, 김경임 역, <성악기법원리>, 경기 도서출판 청우, 1984, 95쪽.

27) 이택회, <합창론 3>, 지음 출판사 질그릇, 1992. 2. 77쪽. 악곡의 처음에 있는 음표와 가사를 잘 표현하는 것은 악곡 전체의 표현에 영향을 미친다. 악곡의 처음에 있는 음표를 잘 발성하고, 악곡의 처음에 있는 가사를 잘 발음하면 악곡 전체의 표현이 잘 되는 것이라고 할 수 있다. 즉 시성의 표현에 의해서 악곡이 연주되는 내용의 반을 알 수 있다고 사람들은 말한다. 그만큼 시성의 표현이 중요하다는 점을 우리는 인식하고 있어야 한다. 시성의 표현은 발성과 발음 모두에 관계되고, 또 합창의 경우에 있어서는 발성과 발음을 분리하여 생각할 수 없다. 따라서 좋은 발성과 좋은 발음은 시성의 표현을 제대로 되도록 만드는 양 측면이다. 발성이 안 되면 발음이 안 되는 것이고, 발음이 안 되면 발성이 안 된다고 보면 되겠다. 왜냐하면 소리는 발성과 발음의 합동 작전에 의하여 만들어지는 것이기 때문이다.

28) 이경순, <한국 가곡 연주시 딕션(Diction)연구에. 관한 소고>, 서울신학대학 대학원 석사 논문 2000년, 72쪽.

3. 예술가곡의 가사로서 박목월 시의 최적성에 대한 언어학적 증명

한 민족이 言語(언어)가 발달의 어느 정도에 이르면 口語(구어)로서의 존재에 만족하지 안이하고 文學(문학)의 형태를 요구한다. 그리고 그 文學(문학)의 成立(성립)은 그 민족의 言語(언어)를 完成(완성)식히는 길이다.[1]

작곡자의 입장에서 예술가곡의 가사로 선택된 시들은 앞서 제시한 7 개의 카테고리에 부합할 때 동기가 유발된다. 여기서 우리가 주목해야 할 점은 시조나 김소월류의 민요시 만이 창작동기 유발의 최적성의 기준이 아니라는 점이다. 그보다 더 중요한 것은 가창歌唱 즉 노래 불려져야 한다는 성악적 배려이다. 성악가에 의해 노래 불려 진다는 예술가곡

---

[1] 유승우, <한국 현대 시인 연구>, 국학자료원, 1998, 7, 93쪽. 영랑은 '민족언어의 완성'이라는 시문학파의 캐치 프레이즈를 그 시어들의 음악성을 통해 실현하고자 한 것이다. 김영랑 시의 음악성을 뒷받침 하는 요소들은 방언, 옛말, 신조어, 의성어나 의태어의 조화로운 쓰임 등으로 생각해 볼 수 있다.

의 필요충분조건은 예술가곡 가사의 선택 시 음운론적 배려가 선행 되어야한다는 것과 같다. 그렇다면 박목월의 시가 지닌 예술가곡가사로서이 음운론적 최적성에 기인한다는 말이다 이를 언어학적으로 증명해 보자.

박목월의시에 대한 언어학적 측면의 연구는 다음 세편이 대표적인 성과이다.

1. 유경종, 「'나그네'의 언어 기호론적 분석과 의미」, 『한국언어문화』 16권, 한국언어문화학회, 1998, 131~145쪽.

2. 최병선, 「분행의 음운적 특성을 중심으로 본 박목월 시의 문체」, 『한국언어문화』 25권, 한국언어문화학회, 2004, 205~225쪽.

3. 조성문, 「박목월 시의 음운론적 특성 분석」, 『한국언어문화』 25권, 2009.

이 세편의 논문은 언어학적 측면에서 박목월 시의 특질을 연구한 논문이다. 이 논문들은 시는 '언어로 쓰여진 예술이다'란 관점에서 출발하고 있는 문학이 아닌 국어학 연구들이다. 음운론적 관점과 언어기호론적 관점 문체론적 관점을 가지고 출발한 것으로 본 연구의 핵심인 박목월의 시가 가진 예술가곡의 가사로서의 최적성最適性을 증명해 주는 대단히 중요한 실증적 결과물들이다.[2]

---

[2] 이 논문을 집필한 세 명의 언어학자들은 모두 한양대학교 국어국문학과 출신들이고 이 세편의 논문 모두가 한국 언어문화를 통해 발표되었다. 이는 박목월이 생전 한양대학에 재직 했던 인연과 무관하지 않을 것이다. 4 조성문은 앞의논문에 이어 <박목월 동시의 음운론적 특성 분석> 한국언어문화학회 <한국언어문화> 56권, 2015,

이 논문들은 박목월이 생전 창작한 총 466편의 시를 분석대상으로 하여 전수 조사한 것인데 이를 본 연구의 관점에서 간추려 본다.

전체 작품의 총 음절 수와 평균 음절 수

	초기			중기			후기			크고 부드러운 손	미수록	합계 및 평균
	청록집	산도화	종합	난·기타	청담	종합	경상도의 가랑잎	무순	종합			
시(A)	15	29	44	59	44	103	72	88	160	57	102	466
음절(B)	1211	2020	3231	10757	9631	20388	10757	18172	31768	14300	18578	88265
A/B	80.7	69.7	73.4	182.3	218.9	197.9	149.4	206.5	198.6	250.9	182.1	189.4

박목월 전체 작품의 초성 자음수와 비율

	ㄱ	ㄴ	ㄷ	ㄹ	ㅁ	ㅂ	ㅅ	ㅈ	ㅊ	ㅋ
수	10968	9866	5477	10060	6250	3710	7122	4992	1962	931
비율(%)	14.8	13.3	7.4	13.6	8.4	5.0	9.6	6.7	2.6	1.3

	ㅌ	ㅍ	ㅎ	ㄲ	ㄸ	ㅃ	ㅆ	ㅉ	합계	
수	907	1260	4363	1932	1660	642	1469	691	74262	
비율(%)	1.2	1.7	5.9	2.6	2.2	0.9	2.0	0.9		

초성은 총 74,262개가 사용되었는데 중성이 88,265개이므로, 총 음절 대비 비율은 84.1%였다. 이 결과는 박목월이 초성이 있는 시어를 많이 사용했음을 보여준다. 이것은 초성이 있는 음절을 선호한다는 음운론적 일반성과도 일치하는 사실이다.

초성에서는 'ㄱ'의 수와 비율이 10,968개와 14.8%로 가장 높은 것을 알 수 있다. 이 점은 초기와는 대비되지만, 나머지 모든 작품에서 나타나

207~222쪽. 박목월 육성 녹음 시의 음향음성학적 분석 <한국언어문화> 44권. 2011, 403~426쪽. <시문학과 시의 음운론적 특성 분석> 한양대학교 동아시아문화연구소, <동아시아문화연구> 58권, 2014, 267~291쪽으로 이어 진다

는 특성이다. 그러므로 박목월은 초성 중 'ㄱ'을 선호했음을 알 수 있다.

그 다음으로 10% 이상의 비율을 보인 초성은 'ㄹ, ㄴ'순이었다. 또한 여기에 'ㅁ(8.4%)'의 비율을 합치면 공명음은 35.3%로 높다. 이것은 박목월이 음절 초성에 부드러운 공명음을 많이 사용했다는 것을 보여준다. 모든 시기의 분석에서와 마찬가지로 종합적으로도 박목월 시어의 특성을 확인했다. 즉 박목월은 시어를 선택함에 있어서 음운론적으로 일반성과 특수성을 동시에 추구했다는 점이다. 초성이 있는 음절을 선택하는 일반성을 추구하면서도 그 초성의 선택을 주로 공명음에 제한함으로써 특수성을 취했다는 것이다.[3]

마찰음인 'ㅅ'은 10%가 조금 안되는 9.6%의 비율을 보였다. 이것은 박목월의 모든 시에서 나타나는 것으로 'ㅅ'을 비교적 자주 사용했음을 보여주는 결과다. 반면에 'ㅃ, ㅉ'은 1% 미만으로 거의 사용되지 않았고, 'ㄲ, ㄸ, ㅆ, ㅊ'을 제외하고 경음과 격음의 비율은 대부분 2% 미만으로 전반적으로 낮았다. 그러므로 박목월은 경음과 격음을 시어에 잘 사용하지 않았다고 하겠다.[4]

박목월 시 작품 전체의 초성 모음수와 비율

	ㅣ	ㅔ	ㅐ	ㅡ	ㅓ	ㅏ	ㅜ	ㅗ	ㅟ	ㅚ	ㅢ
수	15501	3466	2849	13489	8527	19443	6986	8849	494	539	2252
비율(%)	17.6	3.9	3.2	15.3	9.7	22.0	7.9	10.0	0.6	0.6	2.6
	ㅕ	ㅑ	ㅠ	ㅛ	ㅝ	ㅘ	ㅖ	ㅒ	ㅞ	ㅙ	합계
수	3372	483	232	293	302	920	196	14	12	46	88265
비율(%)	3.8	0.6	0.3	0.3	0.3	1.0	0.2	0.02	0.01	0.1	

3) 조성문, <박목월 시의 음운론적 특성 분석>, ≪한국언어문화≫Vol38, 2009, 한국언어문화학회, 361쪽.
4) 조성문, 앞의 논문, 같은 곳.

중성에서는 총 88,265개 중 'ㅏ'의 수와 비율이 19,443개와 22.9%로 가장 높았다. 이처럼 'ㅏ'의 비율이 높은 것은 저모음으로 공명도가 매우 높기 때문에 선택되었다고 볼 수 있다. 공명도가 높다는 것은 그만큼 시의 음악적 특성을 고려했다고 하겠다. 저모음은 낭독을 할 때 그만큼 입을 크게 벌려야하기 때문이다. 이점은 후기를 제외한 박목월의 모든 시에서 발견되는 특징이다.

그 다음으로 10% 이상의 비율을 보인 중성은 'ㅣ', 'ㅡ', 'ㅗ' 순이었다. 'ㅣ'는 가장 안정적인 전설고모음이기 때문이고, 'ㅡ'는 우리 국어의 무표 모음이기 때문에 다음으로 높은 비율을 보였다고 하겠다. 그러나 'ㅜ'가 'ㅏ, ㅣ'처럼 가장 안정적인 모음이지만 다른 두 모음에 비해 상대적으로 낮은 7.9%의 비율을 보였고, 오히려 'ㅗ'가 더 높은 비율을 보였다. 이점은 박목월의 모든 시에서 나타나는 결과다.

반면에 'ㅒ, ㅖ'는 한 번도 쓰이지 않았고, 'ㅟ, ㅚ, ㅑ, ㅠ, ㅛ, ㅝ, ㅘ, ㅔ, ㅙ' 등은 1% 미만의 낮은 비율을 보였다. 이중모음이 낮은 비율을 보이는 것은 일반적인 현상이라고 볼 수 있는데, 이것은 박목월의 모든 시에서 나타나는 결과다.[5]

박목월 전체 작품의 종성 수와 비율

	ㄱ	ㄴ	ㄷ	ㄹ	ㅁ	ㅂ	ㅇ	합계
수	1298	11810	1800	7230	2228	788	4334	29488
비율(%)	4.4	40.1	6.1	24.5	7.6	2.7	14.7	

종성은 총 29,488개 사용되었는데 중성이 88,265개이므로, 총 음절 대비 비율은 33.4%였다. 이것은 60% 이상의 시어를 종성이 없이 사용했음을 보여주는 결과다.

---

5) 조성문, 앞의 논문, 같은 곳.

종성에서는 'ㄴ'의 수와 비율이 11,810개와 40.1%로 가장 높았다. 이처럼 'ㄴ'이 가장 높은 비율을 보인 것은 모든 작품에서 항상 일정했다. 그 다음으로는 'ㄹ, ㅇ' 순으로 10% 이상의 높은 비율을 보였다. 'ㅁ'의 비율이 조금 낮지만, 공명음을 모두 합치면 총 비율은 86.9%로 매우 높았다. 여기에서 알 수 있는 특성은 박목월은 종성이 없는 음절을 선호했고, 사용하더라도 음악적 특성을 가진 공명음을 주로 선택했다는 것이다. 음운론적으로 보통 종성이 없는 음절과, 있더라도 공명음과 같은 부드러운 자음이 오는 것이 일반적인데, 박목월은 그에 잘 부합하는 성향의 시어를 선택한 것이다. 이점은 박목월의 모든 시에서 나타나는 결과다.

반면 패쇄음 'ㄱ, ㄷ, ㅂ'은 10% 미만의 낮은 비율을 보였다. 이처럼 폐쇄음이 음절말에 잘 사용되지 않는 것은 음운론적으로도 일반적인 사항에 해당하는 것으로, 박목월의 모든 시에서 나타나는 현상이다.[6]

목월 시에서 음운적으로 특이한 점은 시행의 마무리를 자음으로 하는 경우가 두드러지게 많다는 점이다. 박목월 시인의 전체 시행 수과 자음으로 마무리된 시행의 통계를 제시해 보면 다음과 같다.

기별 전체 시행 및 자음 마무리 시행의 수와 비율

시기 시행 관련	등단 이전	초기			중기			후기							합계 및 평균
		청록집	_55	산도화	_59	난기타	_64	청담	_68	경상도	_76	무순	_79	크고손	
대상시	8	14	21	29	5	51	7	38	3	69	12	83	44	57	441
시행 (A)	100	161	422	320	109	1,194	180	1,137	78	1,718	277	1,854	1,264	2,007	10,821

---

6) 조성문, 앞의 논문.

자음 (B)	19	50	144	113	34	434	73	490	25	612	102	625	419	654	3,794
A/B (%)	19	31	31	35	31	36	41	43	32	36	37	34	33	33	35

음성 자질(phonetic feature)의 개념을 도입하여 자료를 분석하게 될 경우, 모음과 동질성을 갖는 자질인 [+sonorant]로 함께 묶이게 되는 비음 'ㄴ, ㅁ, ㅇ'과 유음 'ㄹ'이 시행의 마지막 자리에서 차지하는 비율이 압도적으로 높다는 사실을 확인할 수 있다.

이 공명 자질의 특징은 조음 시 입안에서 자연적인 유성화(spontaneousvoicing)가 일어날 수 있다는 것을 의미한다.[7]

박목월 시의 시행 마무리 자음의 종류 현황

시기 \ 자음종류 총시행	ㄴ	ㄹ	ㅁ	ㅇ	ㅂ	ㄱ	ㅅ	ㅊ	기타
초기 903	135	81	47	14	7	6	6	9	2
중기 2620	519	260	81	62	19	41	37	6	6
후기 7198	1553	408	162	118	13	101	36	3	11
누계 10721	2207	749	290	194	39	148	79	50	19

전체 자음 중 비음 및 유음의 비율

시기 \ 자음	전체자음(A)	공명자음(B)	A/B(%)
초기	307	277	90
중기	1,031	922	89

7) 최병선(2004), 「분행의 음운적 특성을 중심으로 본 박목월 시의 문체」, <한국언어문화> 25권, 한국언어문화학회, 205~225쪽.

| 후기 | 2,437 | 2,241 | 92 |
| 전체 | 3,785 | 3,440 | 91 |

박목월 시인이 시행의 마무리에 자음을 쓸 경우 대부분 공명 자질을 가진 자음들을 사용했다는 점이다. 박목월의 시에서는 분명 모음과는 현저하게 조음 방식에서 이질감을 가지는 자음들을 사용하여 행갈이나 혹은 연이나 시의 마무리에 사용하고 있는 예들을 상당수 보이고 있다. 그러나 유의해야 할 사항은 마무리에 쓰인 자음 중 91%에 달하는 음들이 음성적 특질 면에서 모음과 일치하는 음향적 특질을 보이고 있다는 점에 주목할 필요가 있다.

이는 결과적으로 전체 시행을 기준으로 볼 때 97%의 시행이 [+sonorant] 자질을 갖춘 음소로 구성되었다는 것을 의미하는 것이기도 하다. 전체 시행을 기준으로 공명 자음으로 마무리되는 시행의 비율이 32%에 달하기 때문이다.

비록 시행의 마무리 위치에서 다른 시인들에 비해 자음을 많이 사용했지만 결과적으로는 모음 구성만으로 올 수 있는 단조로움은 줄이는 대신 여전히 행말의 여운과 여유는 충분히 남기는 효과를 거둘 수 있었다는 해석이 가능해 진다. 이러한 점이 박목월의 시에서, 특히 음운적 층위에서 나타나는 문체적 특징이 된다. 시의 분행에 이런 관심을 쏟게 되는 이유는 시가 비록 문자로 쓰여 지는 것이지만 율독을 염두에 두고 시행의 조절과 띄어쓰기, 연 등을 구분함에 주목했기 때문이다. 그러므로 같은 문장이라고 하더라도 한 행으로 두었을 때와 2~3행으로 나누었을 때의 시각적 효과, 율독의 요령은 달라질 수밖에 없다. 즉, 행과 행 사이에는 분명 휴지(pause)와 같은 초분절(suprasegmental) 단위의 의미

혹은 그에 준하는 시간이 간섭하게 될 것이며 아울러 행의 마지막 자음 역시 율독과 연관이 생긴다.

실제로 폐쇄음 계열이 음절 말 내파 현상을 일으킬 경우는 소리 외적인 문제이기는 하지만, 소재 혹은 나열하고자 하는 내용들의 단절 혹은 반전이나 전환의 효과를 기대할 수 있다고 생각한다. 이에 반하여 비음, 유음 등 공명음들의 경우는 의미적인 것들과는 무관하게 다만 소리 자체로서 모음과의 음성적 동질성을 공유하는 부분들을 바탕으로 시 전체의 리듬을 부드럽게 전개시키는데 일조한다고 할 수 있다. 박목월의 시에서 폐쇄음 계열의 자음을 사용하여 시행을 구분 짓는 예는 매우 드물다. 혹여 찾아진다 하더라도 다른 동의어로 대체할 수 없는 명사의 경우, 혹은 '-빛'16) 등과 같은 어휘에서만 등장함을 알 수 있다.

이러한 점들을 볼 때 우선 행갈이에서 자음으로 마무리되는 행이 약 35% 정도에 이른다는 점과 이중에 약 90%가 비음과 유음으로 구성된다는 사실은 음운 층위에서 볼 때, 박목월 시의 문체적 특징이 될 수 있다.

한편, 언어학적 범주를 조금 벗어나서 이 통계를 활용해 보면 김욱동(2002:83-85)에서는 박목월의 <나그네>를 호음조법好音調法과 관련지어 설명하면서 비음과 유음이 이 작품에서 특히 많이 쓰인 것에 주목하고 있다. 이에 덧붙여 비음과 유음이 자크 라캉의 용어로 "상상 질서"의 언어에 해당한다고 주장한다. 이 시기에는 'ㄹ, ㄴ' 등의 유음 혹은 비음을 사용하여 호음조법을 구사한 예들이 많다.

    (3) 달무리 뜨는
        달무리 뜨는
        외줄기 길을
        홀로 가노라

나 홀로 가노라
　　옛날에도 이런 밤엔
　　홀로 갔노라

맘에 솟는 빈 달무리
둥둥 띠우며
나 홀로 가노라
울며 가노라
　　옛날에도 이런 밤엔
　　울며 갔노라

― 박목월, <달무리>

(3)의 시에서 보듯 대체적인 음절이 모음 마무리이거나 자음인 경우에도 모두 비음과 유음으로 마무리가 되어 있다. 물론 이 경우에는 어절단위 내에서의 비음동화 등의 음운 현상을 적용한 결과이다. 이처럼 비록 초기 시의 경우에 해당되지만 단순히 행 마무리에서만이 아니라 시 전체에서 시어 선택에 소리까지 고려한 흔적들을 확인할 수 있다.

부연하자면 상상 질서의 시기는 체계적인 언어활동 이전, 즉 자아와 타인의 구별과 안팎의 구분, 현실과 진술의 구분이 이루어지기 이전이다. 이후 언어활동에 의해 이러한 구분들이 가능해 지는 "상징 질서"로 편입하기 이전의 유아가 사용하는 언어에 바로 비음과 유음이 있다는 설명으로 이해된다. 이러한 사실은 가장 무난하고 자연스러운 언어사용, 그리고 무의식적 측면에서 발음이 용이한 것을 선택하는 것이 박목월 시의 문체적 특징임을 뒷받침하는 방증이라고 할 수 있다. 목월 시의 음운 층위 문체 분석과 관련을 갖는 이유는 특히 둘째와 셋째의 경우 때문이며 첫째 이유의 일부와도 관련이 있다. 특히 셋째의 경우와 관련하여 우리 국어의 특성 상 관형화소가 {－ㄴ/ㄹ}로 대표된다는 사실에 주목할 필요가 있다. 앞선 통계에서 보듯 공명자질을 갖는 자음들 가운데서도 특히 'ㄴ'이, 그리고 'ㄴ'과 'ㄹ'을 합치면 전체 공명 자음에서 차지하는 비중이 무려 90%에 달한다.

국어의 경우에서 관형어들의 상당수가 'ㄴ/ㄹ'로 마무리된다는 사실과 수식어와 피수식어 사이에서 시행 구분이 일어나는 경우가 잦다는 한국시의 일반적 특징, 그리고 박목월 시의 자음 마무리 시행에서 보이는 잦은 'ㄴ, ㄹ'받침의 사용 사이에는 일정한 상관관계가 있다.

대다수의 'ㄴ'의 쓰임이 한국어의 통사적 특징과 관련되어 있다는 사실을 부정할 정도는 아니다. 즉 자연스러운 문장 구조 구축과 관련이 있다는 것이다. 이러한 'ㄴ' 사용의 예는 다른 시인들의 시에서도 많이 발견할 수 있다. 다만, 여타 시인들에게서는 전체 시의 분행에서 약 35%가 자음으로 마무리 된다는 사실이 전제될 수 없기 때문에 이 점 역시 박목월 시인의 문체적 특징으로 인정할 수 있는 부분이 된다. 한편, 'ㄹ'의 경우는 분행과 관련하여 가장 많은 쓰임은 목적격 조사, 명사, 관형화소의 세 가지로 요약하여 제시할 수 있다. 이 가운데 가장 높은 빈도를 보이는 것은 목적격 조사로서의 쓰임일 때이다. 'ㄹ' 받침을 가진 명사들의 쓰임도 많아서 어휘론적 특징을 분석하는 과정에서 다시 분석해 볼 필요가 있겠지만 대체로의 예들로 "돌, 노을, 한나절, 운율, 햇발, 종일, 먹물" 등을 들 수 있다.[8]

그리하여 결론을 다음과 같이 맺는다.

---

8) 최병선, 앞의 논문, 같은 곳.

첫째, 박목월의 시는 시행 마무리 부분에 자음과 모음의 비율이 35:65로 다른 시인들의 시에 비해 높았다.

둘째, 그 자음의 91%가 [+sonorant] 자질을 갖는 비음과 유음들로 구성되어 있어서 모음과 공통되는 음향 자질을 가지고 있었다. 목월은 적절한 자음 사용으로 모음들만의 사용에서 올 수 있는 단조로움은 줄였으면서도 행말의 여운과 여유는 유지하는 특징을 보였다.

셋째, 박목월 시에서 많이 등장하는 자음들인 'ㄴ'과 'ㄹ'을 한국어의 문법적 특징과 우리 시의 일반적인 분행 구조와 관련하여 설명해 보았다. 그 결과 박목월의 시에서 드러나는 분행의 특징과 자음 사용 역시 어느 정도는 우리 문법과 일반 시 구조의 틀에 영향을 받은 것임을 확인 할 수 있었다.

4. 예술가곡의 가사로서 박목월 시의 최적성에 대한 성악적 관점

박목월 생전에 창작한 총 466편을 전수 조사하여 얻어진 최병선과 조성문의 논문은 예술가곡화된 박목월의 서정시 연구에 중요한 초석이다. 한국시는 한국어를 바탕으로 한다는 말은 너무나 당연한 것이기에 부연의 이유가 없다 . 그러나 시에서 쓰이는 언어는 의사소통을 목적으로 하는 일상 언어와는 구분되는 문학 언어이다. 그러나 문학 언어가 함축적인 의미를 갖고 비문법적인 요소를 인정하는데 반해 일상 언어는 보다 개념적 · 논리적 · 객관적 · 사전적 의미를 지니며 문법에 맞게 사용해야 한다는 원칙이 있다. 특히 시에서는 시의언어를 따로 구분하여 시어(詩語, poetic diction)라 부르긴 하지만 현대시에서는 시어가 따로 구분하지 않는다. 그러나 한국어(모국어)를 표현의 수단으로 사용하는 한 시의 언어도 언어학의 영역에서 논의되는 것이다. 앞서 발췌한 두 명의 국어학자들의 연구도 이같은 인식하에 출발한 것이다. 그러나 시의 언어가 예술가곡의 가사가 되었을 때는 경우가 다르다. 이 경우는 성악에서 말하는 성악 딕션의 의미로 이해해야한다. 소위 이태리어 딕션이나 독일어 딕션 같이 이태리가곡을 부르기 위한 또는 독일가곡을 부르기 위한 성악 발성이 전제된 언어라는 뜻이다. 따라서 성악에서 한국예술가곡은 한국어 딕션이 된다. 성악의 딕션은 일상 언어 및 문학의 언어 포에틱 딕션과 달리 발성법을 가진다. 이는 성악의 딕션은 자연음의발음이 아닌 호흡과 공명 및 조음의 차이를 지녀 맑고 청아한 음악의 소리 악성樂聲을 만들어 낸다. 성대로부터 나오는 자연 그대로의 소리는 매우 미약하여 이것이 여러 방법으로 공명되어 입 밖으로 나올 때 비로서 아름다운 목소리가 되어진다. 이때 성대에서 발생한 음은 공명기 즉 인두 구강 비강 및 부비강에 공명되어 음성화된다.

따라서 완벽하게 열려진 인두를 통해 배출된 호흡은 구개 구강 또는 인두공명을 통해 나오는 과정에서 성악적 목소리가 된다. 이것이 일상 언어와 다른 성악의 발성이며 이를 딕션이라 하는 것이다 말의 소리들은 발성기관에서 나온다. 말소리는 발성위치와 발성방식으로 분류를 할 수 있다.

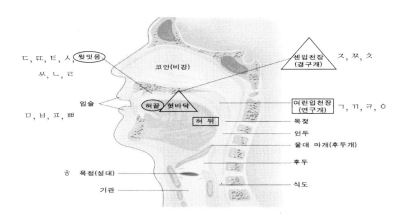

우리 말의 경우

자음 : 발음할 때 공기가 발음기관의 장애를 받아서 나는 소리 (19개)

- ㄱ, ㄴ, ㄷ, ㄹ, ㅁ, ㅂ, ㅅ, ㅇ, ㅈ, ㅊ, ㅋ, ㅌ, ㅍ, ㅎ ― 14개
- ㄲ, ㄸ, ㅃ, ㅆ, ㅉ ― 5개

자음체계표 Ⅰ

소리의 성질 \ 소리나는 위치		두 입술	윗잇몸과 혀끝	센입천장과 혓바닥	여린입천장과 혀뒤	목청 사이
안울림 소리	예사소리(평음)	ㅂ	ㄷ, ㅅ	ㅈ	ㄱ	
	된소리(경음)	ㅃ	ㄸ, ㅆ	ㅉ	ㄲ	ㅎ
	거센소리(격음)	ㅍ	ㅌ	ㅊ	ㅋ	
울림 소리	콧소리(비음)	ㅁ	ㄴ		ㅇ	
	흐름소리(유음)		ㄹ			

우리말의 경우 자음을 조음 방식에 따라 구분하면 크게 파열음, 마찰음, 파찰음, 비음, 유음의 다섯 부류로 나눌 수 있다. 이 중 공기의 흐름이 완전히 폐쇄되거나 또는 좁은 틈 사이로 마찰을 일으키는 과정을 거치면서 발음되는 파열음, 마찰음, 파찰음을 묶어서 '장애음'이라고 부른다. 폐쇄나 마찰과 같은 과정은 발음에 이용되는 기류가 매우 큰 방해를 겪는 것으로 장애음의 가장 중요한 음성적 특징에 해당한다. '장애음'과 달리 기류의 장애 정도가 작고 울림이 큰 소리들은 '공명음'이라고 하는데 비음과 유음이 여기에 속한다.

예술가곡 성악에서 아름다운 소리를 내기위해서는 시어에서 유음이

나 공명음의 사용이 관건이 된다. 그리하여 성악발성법에 준하여 공명음을 창출하는 것이다. 이때 성악가는 뼈와 뼈 사이의 빈 공간을 울려 줘 우리가 내는 소리가 더욱 풍성하게 하여준다. 이것도 세 가지로 구분할 수 있다. 두성공명, 비강공명, 가슴공명 세 가지로 나뉘는데 두성공명은 음역의 고음부를 낼 때 사용되는 공명이다. 고음을 낼 때 머리 부분을 울리게 됨으로 높은 피치를 유지할 수 있게 되는 것이다. 비강공명은 광대뼈와 코사이의 빈 공간을 일컫는 말로 중음, 저음, 고음부 모두에 적용해야하는 어찌 보면 가장 중요한 공명이라고도 할 수 있다.

울림의 정도에 따른 자음의 분류

울림소리	비음 'ㄴ, ㅁ, ㅇ,'과 유음 'ㄹ'
안울림소리	발음할 때 목청의 울림이 없는 소리 ㄱ, ㄷ, ㅂ, ㅅ, ㅈ, ㅊ, ㅋ, ㅌ, ㅍ, ㅎ, ㄲ, ㄸ, ㅃ, ㅆ, ㅉ

앞서 최병선은 박목월의 시가 약 90%가 비음과 유음으로 구성 되있 으며 시행의 마무리에 자음을 쓸 경우 대부분 공명 자질을 가진 자음들을 사용하여 모음과는 현저하게 조음 방식에서 이질감을 가지는 자음들을 사용하여 행갈이나 혹은 연이나 시의 마무리에 사용하고 있는 예들을 상당수 보이고 은 마무리에 쓰인 자음 중 91%에 달하는 음들이 음성적 특질 면에서 모음과 일치하는 음향적 특질을 보이고 있다고 지적했다. 조음방법 자질ㆍ지속성(continuant) 협착이 일어나는 곳에서 기류가 막히지 않고 지속적으로 흐르는 소리들이 갖는 특징 조음방법과 관련하여 이러한 여섯 가지 구분과 달리 다음과 같은 방법도 추가적으로 알아두자. 즉 공기가 조음될 때 파열음이나 파찰음등은 구강 내의

어느 곳이 완전히 막혔다가 터지는 비지속음(非持續音: noncontinuant) 인데 반하여, 마찰음, 유음, 활음 등은 그 음이 급격한 변화를 겪지 않고 똑 같은 상태로 발음되는 지속음(持續音: continuant)이라는 점이다. 공명음은 비음, 유음, 활음들로서 악음(樂音musical sound)의 특성을 갖는 음이며, 공명음은 모두 유성음이라는 것이다 .

시는 문학의 언어이며 현대시의 경우 묵독黙讀으로 감상지만 박목월 시의 이러한 특징은 낭독했을 때 현저하게 드러난다. 하물며 예술가곡 처럼 성악가에 의해 노래 불려 진다는 조건이라면 어떠하겠는가. 작곡 가들은 성악가가 자신이 붙인 선율에 의해 노래 불려질 때 성악가들의 발성을 고려하지 않을 수 없기에 유음이나 공명음이 배려된 시인의 시를 선택하지 않을 수 없다. 특히 종결 어미의 평서형 '–다'로 시의 마지막을 마무리하지 않고 있다는 박목월시의 문제론적 특징은 지속음(持續音: continuant)을 통해 노래의 끝 피날레 부분의 여음을 표현하기에 도 가장 적적한 자질이 아닐 수 없다. 따라서 이같은 자질은 박목월의 시가 한국예술가곡의 가사로서 지닌 최적성을 의미한다.

5. 박목월서정시 예술가곡화의 총아(寵兒)로서
   <나그네>의 분석

　박목월의 시를 가사로 한 예술가곡을 일별하는 과정에서 필자가 주목한 것은 바로 <나그네>이다. 박목월의 시중 유독 그의 시 <나그네>는 김연준을 비롯한 14명의 작곡가가 예술가곡으로 작곡하고 있다는 사실이다. 앞서 필자는 박목월의 시가 가지고 있는 서정성과 율성 즉 음악성은 작곡가들에게 주목받을 수밖에 없는 것이라 전제한바 있지만 유독 그의 시 <나그네>에 관심을 가지는 이유는 무엇일까 우선 14명의 작곡가가 작곡한 작품들의 음악적 구조를 분석 해보면 다음과 같다.[1]

---

[1] 이지연 · 김용범, <박목월의 시 '나그네'의 예술가곡화 연구> 한민족문화학회, <한민족문화연구> 56권, 2016. 267~292쪽. 본문에는 <나그네의도입부>만을 제시했고 전곡의 악보는 부록으로 첨부한다. 작품의 분석은 전곡을 대상으로 했으며 한양대 문화콘텐츠학과 이지연과 작곡가 민찬홍의 도움을 받았다.

5.1. 작곡가별 <나그네> 도입부 분석

5.1.1 강창식

A–B–A' 형식이다. 바단조(f minor)의 곡으로 9/8→12/8→9/8 형식의 변박을 사용하였다. 피아노의 왼손은 계속 아르페지오 형태로 진행되고 오른손은 주로 단선율로 독창자의 노래 선율을 더블링한다. 중요한 부분에서는 화성적으로 더블링을 하며 간혹 장식적인 아르페지오가 나온다.

도입소절은 a–a' 형식의 9마디로 되어있다. 음역대는 중간 도(C)부터 높은 미 b (E b)까지이다. 반주의 오른손과 성악 선율이 정확하게 유니즌으로 일치한다. 특별히 강조되는 가사의 음율은 없지만 마디 8에서 '나–그'에 꾸밈음을 추가함으로써 음악적으로 약간의 변화를 주었다.

<나그네> 도입부 강창식

5.1.2 김국진

6/8박자의 내림 나단조(b b minor)의 곡으로 A–B–C 형식이다. 아르페지오로 이루어진 반주의 형태가 아주 작은 변화만 이루어지며 계속 진행된다. 노래 선율에 반복이 없는 것도 특징이다. 화성적인 특징들이 매우 독특하다. 우선 1도의 기본위치가 아닌 둘째 자리바꿈 위치

로 시작하는 것이 특이한 점으로 이 화음이 전체적으로 계속 강조되며 1도의 기본위치가 거의 나오지 않는 것이 특징이다. 또한 3화음의 사용을 자제하며 주로 2도 간격, 4도 간격으로 이루어진 합성화음을 사용하여 한국적인 색채를 만들어낸다. 또한 변화화음도 자주 사용된다. 마지막으로 1도가 아닌 4도의 합성화음을 사용하여 독특하게 곡을 마친다.

여린내기로 시작하는 도입소절은 중간 파(F)에서 높은 파(F)까지 음역대를 지닌 9마디로 이루어져있다. 완전4도와 완전5도를 주로 사용하여 심플하게 노래 선율을 펼쳐간다.

<나그네> 도입부 김국진

5.1.3 김성태

A−B−A' 형식의 라단조(d minor)의 곡이다. 6/8박자, 3/8박자, 5/8박자를 사용하여 총 여덟 번의 변박이 등장한다. 화성 또한 변화가 잦고 피아노 음역도 넓은 가운데 감7화음의 빈번한 사용으로 인해 색채가 독특하다. 시 구절 사이 간주부분이 대부분 등장하는데 이것은 반주 파트가 독창자 파트만큼이나 시를 노래함에 기여하고 있다고 볼 수 있다. 비교적 단순한 노래 선율에 비해 피아노는 트레몰로, 셋잇단음표, 아르페지오 등을 사용하며 장식적이고 화려하게 진행된다.

도입소절은 8마디로 되어있다. 음역대는 중간 레(D)부터 높은 레(D)까지이다. 이 여덟 마디 동안 이미 네 번의 변박이 시도된다. '밀밭길−

을−' 후에 노래 선율이 두 마디 쉬는 동안 이 부분은 반주로 채워지는데 이것은 기악이 성악만큼이나 시의 정서와 분위기를 전달함에 있어서 아주 중요한 역할을 하고 있음을 보여주는 한 예이다. 이 개념은 예술가곡의 대표적인 특징이기도 하다.

<나그네> 도입부 김성태

5.1.4 김연준

4/4박자로 사단조(g minor)의 A−A' 형식으로 작곡되었다. 반주의 왼손은 아르페지오 형태로 진행되며 오른손은 주로 노래 선율을 옥타브 위로 더블링하며 진행된다. 화성적으로 두텁게 진행하면서 중간에 장식적인 아르페지오의 사용을 자주 하고 있다. 마지막에 피아노가 남아서 변격 종지로 끝을 맺는다.

도입소절은 네 마디씩 a−a' 형식을 갖는 8마디 형식이고 음역대는 중간 레(D)부터 높은 솔(G)까지다. 마디 7에서 가사 '나그네'의 '그'를 특히 길게 끌고 반음을 표현하여 강조하고 있다.

<나그네> 도입부 김연준

5.1.5 김용호

라단조(d minor)로 6/8→9/8→6/8박자로 변박이 있는 A−B−A' 형식을 갖추고 있는 곡이다. 반주의 왼손은 단선율로 베이스 라인을 연주하면서도 독립적이고 선율적인 느낌으로 진행되며 오른손은 이에 비해 화성적으로 진행된다. 단순한 A에 비해서 B부분은 빠르기의 변화가 일어나고 피아노가 화려한 주법을 사용하면서 극적인 변화를 일으킨다. 선율적으로 계속 반복적으로 등장하는 단2도 간격의 보조음 사용이 특징이다. 단조 특유의 구슬픈 분위기를 한껏 표현하고 있는 곡으로서 별도의 큰 기교 없이 독창자의 단순한 선율과 반주자의 어둡고 우울한 화성이 잘 어울려 슬픈 분위기를 잘 나타내고 있는 곡이다.

도입소절은 네 마디씩 a−a' 형식을 갖는 8마디 형식이고 음역대는 중간 레(D)부터 높은 도(C)까지다. 귀에 잘 익혀지는 단순한 멜로디이다. 마디 3을 보면 '밀−밭−길'에서 꾸밈음을 추가함으로써 다소 상투적일 수 있는 노래 선율에 애잔하고 긴장되는 느낌을 부여하였다.

<나그네> 도입부 김용호

5.1.6 김원호

4/4박자로 A−B−A' 형식의 가단조(a minor)의 곡이다. 피아노가 A에서는 8분음표 리듬으로 화성적으로만 진행이 된다. B에서는 왼손의

아르페지오 위로 오른손이 노래 선율과 더블링으로 진행을 한다. 이 연주법은 노래 선율을 더욱 극대화시킴과 동시에 독창자와 반주자의 연주 호흡이 더욱 중요해진다.

6마디로 이루어진 도입소절은 중간 미(E)에서 높은 도(C)까지의 음역대를 사용하였다. 네 박자의 곡이지만 노래 선율만 불러보면 세 박자 계통의 리듬이 생성된다. 짝수 박자 곡 안에서 홀수 박자 느낌을 내는 작곡방법을, 혹은 그 반대의 경우, 헤미올라 라고 한다. 첫 세 소절과 다음 세 소절이 정확하게 같은 선율로 진행된다. 단지, 후반부에 세 소절에서 반주가 한 옥타브 위로 올라오고 음들이 추가되면서 약간 고조되는 느낌은 있지만 가사에서 특별히 강조되는 음율이 있는 것은 아니다.

<나그네> 도입부 김원호

5.1.7 김정길

4/8→ 2/8→ 4/8박자로 변박이 있는 A－A' 형식의 사단조(g minor) 곡이다. 피아노가 단순하게 진행되는 가운데 오른손에 반복적으로 등장하는 빠른 삼연음(셋인단음표) 진행이 특징이다. 5음을 반음 내려서 감5도 음정과 감3화음이 끊임없이 강조되는 것이 화성적인 특징이다.

도입소절은 8마디로 작곡되었고, 낮은 솔(G)에서 중간 솔(G)까지 사용하는 비교적 낮은 음역대의 노래 선율이다. 마디 2에서 '서'에 ♭을 붙여 반음 내려 '너서'의 음정이 감5도가 되는데 노래 선율에 감5도를 사용한 점이 독특하다.

<나그네> 도입부 김정길

강 나루 건너서 밀 밭-길 을 구름에 달 가듯이 가는 나그 네

5.1.8 김진균

바장조(F Major)이다. 4/4박자와 24/4박자를 사용한 A–B–A′ 형식의 곡이다. 피아노가 넓은 음역대를 사용하며 변화가 많은 화려한 형태로 진행된다. 화성적으로는 한국적 색채를 자아내는 2도와 4도를 강조하는 합성화음을 주로 쓰는 것이 특징이다. 또한 완전 4도 병행을 통해서 4도를 더 강조하고, 완전 5도의 병행도 함께 일어난다.

도입소절은 8마디로 도(C)부터 높은 레(D)까지의 음역대를 사용하고 있다. 24/4박자를 살펴보면 2/4박자와 4/4박자가 번갈아가며 마디를 이루고 있다. 노래 선율은 통절스타일이며, 그러다보니 가사 전부가 평등하게 중요한 역할을 한다.

<나그네> 도입부 김진균

강 나루 - 건 너 서 밀 밭 -길 을

구 름에 - 달 가-듯이 가 는 나-그 네

5.1.9 변훈

A−B−A' 형식의 바장조(F Major) 곡이다. 4/4→ 2/4→ 4/4박자의 변박으로 되어있다. 피아노가 왼손에서 노래 선율을 먼저 제시하고 오른손은 16분음표 리듬으로 진행된다. 노래가 시작되면 오른손은 똑같은 진행을 계속하고 왼손은 두 박자 간격으로 노래 선율에 이어서 캐논으로 모방 진행을 한다. B 부분은 부점 리듬과 액센트를 사용하여 강하게 화성적으로 진행한다. 노래는 절정 부분 이후에 매우 길게 장식적으로 진행한다. A'는 A와 같은 형태로 역시 캐논으로 진행된다.

도입소절은 14마디로 음역대는 중간 도(C)부터 높은 레(D)까지이다. 꾸밈음과 여린내기를 사용하였다. 마디마다 세 번째 비트(박자)를 강조함으로써 율동감이 느껴진다. 특히 가사 '구름에 달 가듯이 가는 나그네'는 반복된다는 점이 특별하고 노래 선율 또한 서로 다른 것을 미루어 보아 작곡가가 강조하고 싶었던 시구가 아니었나 싶다. 마디 7~8에서 '네'는 음정을 변화시키면서 끌어주는 멜리스마 기법으로 되어있다.

<나그네> 도입부 변훈

5.1.10 윤이상

6/8박자의 A−A' 형식의 곡이다. 리듬이 굿거리 장단으로 되어있는 것이 특징이며, 중간에 헤미올라 리듬을 통하여 변화를 일으키기도 한다. 내림 나장조(B♭ Major)로 시작하였다가 갑작스럽게 내림 나단조(b♭ minor)로 전조, 그리고 다시 내림 나장조(B♭ Major)로 돌아온다. 피아노는 전주에서는 화려하게 등장했다가 노래가 시작되면 단순한 화성적 진행으로 바뀐다. 왼손에서 아주 약간의 장식적인 진행이 나온다. 오른손 화음의 가장 위의 음은 노래 선율과 대부분 일치하고 있다.

도입소절은 중간 파(F)에서 높은 파(F)의 음역대로 8마디 구성이다. 마디 6에서 '달' 음에 ♭을 추가하여 내림 나장조(B♭ Major)에서 내림 라장조(D♭ Major)로 전조하는 등 첫 네 소절과 후반의 네 소절의 조성을 달리하여 신비로움을 표현한다. 또한 마디 6과 7에서 기악과 성악 모두에게 헤미올라 리듬을 적용시켜 낯선 기분을 더욱 상기시킨다.

<나그네> 도입부 윤이상

5.1.11 임우상

A−B−A' 형식의 사단조(g minor) 곡이며, 3/4박자와 4/4박자를 사용한 변박이 있는 곡이다. 피아노는 전반적으로 왼손과 오른손이 2성 대위법적인 형태로 진행된다. 매우 넓은 음역대를 빠르게 움직이며 특히 왼손의 움직임이 오른손보다 더욱 활발한 것이 특징이다. 중간에 반음계적인 화성 진행이 자주 등장한다. 변화화음의 사용, 3도 관계 화음의 연속 진행, 증3화음 3도를 사용하여 반음계적인 색채들을 구사하고 있다.

도입소절은 10마디로 이루어져 있고 솔(G)부터 높은 파(F)까지 음역대가 다소 높다. 특히 첫 음이 높은 레(D)와 함께 높게 시작된다. 다섯 마디씩 구분이 되는데 후반부에 셋잇단음표와 꾸밈음을 통해 선율에 변화를 주고 마디 7에서 '−'음에 제자리표를 사용하여 '달−'을 부를 때 긴장감을 조성시킨다.

<나그네> 도입부 임우상

5.1.12 장일남

3/4박자, 사단조의 A−B−C 형식이다. 2음을 반음 내린 비화성음이 곡 전체적으로 끊임없이 등장하여 증4도를 매우 강조하는 것이 특징이다. 부분별로 피아노의 음형이 다 다르다. C 부분에서는 노래에서 글릿산도와 꾸밈음을 사용하여 국악적인 느낌을 재현하고 있다.

도입소절은 9마디로 되어있고 음역대는 중간 도(C)부터 높은 도(C)까지다. 마디 3과 5를 거쳐 '밀밭', '길을', '구름에' 가 같은 리듬을 사용하면서 민요적인 뉘앙스를 풍긴다. 마디 7에서 '나'에 페르마타를 사용하여 강조하고 있다.

<나그네> 도입부 장일남

5.1.13 하대응

4/4→ 6/8로 변박하는 사단조(g minor)의 곡이다. 전주에서 반주의 오른손은 한 박자씩 스타카토 기법을 사용하여 화성적으로 진행되며 왼손은 선율적으로 진행된다. 노래 선율은 왼손의 전주 선율과 유사하게 시작된다. 왼손은 네 마디 동안 노래를 모방하며 선율적으로 진행되며 동기의 리듬적 요소를 계속 반복하며 독창자와 반주자가 서로 주고 받는 방식으로 연주된다.

도입소절은 10마디로 음역대는 중간 도(C)에서 높은 레(D)까지이다. 단순한 리듬과 셋잇단 리듬이 적절히 섞여있다. 선율은 저음으로 시작하여 점점 고조되어 마디 5에서 '밀'을 강조하고 특히 시에는 없지만 노래에서는 '밀밭길을'이 반복된다. 도입소절이 끝나면 6/8박자로 바로 바뀐다.

<나그네> 도입부 하대응

5.1.14 한태근

바단조(f minor)의 곡으로 박자는 8분의 6박자로 피아노가 굿거리 장단의 리듬으로 되어있다. 전체적으로 끊임없이 페르마타와 빠르기의 변화표를 이용하여 루바토적인 성격을 가진다. 증3화음과 증2도의 잦은 사용으로 증음정을 강조하고 있다. A−B−A' 형식으로 이루어져 있다.

도입소절은 네 마디씩 a−a' 형식을 갖는 8마디 형식이다. 잦은 페르마타의 사용은 음표와 쉼표를 동시에 강조하고 있다. 마디 3의 '밀'과 마디 7의 '는'은 같은 파(F) 음정으로 특히 '밀'은 '는'보다 한 옥타브 높으며 중간 도(C)에서 높은 파(F)의 음역대를 사용하는 도입소절 중 가장 높은 음이기도 하다. 마디 4와 8에 마지막 비트인 8분 쉼표에서도 페르마타를 취하니 전반적으로 여유롭고 고즈넉함이 느껴진다.

<나그네> 도입부 한태근

<표 1> 박목월 <나그네>(1946)의 작곡가별 작품 비교 분석

작곡가	비교요소		특징
① 강창식	조성	바단조	선율 더블링
	박자	9/8, 12/8	
	빠르기	Andantino(조금느리게)	
	마디수	33	
	연주길이	2분 50초	
② 김국진	조성	내림나단조	한국적 색채의 화성, 단순한 선율
	박자	6/8	
	빠르기	♪.=58 Afflitto(향수에잠겨서)	
	마디수	23	
	연주길이	50초	
③ 김성태 1966년	조성	라단조	잦은 변박, 화려한 반주
	박자	6/8, 3/8, 5/8	
	빠르기	♪=76	
	마디수	37	
	연주길이	2분 45초	
④ 김연준	조성	사단조	선율 더블링, 변격 종지
	박자	4/4	
	빠르기	Moderato(보통빠르게)	
	마디수	26	
	연주길이	2분	
⑤ 김용호 1973년	조성	라단조	극적인 빠르기 변화, 화려한 반주
	박자	6/8, 9/8	
	빠르기	Andante(느리게)	
	마디수	29+	
	연주길이	4분 20초	
⑥ 김원호	조성	가단조	선율 더블링, 헤미올라
	박자	4/4	
	빠르기	Moderato(보통빠르게)	
	마디수	32+	
	연주길이	3분 51초, 4분3초	
⑦ 김정길	조성	사단조	빠른 삼연음, 트라이톤 사용
	박자	4/8,2/8	
	빠르기	♪=66 Capriccioso(자유롭게)	
	마디수	29+	

	연주길이	2분 43초	
⑧ 김진균 1971년	조성	바장조	장조, 한국적 색채의 화성
	박자	4/4, 24/4	
	빠르기	Andante sostenuto(길게 끌며 느리게)	
	마디수	34	
	연주길이	2분 30초	
⑨ 변 혼 1982년	조성	바장조	장조, 노래와 반주의 캐논 진행, 멜리스마 기법
	박자	4/4, 2/4	
	빠르기	Andantino(조금느리게)	
	마디수	53	
	연주길이	3분 11초	
⑩ 윤이상 1948년	조성	내림나장조, 내림나단조	극적인 전조, 굿거리 장단, 헤미올라, 선율 더블링
	박자	6/8	
	빠르기	Andantino(조금느리게) 랑랑하게	
	마디수	22+	
	연주길이	2분 25초	
⑪ 임우상 1978년	조성	사단조	반음계적 화성진행, 높은 음역대의 노래 선율
	박자	3/4, 4/4	
	빠르기	Adagio Expressivo(표현하며 느리게)	
	마디수	34	
	연주길이	2분 30초	
⑫ 장일남	조성	바단조	트라이톤 강조, 국악적인 느낌 재현
	박자	3/4	
	빠르기	Moderato(보통-빠르게)	
	마디수	34+	
	연주길이	2분 30초	
⑬ 하대웅 1964년	조성	사단조	스타카토 기법, 왼손의 노래 선율 모방
	박자	4/4, 6/8	
	빠르기	Andantino(조금느리게)	
	마디수	40	
	연주길이	2분 23초	
⑭ 한태근 1968년	조성	바단조	굿거리 장단, 증음정, 페르마타
	박자	6/8	
	빠르기	Andante(느리게)	
	마디수	29	
	연주길이	2분	

앞서 전제했듯, 서양에서도 예술가곡의 시대의 음악은 시의 전달을 보조하는 보조적 수단에 지나지 않았던 그 이전의 '낭만적 가곡'과 달리 작곡가가 텍스트에 단순히 선율을 붙이는 것이 아니라 텍스트를 읽고 난 후 거기에서 얻어진 영감을 가지고 작품을 창작하여 언어적 텍스트가 미처 '형용할 수 없는 것'을 음악적으로 표현하는 한 단계 진전된 음악의 양식이며 문학과 음악의 등가等價로 결합 된 문화융합의 결과물이다. "음악은 가사에서 개념의 연속을 통해서만 나타나있는 정조와 정신 상태를 자립적으로 표현함으로써 시의 언어를 초월하고 바로 이점에서 즉 독특한 음악적 정조가 만들어지고 직접, 개념적인 것을 거치는 우회 없이 전달되어 진다는 점에서 음악을 무한한, 상징적인 의미를 얻으며 내용에 상에 상응하는 표현을 부가함으로써 음악은 가사가 실지로 무엇을 암시하는지를 예감시킨다.2)

따라서 슈베르트 이후 가곡의 작곡자는 더 이상 시의 언어 음율을 선율적을 고양시키는 낭음자가 아니라 가사에서 말로 표현되어질 수 없는 영역을 음악적으로 표출하는 시의 자유로운 해석가로 등장한다. 이로써 음악을 단순히 시를 쉽게 이해하는 보조수단에 국한시킨 이전의 가곡미학을 극복했다. 또한 이전까지 작법인 유절가곡이 아닌 통절 작곡 형식이 새롭게 떠오르기 시작하였다. 통절작곡법이란 전조 및 박자 변환, 단음정이나 매우 좁은 음정 내에서의 낭송 및 시의 각 연마다 새로운 멜로디를 붙여 시의 내용을 세세하게 묘사하는 작곡형식이다.3) 따라서 시 전편을 삭제 가감하지 않고 의미의 손상 없이 작품화 시킨 것이다. 그러나 이 경우에도 시가 서사적이며 장형일 경우 표현의 제한이 있을 수밖에 없다.

---

2) 김미영, 앞의 글, 낭만음악사, 1996, 125~144쪽.
3) 이홍경, 앞의 글, 같은 곳, 2010.

이처럼 예술가곡의 개념으로 볼 때 박목월의 <나그네>를 해석하는 14명의 작곡가들은 그들이 교감하고 해석한 시 <나그네>의 정조를 표현한 방법은 다양한 양태를 지니는 것이다.

5.2 박목월 <나그네>의 창작 배경과 언어 기호론적 분석

박목월의 시 <나그네>는 우리의 시문학 전통에서 가장 뛰어난 서정시의 하나로 꼽힌다. 시의 형태가 최대한 축약되어 있는 가운데, 우리 말의 운율이 적절하게 활용되어 있고, 심상도 선명하게 구사되어 있으며, 운율과 심상의 조화도 절묘하게 이루어져 있다[4]는 문학적 평가가 내려져 있다.

박목월의 <나그네>는 조지훈의 「완화삼」의 화답시다. 조지훈은 '목월에게'라는 부제를 붙여 시인이 박목월에게 건네는 형식으로 쓴 작품이며 박목월의 <나그네>는 여기에 화답하여 쓴 작품이다.

이 시에도는 '술 익는 강마을의 저녁노을이여―지훈'이라는 부제가 붙어 있다. 조지훈의 「완화삼」은 1946년 4월 『상아탑』 5호에 발표되었고, 그 후 시집 『청록집』(1946년, 4월)에 수록되었는데, 실제 이 작품이 쓰인 것은 해방 이전의 일제 말기였다. 목월의 「나그네」엔 지훈의 「완화삼」에 쓰인 시어와 이미지들이 많이 구사된다.[5] 그리고 고형진

---

4) 고형진, <중학교 교과서에 수록된 시작품의 적절성에 대하여>, 『한국어문교육연구소 논문집』, 고려대학교, 1988, 212쪽.
5) 고형진, <조지훈의 「완화삼」과 박목월의 「나그네」의 상호텍스트성 연구>, 『한국문예비평연구』42, 2013, 151쪽. 이런 관계를 들어 상호텍스트성이라 했다. '술익는 강마을의 저녁노을이여'가 그것이다. 이 구절은 「완화삼」의 3연 2행을 그대로 따온 것이다. 「나그네」란 본 제목도 지훈의 「완화삼」에서 수용한 시어이자 이미지라고 할 수 있다. 「완화삼」에서 「나그네」는 시의 핵심 이미지이고, '술익는 강마을의 저

은 나그네의 율격 '니은, 리을 미음'의 유성자음과 모음의 반복으로 드러나는 시의 운율 조성에 큰 역할을 하고 있다는 언어 활용에 주목하고 있다. 이를 언어 기호학론적 관점으로 해석해보면 박목월 <나그네>의 다음과 같은 특질이 드러난다.6)

(나그네)의 1연과 3연의 음절수는 10개로 같고, 2연, 4연, 5연의 음절수는 12개로 동일하다. 시의 낭독 호흡을 고려한 음절수는 2음절어 7개, 3음절어 10개, 4음절어 3개로 2, 3음절어가 주도하고 있다. 2음절어는 2, 4, 6, 8, 10 짝수 시행 첫어절에 예외 없이 배치했다. 여기에서 2행과 6행의 2음절어는 명사로 후행 명사를 수식하는 관형어 기능을 하고,

---

녁노을이여'는 그 나그네의 내면을 드러내는 구절로서 역시 이 시에서 가장 중요한 이미지이다. 이 점에서 「나그네」라는 시의 착상은 「완화삼」이라는 작품의 내용에서 비롯된 것으로 볼 수 있다. 「완화삼」의 중요한 개성을 이루고 있는데, 그것이 「나그네」에서 사라지게 된다. 이로써 「완화삼」의 특징이 「나그네」에서 희미해지게 된다. 이제 그 빈자리에 목월의 발명 시어와 변형 시어들이 새로운 시의 조형에 적극 가담하면서 「나그네」는 독창적인 시로 거듭난다.

6) 고형진(2013), 앞의 글 같은 쪽. 목월의 새로운 시어들은 「나그네」라는 시의 건축을 설계하는데 어떤 역할을 할까? 먼저 '밀밭'이란 시어를 보자. 이 말은 시 「나그네」에서 소리 결의 아름다움을 조성하는데 적극 기여한다. 이 시의 1, 2, 5연은 '기역'음의 반복이 두드러지고, 또 '니은, 리을 미음'의 유성자음과 모음의 반복이 두드러진다. 이러한 소리들은 은은하고 부드러운 음가를 지니고 있으며, 미의 축소이다. 목월은 「나그네」를 쓰면서 말을 축약하고, 의미를 단출하게 만들고 있는데, 이러한 시적 태도가 변형 어휘에 그대로 나타난다. 목월은 '물길'에서 '길'로 말을 줄이고, 여기에 조사 '은'이 붙어 생성된 '길은'이란 2음절과 말과 율격을 맞추기 위해 '남도'란 2음절의 말을 쓴 것이다. 또 다른 목월의 새로운 시어 '외줄기'는 '칠백리'의 변형 어인 '삼백리'와 각운을 형성한다. 의미자질이 크게 다른 말이면서도 두 단어의 끝음절에 '기'와 '리'의 각운이 조성되어 운율의 효과가 크다. 우리 말의 특성 상 좀처럼 나타나지 않는 각운의 효과가 목월의 발명 시어를 통해 발휘되고 있는 것이다. 이렇게 볼 때, '밀밭', '가다', '외줄기', '길은', '강마을', '남도' 등 목월이 「나그네」에 새로 추가하거나 변형한 어휘들은 모두 시의 운율 조성에 큰 역할을 하고 있음을 알 수 있다. 이러한 언어 활용으로 「나그네」는 정제된 형식에 유려한 운율이 작동하는 시로 거듭나고 있으며, 이러한 운율의 미감으로 유유히 떠나가는 나그네의 모습이 더없이 감각적으로 전해지고 있다.

4, 8, 10 행의 2음절어는 용언의 관형형으로 후행 명사를 수식하는 관형어 기능을 하는 규칙성이 있다. 3음절어는 5행 첫어절을 제외한 각 연의 첫 어절 즉 1, 3, 7, 9 홀수행 첫 어절에 위치시켰다. 또한 10행중 2행 끝어절(2음절)과 7행 끝 어절(4음절)을 제외하면 나머지 시행의 끝 어절이 모두 3음절어로 끝나있다. 특히 각 연의 끝어절 시어는 '밀밭길(1연), 나그네(2연), 삼백리(3연), 저녁놀(4연), 나그네(5연)'로 3음절 명사로 일정한 규칙성을 갖고 있다.

이는 시인의 의도적인 배려를 통해 시의 정형리듬을 형성하려는 계산에서 이루어진 것이라 볼 수 있다.[7] 시의 정형리듬을 형성하려는 계산에서 이루어진(artificial construction) 박목월의 <나그네>는 예술가곡의 작곡에서 조성, 박자, 악절과 결합하기에 최적의 조건이라 할 수 있다. 뿐만 아니라 '니은, 디귿, 미음, 이응'의 비율이 상대적으로 두드러진 유음이 사용된 점은 성악의 발성을 용이하게 하는 요소로 작용된다.

특히 음절 받침의 유음인 '니은, 디귿, 미음, 이응'의 비율이 상대적으로 두드러진다. 음절받침이 전체 27개 중에 21개가 유음이 쓰였다. 그리고 1음절 명사어휘들 '밀-달-길-술-놀'은 받침이 모두 '리을'음으로 유쾌하고 듣기 좋은 리듬을 느끼게 하면서 '나그네'와 '달', '구름', '강나루(강물)'의 유동적 흐름과도 잘 어울린다. 특히 이러한 유음의 의도적 사용은 시 전체의 '구름에 달이 흐르듯 나그네가 가고 있는 모습'과도 잘 조응된다.[8]

한편 각 연의 앞구는 3, 4조가 주도하고, 뒷구는 2, 3조가 기본율조로 파악되는데, 각 연의 앞고와 뒷구의 음절수 쓰임에서 뒷구의 음절수를

---

7) 유경종, <'나그네'의 언어 기호론적 분석과 의미>, 『한국언어문화』16, 한국언어문화학회, 1998, 131~145쪽.
8) 유경종, 앞의 논문, 같은 곳, 1998.

앞구에 비해 1음절씩 증가시키고 있다. 이러한 배치는 일반적으로 음절수가 적은 것이 많은 것보다 앞에 오는 것이 위 귀에 부드럽게 들리고 자연스러움을 느끼게 된다. 유성음이란 대부분의 모음과 [b], [d], [v], [z], [g] 등의 자음이 이에 속한다. 현대 국어의 경우, 비음 'ㅁ·ㄴ·ㅇ'과 유음 'ㄹ'이 유성음으로 실현되며, 자음 중 'ㄱ·ㄷ·ㅂ·ㅈ·ㅎ'은 유성음 사이에 올 때 동화되어 유성음으로 실현된다. 따라서 시인의 시와 작곡가 작곡 뿐 아니라 예술가곡의 필요충분조건의 하나인 노래 불려져야 한다는 가창의 조건으로 볼 때 나그네가 가지는 예술가곡의 적합성은 예술가곡 성립의 필요충분조건과 자질을 모두 갖추고 있음을 알 수 있다.

뿐만 아니라 1절과 2절이 있는 유절형식이 아니라 한 작품 전체를 작품화하는 통절 가곡이 곧 예술가곡이라고 할 때, 형식적으로 절제되어 있고 짧은 시 <나그네>는 통절가곡화에 가장 에서 최적의 작품이며 성악가가 노래 부를 때 전곡의 가창 시간이 길어도 5분이내의 작품이라는 점 역시 <나그네>가 가지는 최적의 장점이라 할 수 있다. 박목월의 시 <나그네>에 내재된 이같은 특질이 바로 14명의 작곡가들에 의해 다종 창작된 이유인 것이다.

6. 아트콜라보레이션과 문화융합의 원리 <김연준 과 박목월의 예술적 교감과 협업>[1]

1975년 8월, 김연준은 다시 한양대 총장에 취임, 그는 음악 창작에 천착했다. 그는 가슴속에서 우러나오는 흥을 5선지에 옮겼는데 처음에는 남의 가락을 모방했다는 생각이 들어 이를 내놓지 못하다가 1971년 어느 날 '이것은 내 가슴에서 우러나온 것이니 창작이다. 모방이 아니다'란 생각이 들어 '비목' 작곡가로 유명한 한양대 음악과의 장일남張一男 교수에게 그간 작곡한 것을 보여주었다. 1974년 그의 작품 수는 이미 600곡에 이르게 되었다. 이 시기에 나온 대표작이 바로 작사 작곡을 한 '청산에 살리라'다.

백남 김연준은 한국에서 최초로 바리톤 독창회를 개최한 성악가로 본격적인 음악가가 되기 위하여 연희전문학교에 진학한 그는 현제명 선생으로부터 체계적인 음악수업을 받았다. 그리하여 연희전문 재학

---

1) cf:송화, 김용범, 앞의 논문.

중 서울 장곡천 공회당에서 국내 처음으로 바리톤 독창회를 개최하였으나 교육 육영사업에 전념 하고 한양대학교의 발전의 기틀이 마련된 이후 그에게 숨어 있던 음악적 정열은 작곡을 통해 분출하기 시작한다. 그리하여 1971년 9월 <김연준 가곡 100곡집>을 출판하고 이듬해 10월 28일 서울 시민회관에서 '제1회 작곡발표회'를 개최하였다. 국내 최초로 개최된 '김연준 바리톤 독창회' 이후 35년 만의 일이었다.

백남 김연준에게 자제하고 있던 예술의 물꼬가 트인 1960년대. 그가 기틀을 다진 한양학원에 박목월은 1962년 문을 연 국어국문학과에 교수로 부임한다.

홍난파, 채동선, 현제명이 우리 음악 교육의 터전을 열은 연희전문에서 음악을 공부한 김연준과 정지용에 의해 <문장>으로 데뷔한 청록파 시인 박목월과의 협업이 시작된다. 그리고 이 만남과 교감은 백남 김연준이 총장 겸 음악학장을 하며 구축한 지휘에 홍연택과 장일남 성악의 오현명과 박수길의 예술적 인맥과 연계되며 완성된다. 그리하여

시인 박목월이 1978년 3월 24일 지병으로 쓰러져 한양대학 노천극장에서 행당동산과 영결하는 16년간 이어진다.[2]

　백남 김연준은 비교적 뒤늦게 작곡활동을 시작했음에도 불구하고 약 30년 동안 3,600여 곡이라는 방대한 양의 작품을 작곡했을 뿐만 아니라 그 중 상당수의 작품이 대중적 호응 속에 애창되고 있다. 김연준 작품의 특징은 반복적으로 드러난 음악 형식[3] 속에서 찾을 수 있는 낭만주의적 상징성, <청산에 살리라>와 같은 대표곡에서 보여주는 자연친화적 서정성, 그리고 "사랑의 실천"이라는 기독교 정신에 입각한 삶의 철학으로 요약된다.

　그 동안 작곡가 김연준과 시인 박목월에 관한 연구는 음악과 문학이라는 별개의 장르에서 따로따로 진행돼왔다. 김연준의 가곡에 대한 연구는 음악적 특징과 분석에 관한 것이 주를 이루었고, 박목월의 시에 관한 연구는 문학적 특징과 정서에 관한 것이 주를 이루었다. 물론 이러한 연구는 두 예술가의 특성을 파악하고 분석하는 논의의 바탕이 됐다. 그러나 분명 박목월의 시는 김연준 가곡과 만나 문학과 음악이라는 서로 다른 예술 장르가 이룬 문화융합의 한 유형으로 새로이 탄생, 예술가곡이란 독창적 장르를 개척하였으며 이는 문학적 시각으로만, 또는 음악적 시각으로만 규명되기는 탐색하기 어려운 특성을 갖고 있다

---

2) 이 두 사람의 협업은 "비상업적 목적을 지닌 순수창작물로서의 문학(시)과 작곡에 있어 전작(全作: 기존에 발표된 바 없는) 작품으로 작시와 작곡이 동일한 한 작품의 창작을 위하여 공동으로 창작한 작품"이라는 조작적 정의하에 집필 한다 .

3) 권송택, <김연준 가곡에 나타나는 특징적인 기법>" 「김연준 가곡의 연구」. 서울: 한양대학교 출판부, 2003. 저자는 김연준의 가곡에 나타나는 선율적, 화성적, 형식적 특징들을 분석해 원칙에서 벗어난 독특한 선율진행을 비롯하여 대담한 선율의 도약, 이로부터 파생되는 동기적 발전과 감작스러운 반전 효과, 자유로운 조성형식, 마지막 종지의 지연 효과 등이 '김연준만의 색깔'을 드러낸다고 결론내린 바 있다.

따라서 본 연구는 본문을 통해서 기존의 김연준 가곡과 박목월 시에 대한 연구를 바탕으로, '예술가곡'의 장르적 속성과 문화융합 측면에서 본 박목월 시의 유형과 시와 김연준 음악이 이뤄낸 예술영역의 확장성과 시너지 및 소통의 방법을 살펴 볼 필요가 있다. 김연준은 앞서 목록화하여 제시한 박목월의 서정시 117편을 예술가곡으로 작곡하고 5편의 성가곡과 육영수여사를 추모하여 작곡한 <가신 님을 I>, <가신 님을 II>, <가신 님을 III>, <한양대 응원가>와 같은 특수목적 가곡 4편 등 126 편의 작품을 창출한다. 이같이 시인과 작곡가의 협업은 우리 예술가곡 사상 전례가 없는 것으로 두 사람의 끈끈한 예술적 교감의 소산이라 할 수 있다.4)

6.1 김연준 가곡의 특성

백남 김연준은 1914년 함경북도 명천에서 태어나 2008년 타계할 때까지 한국 가곡사에서 독보적 위상을 차지하는 작곡가이다. 김연준의 음악가로서의 삶은 작곡이 아닌 성악에서 시작됐다. 1938년, 한국 최초의 바리톤 독창회를 열어 성악가로 등단했지만, 졸업 후 교육가로서의 길을 선택했고, 30여 년 동안 육영사업에 헌신했다. 1970년대 들어서 비로소 작곡가로서의 역량을 발휘하기 시작, 이후 30여 년 동안 약 3,600여 곡의 가곡을 창작한다 이 같은 창작 결과는 작품집으로「김연준 가곡 1600곡집」과「성가곡집」등 총 16집으로 집약되며, 그 중에서

---

4) 박목월과 김연준이 협업으로 이루어낸 126편의 작품에 대한 연구는 별도의 연구 계획에 의해 후속 연구되어야할 것 임으로 총목록만을 제시하고 본 연구에서는 한양대학교 출판원 간행의 1994년 판「김연준 가곡 330곡 선곡집」에 수록된 작품만을 한정 논의의 대상으로 삼는다.

도 <청산에 살리라>, <그대여 내게로>, <초롱꽃> 등은 대중에게도 널리 알려져 애창되고 있는 곡들이다. 이러한 김연준을 가리켜 장견실은 "대중이 외면하는 고급예술가곡의 작곡가라고 보기보다는 대중의 사랑을 받는 '대중적 예술가곡'의 작곡가에 가깝다"[5]고 평한 바 있는데 김연준도 자신의 음악관을 "인생의 근원적인 속성"을 아름다운 음악을 통해서 전달하고, 듣는 이로 하여금 그것을 "깊이 인식하게 하여 삶을 좀 더 보람되게 영위할 수 있도록" 하는 것[6]이라고 밝혔다.

그러면, 김연준 가곡의 특성을 살펴보자.

① 김연준 가곡의 음악 형식적 특성과 낭만주의적 상징성

앞서 김연준 가곡은 '대중적 예술가곡'으로서 누구나 쉽게 다가가는 데 있다는 점을 들었다. 이러한 특성은 음악 형식으로도 나타나는데, 권송택은 특징적인 선율진행, 클라이막스를 이루는 화음, 제5음에서의 마지막 종지, 특징적인 악절 구조, 장단조 혼용 등을 꼽았다.[7]

우선 김연준의 가곡에서는 노래의 마지막 종지음에 으뜸음 대신 제5음이 오는 경우가 종종 발견된다. 가곡 <신 앞에 무릎 꿇고>(박목월 시), <구름>(이은상 시) 등에서 이런 경우를 볼 수 있다. 이러한 음의 배치는 명확한 종지의 느낌을 주지 않는다. 권송택은 이를 가리켜 험한

---

5) 장견실, <"김연준의 연가곡을 통해 본 그의 음악세계>," 「김연준 가곡의 연구」. 서울: 한양대학교 출판부, 2003, 116쪽.
6) 김연준, <백남 김연준 자서전 사랑의 실천>. 서울: 청문각, 1999, 308~309쪽.
7) 권송택, 앞의 책, 13~33쪽.
　　저자는 <그대여 내게로>, <청산에 살리라>, <신 앞에 무릎 꿇고>, <제비> 등 다수의 김연준 가곡을 분석하여 이와 같은 결론을 도출했다. 본 연구는 김연준 가곡의 음악적 분석을 하고자 함이 아니므로 여러 특징 중 문학과의 문화융합이 가능하게 했던 부분에 대해서만 서술하기로 한다.

폭우 속 같은 인생을 담담하게, 긍정적으로 받아들이는 작곡가의 인생관이 엿보이는 곡이라고 해석,[8] 다음과 같은 이유로, 작곡자가 의도적으로 선택한 제5음이라고 분석했다.

마지막 종지에서 으뜸음이나 으뜸화음에서의 종지를 피하는 경우는 시의 내용에 따라 여운을 남겨야 할 때, 마지막에서 분위기를 긍정적으로 이끌 때 등이다. 이러한 예는 김연준의 현대가곡에서 보다 흔하게 발견되는데, 이는 시의 내용에 따라 전체적으로 모호한 조성으로 곡을 이끌어나갈 때 조성이 명확한 종지를 피하기 위해 사용되고 있다.[9]

이 같은 음악 형식적 특징은 시를 가사로 썼을 때 더욱 효과적으로 전달된다. 김연준은 시를 가사로 활용할 경우, 시의 상징성을 표현하기 위해 여러 음악적 기법들을 활용했는데, 그 효과는 다음과 같다.

가사의 내용을 전달하기에 매우 효과적이며 낭만주의적 문학이나 시의 상징성을 표현하기 위해 김연준은 반음계적 진행, 종지의 연장, 위종지적 해결, 화성의 병행진행 등 19세기 후반 서양음악을 주도했던 기법들을 모두 사용해서 조성을 모호하게 이끌어 나간다. 이러한 모호성은 김연준의 현대가곡이 현대적인 감각으로 쓰여진 시의 낭만주의적 상징성을 적절하게 반영하는데 효과적으로 사용되고 있다.[10]

음악 형식의 모호성(ambiguity)이 오히려 시의 낭만주의적 상징성을 적절하게 반영한다는 것이다. 이러한 모호성은, 소설과 같은 다른 문학

---

8) 권송택, 앞의 책, 23~24쪽.
9) 권송택, 앞의 책, 25쪽.
10) 권송택, 앞의 책, 45~46쪽.

장르에 비해 다양한 해석이 가능한 시의 특성과도 통한다. 따라서 이 같은 음악 형식에 걸맞는 문학, 특히 시의 수용은 필연적인 요구였다.

② 자연친화적 서정성

낭만적인 상징성과 함께 김연준 가곡의 특징 중 두 번째는 자연친화적 서정성이다.

김연준 가곡의 대표곡이라 할 수 있는 <청산에 살리라>는 이러한 특징을 잘 보여준다. 김연준은 이 작품에서 '청산'은 실제로 자연을 의미한다기보다는 삶의 진실과 진리를 상징하는 즉, 허무한 인간 세상에서 늘 푸른 자연같이 진실한 이상향을 마음에 담고 살겠다는 의미를 표현한 것이라고 밝힌 바 있다.[11] 이 작품이 작곡된 1973년[12]이 김연준의 인생에서 가장 어려운 시기였던 것을 고려한다면, 이상향에 대한 동경이 전달된다.

그런데, '청산'이 실제의 자연이 아닌 이상형이라는 것을 알고 보더라도, 그 이상형의 모습은 매우 구체적이다. 가사의 내용을 살펴보면, "나는 수풀 우거진/ 청산에 살으리라," "이 봄도 산허리엔/ 초록빛 물들었네" 등의 표현이 나온다. 이는 김연준이 말하는 이상향이 현실에 존재하지 않는 완전히 새로운 세상이 아니라 현실의 자연에서 보는 모습과 계절의 변화를 그대로 가져간 것임을 보여준다. 그리 (고 그 자연은 한국인에게는 매우 익숙한 것이다.

---

11) 나진규, <「애창 한국 가곡 해설」>. 서울: 도서출판 태성, 2003.
12) 가극 <청산에 살리라>는 1974년 「김연준 가곡 100곡집 제3집」에 수록됐으며 1975년 성악가 오현명의 레코드 취입으로 일반에게 널리 알려졌다. 이후 1980년 독일 성악가 헤르만 프라이(Herman Frey)가 한국 초청 음악회에서 앵콜곡으로 불려져 화제가 됐으며 음악예술잡지 「객석」1985년 12월 호에는 이 곡이 그 해 성악가들이 가장 많이 부른 가곡으로 소개되기도 하였다.

장견실은 그 효과를 다음과 같이 지적했다.

> 김연준 가곡의 내용에 쓰인 시의 내용을 살펴보면, 난해한 현실비판
> 적인 내용보다는 인간의 실제 삶, 즉 인생이 그의 주요 관심사였고,
> 또한 서정적 감흥을 노래한 낭만적인 주제가 그의 시를 관통하고 있
> 는 대체적인 흐름이라고 볼 때, 일반대중들의 관심과 감성을 자극하
> 기에 이것만큼 좋은 소재는 없는지도 모른다.[13]

이러한 자연친화적 서정성은 김연준의 가곡이 누구에게나 쉽게 다
가가는 데 큰 역할을 한다. 장견실은 이러한 특성이 고급음악과 대중음
악의 이분법에 의해 대중으로부터 외면당하던 예술음악이 '대중적 예
술음악'이라는 새로운 대안이 될 것으로 기대한 바 있다.

③ 기독교 정신에 입각한 삶의 철학

마지막으로 김연준 가곡의 특성으로 꼽을 수 있는 것은 기독교 정신
에 입각한 인생철학이다.

김연준은 동시대의 작곡가들과 다른 경로를 거쳐 뒤늦게 창작활동
을 시작했으나, 김연준에게 있어 교회 음악과의 인연은 유년시절부터
시작되었다. 일찍이 기독교에 귀의한 부친의 영향으로 유치원시절부
터 미국 선교사들을 통해 서양의 노래를 배웠고 이를 바탕으로, 1980년
에 접어들면서는 성가곡을 통해 자신의 신앙관을 드러냈다. 김연준은
자신의 엄청난 창작력 역시 전적으로 하느님의 선물로 돌렸다.

---

13) 장견실, 앞의 논문, 116쪽.

김연준의 성가곡은 다른 가곡들보다 전체적으로는 덜 낭만적인 선율선을 가지며, 리듬이나 화성, 반주에 있어서도 훨씬 단순한 편이다. 그러나 그는 예술가로서 직접 시를 쓰고 곡을 붙여냄으로써 성가곡을 통해 '하느님께 영광을' 돌리는 작업을 실천했다. 하나님에 대한 사랑을 실천하여 그의 철학을 음악적으로 실현시켰다.14)

김연준의 성가곡은 창작생활의 말기에 주로 쓰여졌다. 스스로의 고백처럼, 음악적으로 왕성한 창작기는 지나갔을 수도 있지만, 내면적으로는 훨씬 깊어진 영혼의 고백으로 김연준 가곡의 특징 중 하나로 지적하고 자리매김하고 있다.

박목월 시의 두 번째 특성은 한국어로 표현하는 향토적 서정성이다.

자연은 박목월의 초기부터 매우 중요한 시상으로 주목됐다. 따라서 자연에 대한 박목월의 시선은 그의 시가 보여주는 특성을 설명하는 데도 중요한 단서가 된다. 초기에는 「청록집」에 실려 있는 초기 시편들을 중심으로 시에 나타난 '자연'의 성격을 밝히는 연구가 주를 이루었다. 이러한 연구는 김동리가 「청록집」의 의의를 '자연의 발견'이라고 한 이후 지속적으로 이어졌다. 박목월 시의 '자연'에 관해서는 정한모, 정창범, 이건청, 신동욱 등이 긍정적 평가를 한 반면, 김우창, 박현수 등은 이를 '선험적 존재로서의 조국의 부재에서 기인'15)한다고 새롭게 해석했다. 여러 논의에도 불구하고, 박목월 시에서 '자연'이 차지하는

---

14) 지형주, <"김연준의 성가곡"> 「김연준 가곡의 연구」, 서울: 한양대학교 출판부, 2003. 147쪽.
15) 박현수, <초기시의 기묘한 풍경과 이미지의 존재론> 「박목월」, 새미, 2002. 250쪽 재인용.

위상은 마음 속에서 불러낸 하나의 이상적 공간이라는 점에서 견해가 일치한다.

시인 자신의 진술에서도 이러한 정서가 드러난다.

박목월의 시의 자연이 이상적 공간임에도 불구하고, 그 표현은 매우 구체적이고 친근하게 느껴진다. 현실에서는 "불안하고 되바라진 땅"이었지만, 어린 시절의 정서가 남아 있고, 익숙해진 고향을 이상적 공간으로 지향한다. 이는 곧, 시적 화자와 대상과의 거리가 매우 가까워 주관적인 감정을 토로할 수밖에 없는 서정시의 특성이다.

③ 기독교적 성찰을 바탕으로 한 진지성

박목월 시의 세 번째 특징은 기독교적 성찰을 바탕으로 한 철학적 진지성이다.

박목월은 신앙심이 남다른 어머니와 기독교적 가정 분위기 속에서 태어나 미션스쿨인 계성중학교에서 청소년기의 교육을 받는 등 기독교적 인생관을 접하면서 자라났다. 일생 동안 성실한 신앙인의 가정을 꾸려오면서 기독교적 세계관이 담긴 많은 시를 썼다.16)

박목월 시의 서정적 근원은 대상은 초기시의 자연, 중기시의 가족, 후기시의 신을 지향한다. 금동철은 후기로 갈수록 박목월의 시에 드러난 자연이 밝은 이미지로 변화하는 것에 주목하고, 다음과 같이 설명한다.

시인은 신의 은총 아래에 있는 자연과 그렇지 않은 자연 사이에 전혀

---

16) 박승준, <박목월 시에 나타난 기독교적 시의식>, 「배화논단」 Vol.18, 배화여자대학, 1999. 33쪽.
저자는 박목월의 전 시집 중에서 기독교적 시의식이 두드러지게 드러나 있는 것으로 「난·기타」, 「청운」, 「경상도의 가랑잎」, 「크고 부드러운 손」을 꼽았다.

상반된 태도를 취한다. 신과는 상관없이 현실 속에 있는 자연은 어둡고 암울한 이미지가 된다면, 신의 은총과 결합된 자연은 밝고 희망찬 아름다운 이미지가 되는 것이다.

이러한 신앙과 결합된 밝고 환한 자연 이미지는 후기시에 오면 기독교적 초월로 나타난다. 이것은 자연 자체의 이법에 귀의하여 얻는 동양적 달관과는 달리, 신의 은총을 통해 현실의 고통을 극복하고 현실 자체를 긍정하게 되는 초월의 경지라고 하겠다.17)

이는 시인이 처한 시대와 정서적 상황에 따라 대상을 보는 시각에 차이를 가져왔지만, 자연이라는 공통된 소재로 다양한 시들을 써내는 동안 줄곧 진지하게 고민하고 내면과의 접점을 찾으려는 자세를 견지하고 있었음을 보여준다.

6.2. 서정성을 기반으로 한 예술적 교감 예술가곡

6.2.1 서로를 필요로 하는 시와 음악의 서정성

오타베 다네히사18)에 의하면, 성악이 운문에 의한 지지를 요구하는 것은 자연 본성에 들어맞는다. 그 이유는 다음과 같다.

성악은 자연 본성적으로 운문을 수반한다. 왜냐하면 음악의 본질은 박자에 있고, 이러한 박자에 적합한 말은 다름 아닌 '운문 혹은 시'이

---

17) 금동철, <"박목월 시에 나타난 기독교적 자연관 연구,">, 「우리말 글」Vol.32, 우리말글학회. 2004. 238쪽.
　　저자는 <나무>나 <동정(冬庭)>, <하관> 등의 자연 이미지가 현실적 삶이 주는 무거운 중압 때문에 차갑고 어두운 자연 이미지를 형성한 것에 비해 <전신>에서는 신의 은총과 결합해 밝고 환안 이미지로 나타난다고 설명한다.
18) 오타베 다네히사, 김일림 옮김, <예술의 역설>, 서울: 돌베개, 2011. 248쪽.

기 때문이다. 다만 성악의 버팀목이 되는 말은 확실히 음악의 박자에 적합한 운문이 어울린다고는 하나, 그럼에도 반드시 운문에만 한정되지 않는다.[19]

오타베 다네히사의 지적은 가곡이 시문학과의 연계성을 필연적으로 요구하게 되는 가장 근원적인 이유를 말하는 것이다. 물론 음악 그 자체로서도 작곡가 자신이 표현하고자 하는 예술 창작의 의지를 드러내지 못하는 것은 아니지만 성악은 자연 본성적으로 운문을 수반함으로써 형식의 완결성을 갖추게 되는 것이고, 문학(운문)의 수용은 명확한 주제의 표현과 오브제(事物)의 묘사, 예술적 분위기의 표현을 얻게 되므로 성악의 버팀목이란 역할을 하게 되는 것이다. 따라서 운문과 음악의 상보적 관계가 형성되는 것이다.

이 같은 경향의 대표적인 사례는 선율과 반주로 독일 가곡의 새 장을 연 <겨울 나그네>(Winterreise)란 연가곡이 증명한다. 빌헬름 뮐러(Wilhelm Müller, 1794~1827)의 시와 프란츠 슈베르트(Franz Peter Schubert, 1797~1828)의 음악이 만든 걸작 <겨울 나그네>는, 문학과 음악이 서로 다른 예술 영역의 경계를 넘어선 만남과 교류의 전범적典範的 사례이다. 엄선애는 "슈베르트가 뮐러의 연작시를 알지 못했더라면 더 많은 독자와 청자를 확보하지는 못했을 것"[20]임을 지적하며 필연적으로 음악이 문학을 필요로 하고 있음을 설명했다.

---

19) 오타베 다네히사, 앞의 책, 248쪽.
20) 엄선애, <시에는 울림을, 음악에는 말함을―빌헬름 뮐러와 프란츠 슈베르트의 <겨울나그네> 및 제5곡 '보리수'의 해석>, 「독일언어문학」 제15집, 독일언어문학연구회. 2001. 6. 387~388쪽.

슈베르트는 그가 체험하지 않은 것을 그에게 보완해줄 심상이 필요했고, 시인들을 향한 그의 사랑은 그 때문이기도 했다. 시인들은 자극과 격려를 주었고, 형상과 형태, 사건을 제공했으며 쥬베르트는 그들과 함께 언어의 영역 속으로 들어가 그들과 깊고 진정한 관계를 맺을 수 있었다.[21]

오타베 다네히사의 지적에서 보듯이, 성악이 운문에 의한 지지를 요구하는 것이 당연한 것이며, 이는 음악사적으로도 시와 음악의 결합이 예술가곡이라는 새로운 장르를 탄생시키게 된 배경으로 작용할 수 있을 것이다.

이 같은 필연성, 즉 시와 음악의 관계에 주목한 김연준의 관심은 당대 최고의 시인들의 시에 눈을 돌리게 되고, 김영랑, 박남수, 전봉건, 김광림, 홍윤숙, 황금찬, 이은상 등 한국 시문학의 거장뿐 아니라 그 당시 시단의 신예인 김여정, 문효치, 신동춘 같은 젊은 시인의 시에까지 관심의 영역을 넓혀나가고 이들의 시와 자신의 음악 세계를 접목하는 예술적 실험을 전개한다.

이러한 문학적 섭렵과 실험의 결과를 통해 김연준 예술가곡이란 독창적 영역이 확보되는 과정에서 시인 박목월과 김연준의 만남은 필연적인 것이었다. 김연준은 그의 말년에 박목월을 가리켜 "우리의 모국어를 가장 순수하게 다룰 줄 알던 연금술사 중의 한 분"이라고 극찬했다. 김연준은 운문과 음악의 상인相因의 관련성을 그의 문학적 감수성으로 간파했다.

여기서 우리가 주목할 것은 바로 자연친화적 서정성과 기독교적 삶의 철학이라는 공통성이다. 두 사람의 예술세계를 비교했을 때 드러나

---

21) 엄선애, 앞의 논문, 392쪽.

는 이 같은 공감영역은 음악과 시문학의 상인相因의 연계성으로 교감하고 그 공감영역을 바탕으로 한 예술적 합작, 즉 예술가곡의 탄생을 가능케 하는 연결고리로 작용한다. 본장의 분석 텍스트인 「김연준 가곡 330곡 선곡집」에 실린 박목월의 23편의 시는 두 사람의 예술적 결속이 얼마나 필연적이었는가를 보여주는 구체적 증빙이다.

<표 1> 「김연준 가곡330곡 선곡집」 수록작가 분석일람표(가나다 순)

이름	고진숙	권일송	김계덕	김광림	김규화	김남석	김병수
편수	27	4	4	6	3	18	7
이름	김소월	김양식	김여정	김영랑	김용수	김의홍	김재동
편수	3	12	4	1	2	1	1
이름	김지향	김진희	모기윤	문창묵	문효치	방지형	박남수
편수	22	1	1	1	11	1	3
이름	박목월	박은종	박재삼	박현령	신동춘	신세훈	양명문
편수	23	1	21	6	21	7	7
이름	유성윤	유정	유혜자	이은상	이정원	이항수	전봉건
편수	1	5	6	1	9	5	1
이름	전재동	정의홍	최명림	최영림	홍윤숙	황금찬	합계
편수	3	12	4	6	37	3	312[22)

---

22) <김연준 가곡 330곡 선곡집>에는 김연준이 직접 작사한 18곡을 합해 총 330곡이 수록돼 있다.

6.2.2 김연준 가곡으로 융합된 박목월 시의 유형

두 사람의 예술세계를 연결하는 가장 중요한 연결고리는 서정성인데, 그 구체적인 하위 단위의 서정성은 다음과 같이 나뉠 수 있다. 서정성이 지향하는 기조는 그리움으로, 이 그리움의 정서는 4개의 서정으로 구획된다.

 ① 그리움의 서정
 ② 사랑에 대한 희망의 서정
 ③ 그리움과 미래적 희망의 서정
 ④ 기독교적 서정

이렇게 구획된 서정의 유형을 앞서 논의한 두 사람의 예술세계가 가지는 특성과 부합, 상호 교감을 통해 예술가곡의 새로운 장르를 창조한다. 여기서 우리가 주목해야 할 것은 박목월과 김연준의 합작으로 창조된 이 작품들이 <박목월 시전집>23)에는 수록되지 않은 작품들이란 사실이다. 박목월의 시는 김연준과의 공동작업을 위해서만 창작되었다는 것이다. 기 발표되거나 시집에 수록된 작품을 활용하여 예술가곡화한 것이 아니라 온전히 김연준 예술가곡만을 위해 별도로 창작되었고 상호간의 예술창조의지로 문학과 가곡의 기존 창작형식을 뛰어넘는 새로운 예술 장르를 창작했다.

이 두 사람이 서정성을 기반으로 하여 합작한 예술가곡의 구체적 내용을 정리해보면 다음과 같다.

---

23) <「박목월 시전집」>은 1994년 서문당에서 발행되었으며 2003년 이남호가 새로이 민음사에서 발간한 바 있다. 2003년 판 「박목월 시전집」에는 시인의 전 시편 외에 그 동안 어떤 전집에도 수록되지 않았던 102편의 시를 새로이 발굴해 실었으나 「김연준 가곡330곡 선곡집」에 실린 박목월의 시 23편은 포함되지 않았다.

<표 3> 서정성에 따른 그리움의 정서 분류

유형	제목	가사(시)	비고
그리움의 서정	구름의 노래	새들도 떼를 지어 집으로 돌아가는/저무는 들판 위로 구름이 떠간다/돌아갈 때 가 되면은 발을 가진 자이든 날개를 지난자이든/본향으로 돌아간다	58쪽
	그대를 만날 때	그대를 만날 때는 가슴 부푸네/그대를 만날 때는 가슴 울렁거리네/그대와 손을 맞잡고/저 강가를 걸으면 흐르는 물 부는 바람결/행복을 속삭여 주네/떠가는 구름 나는 새 행복을 속삭여주네/그대만 나 게 되면은 세상이 거룩해져	61~62쪽
	꽃 피는 사월 돌아오면	목련가지 마다 환하게 꽃 피는 사월이 돌아오면/절로 그리워라 겨레를 위하여 정성 다 바치고/겨레의 제단에 목숨을 버린 위대한 그 사람 그님 그리워라	123쪽
	그리운 밤에	잘 자렴 내 사랑아, 편히 쉬렴 내 사랑아/오늘 밤 나의 꿈에서 그대 만나게 되리/첫사랑을 맹세한 아가 외나무 그늘 아래서/나 외로운 꿈 길에서 만나게 될 반가운 모습 /그대의 품이 그리운 이밤 꿈속에서라도 그대를 만나 기를/빌며 빌며 외롭게 잠 드세	87~88쪽
	모란이 필 때	1절) 모란이 피었네 모란 꽃 피었네 모란 꽃 피듯이 내 사랑 피게 될까 탐스러운 모란 꽃 송이 가지마다 피듯이 탐스러운 모란 꽃송이 가지마다 피어 나듯이 나의사랑 도 환하게 꽃 피게 될까 말까 안타까운 이봄에 모란 곷이 피었네 2절) 비둘기 짝지어 구구우 우는 봄 비둘기 우듯이 내사랑 피게 될까 골짝마다 비둘기 쌍쌍 짝지어서 울듯이 골짝마다 비둘기 쌍쌍 짝을 지어서 울듯이 나의 사랑도 환하게 꽃 피게 될까 말까 안타까운 이봄에 모란꽃이 피었네	249~250쪽

	푸른 언덕	봄이 왔네 새봄이 저 언덕은 푸르고/시냇물은 졸졸졸 노래하며 흐르네/묵혀두었던 밭들을/소를 몰고 나와서/ 밭갈이를 하누나 농부들은 즐겁게/저 하늘엔 종달새 아름다운 소리로/ 노래하며 반기는 따뜻한 봄이 왔네	615~ 616쪽
	옥피리	안개 피는 밤 강가에 앉아/사무치는 그리움 피리를 분다/피리는 옥피리 구슬픈 가락이 하늘에 사무쳐/견우와 직녀가 오작교 건너 서로 만나누나/하늘 구만리 애를 태우던 하늘 구만리 애를 태우던/별의 사모가 이 밤에 들리네	456~ 457쪽
희 망 의 서 정	겨울 밤의 별	저 숲 사이로 빛나는 겨울의 별이여/밤이 새도록 외롭 게도 등불을 들고서 애타게도 그 누구를 기다리나/기다림의 기나긴 세월 속에서 봄 여름가을이 가버려도/언젠가 오실 그분을 위하여/굵은 사랑의 심지에 불을 밝혀 들고서/기나긴 겨울밤 뜬 눈으로 새우네	28~ 31쪽
	노을진 행당 언덕	노을 비낀 행당산 돌아가는 사람들/우리 모두 이 밤을 편히 쉬며 꿈을 꾸리라/아름다운 사랑의 꿈이 한밤에 꾸리라/찬란한 내일의 빛나는 태양이 동산에 솟아 오를 때/밝은 마음 웃는 낯으로 다시 만나게 되리라/진리의 샘 맑은 샘솟는 동산에서 낙원에서/푸른 꿈을 서로 손 잡고 함께 함께 가꾸리	181~ 182쪽
희 망 의 서 정 (2)	샘같이 꽃같이	끊임없이 솟아나는 저 산골의 샘 같이/웃음 짓는 그 얼굴로 피어나는 꽃같이/웃음 짓는 얼굴로 피어나듯이/기쁨으로 충만한 나의 사랑 나의 꿈/태양같이 빛나는 우리들의 젊음 아름다운 푸른 날개/힘차게 저으며 꿈꾸는 하늘로 날아가리라	362~ 363쪽
	사랑의 등불	사랑의 등 밝혀들고 머나먼 길가노라/비 바람 몰아쳐도 꺼지지 않는 사랑의 등불/고달프고 험한길 서로도와 가노라면/ 즐거움이 솟아나리 사랑의 등불 밝혀들고 다정하고 살뜰하게 살아가리/사랑의 등 밝혀들고 머나먼 길가노라면/즐거움 가슴 가득차오고 사는 보람 가슴 벅차게도/살아나리 살아나리/살아나리 살아나리	324~ 326쪽

	작은 아가씨의 꿈	어린 날 그님이 꿈 가꾸던 그리운 그 땅에 봄이 오면 제비는 옛위에/돌아와서 그 처마 밑에 깃드네 어린 날/그이 노니던 그 돌산에 갖가지 꽃이 피어서 환하게만 발하네/초삼월 새봄이 돌아와서 남에서 바람이 불어오면/그 님의 모습이 새롭게 살아나네 1) 언젠가 조국이 통일되어 여원한 새봄이 오며는 그리운 님이 다시 살아나시리라 2) 언젠가 조국이 통일되어 여원한 평화가 오며는 그리운 그 님이 살아나시리라	514~ 515쪽
	찬란한 꿈	아름답고 찬란한 꿈이여/슬픔의 강물 굽이굽이 건너 돌아온 오월의 햇빛 속에/탐스럽게 피는 모란 꽃/모든 시련 모든 괴로움을 인내와 의지로 이겨내고/이제 탐스럽게 꽃피는 오원월 모란 꽃이여/아름답고 찬란한 꿈이여/위대한 사랑의 꽃 모란이여/슬픔과 시련을 이겨내고 꽃피는 사랑의 여왕	560~ 561쪽
그 리 움 과 미 래 적 희 망 의 서 정	별들의 속삭임	1절) 저 먼 하늘에서 빛나는 신비로운 별의 속삭임 머나먼 곳에서 밤새도록 속삭이는 별의 속삭임 깜박깜박 높이 빛나고 다정한 눈짓 보내며 잠 못 이루는 밤과 밤을 속삭이며 밝히네 오 별이여 이 밤에 서로 잠못 이루는 창가에서 너와 더불어 영원 영원을 생각하면서 오 별이여 나와 더불어 너와 함께 속삭이면서 밤새워 이밤을 밝히네 오 별이여 밤을 밝히네 2절) 저 먼 하늘에서 빛나는 신비로운 별의 속삭임 머나먼 곳에서 밤새도록 속삭이는 별의 속삭임 깜박깜박 높이 빛나고 신비로운 저 별나라 꿈과 평화의 그 나라로 꿈과 평화의 겠나로 오 동경의 희디 흰 두 날개를 펴고서 창가에 서서 너와 더불어 영원 영원을 살아보리라 오 별이여 나와 더불어 별이 되어 속삭이면서 영원히	294~ 295쪽

		살아 보리라 오 영원히 살아보리라	
그 리 움 과 미 래 적 희 망 의 서 정 (2)	잊지 못할 그 음성	가셨다고 그님을 잊을 수 있으랴/가셨다고 그 님을 잊을 소냐/철 따라 꽃피면 송이마다 그립고/부는 바람결에도 살아나는 음성 세월이 갈수록/사무치는 구나 세월이 갈수록 그 님이 사무치게 그리워지네	493~ 499쪽
	저 산 넘어	길을 찾아 구름은 동서로 헤매이고/철새 떼는 계절 따라 천만리 넘나든다/편히 쉴 곳 행복하고 영원한 행복하고 영원한/내 본향아/저 산위에서 별들은 신비롭게 반짝이고/저 산을 넘고 또 넘어도 잡을 수 없는 행복/편히 쉴 곳 행복하고 영원한/행복하고 영원한 내 본향아	527~ 528쪽
	첫 사랑의 꿈	1절) 저녁 노을처럼 하염없이 살아진 애트한 꿈이어 아름다운 첫사랑 서로 귀를 붉히면서 서로 손을 마주잡고 사과 밭 꽃 그늘아래 다소곳이 고개 숙여 꿈꾸며 함께 거닐던 그 날의 추억이어 2절) 흰 구름처럼 속절없이 살아진 애틋한 꿈이여 아름다운 첫사랑 이제 그와 나 사이에 구만리가 가로막혀 영영 못만날지라도 어이 그대를 잊으랴 아름다운 첫사랑 애틋한 추억이어	571~ 572쪽
	황혼의 바닷가에서	넓고 넓은 바다에는 저녁 노을이 붉게 타고/저 멀리서 밀려오는 파도는 희게 부서진다/흰 머리를 바람에 날리며 바닷가를/고개 숙이고 서성거리며 지나온 날을/하염없이 되돌아 본다 나의 생애가/저 파도에 넘실넘실 출렁거린다/나의 생애가 파도에 넘실넘실 출렁거린다	638~ 639쪽
	이밤에 저별은	풀밭에 누어 별을 헤인다 무더운 여름/밤 하늘에 빛나는 별을 한하나/앞날의 행복 점치면서 별들조차도/그리움으로 아롱져 흐르는 은하수처럼/하늘의 길을 세월 없이 서로 달려와서 만나는 밤/그리운 이여 어느 날에 은	478~ 479쪽

		하수 강물에 놓여있는 저 오작교를 건너서/가면 만나는 그날이 오게 되리/만나는 그날이 오게 되리라	
기독교적 서정	신 앞에 무릎 꿇고	거룩한 제단 그 제단 위에 뉘우침의 촛불/환하게 밝혀 두고 이제야 경건한 경건한/마음으로 당신 앞에 나가 무릎 꿇게 됩니다/괴로운 일 즐거운 일 멀고먼 인생길을 다 걸어와/이제야 당신 앞에 내가 나아와서 무릎 꿇고 빕니다/뉘우침으로 촛불 밝혀두고 거룩한 제단에 이제 나와서/경건히 무릎을 꿇게 됩니다	391~392쪽
	영원한 꿈	흐르는 냇물에 써보는 그 이름/사라진 별이어 영원한 꿈이어/이미 지나간 이미 흘러지나간/옛날 옛날의 그리운 그 모습 허무한 것일수록/안타깝게도 그리워라 그 옛날에 안 잊히는 그 이름	443~444쪽
	달밤의 바다	사나운 성난 파도 고요히 잠들고 지금은/달빛 속삭이는 잔잔한 바다/인생의 모든 시련과 역경 모두 물리쳐 이길 때마다/하느님 크신 은총이 나를 지켜 주시고/드디어 승리로 승리의 길로 나를 이끌어 주셨네/사나운 모든 파도 고요히 잠들고/흰 달빛이 아름답게 수놓는 충만한 나의 바다여/하느님의 크신 은총 평생토록 나를 감싸시고 지켜주셨네	209~210쪽
	새벽의 기도	저 하늘의 별들이 초롱초롱 빛나는/이른 새벽기도를 두 손 모아 드립니다/오늘 하루 주께서 함께 하여 주시고/어려울수록 더 큰 기쁨 솟아나게 하소서/우리들의 영혼을 맑게 하여 주소서/바른길 가도록 이끌어 주소서/저 하늘의 별들이 초롱초롱 빛나는 이른 새벽 기도를/두 손 모아 드립니다/당신에게 영광된 하루되게 하소서	356~357쪽

첫 번째 유형인 그리움의 서정은 소위 자연친화적 서정이라 할 수 있는 것들이다.

'떼를 지어 집으로 돌아가는 새', '들판 위로 떠가는 구름', '흐르는 물', '부는 바람 결', '가지마다 환하게 목련이 피는 4월', '첫사랑을 맹세한 아가 외나무', '짝지어 구구 우는 비둘기' 같이 박목월 초기시에서 보여주는 '자연을 배경으로 한 간결한 시어와 리듬 및 율격과 오브제들이

주된 내용이며 이는 김연준 가곡의 대표작인 <청산에 살리라>에서 보여준 자연친화적 서정성과 합일한다.

두 번째 유형인 희망의 서정은, 앞서 본 첫 번째 유형과 달리 구체적이며 선명한 서정의 실체와 희망으로의 지향목표가 가사를 통해 구현되는 것을 말한다.

'오작교에서 만나는 견우 직녀', '언젠가 오실 그 분', '행당산을 돌아가는 사람들', '힘차게 날개를 저으며 하늘로 날아가는 젊음의 푸른 날개', '언젠가 통일이 되는 조국' 같은 오브제가 보여주는 희망의 지향목표를 설정하고 있다.

세 번째 유형인 그리움과 미래지향적 서정은 앞서 첫 번째 유형과 두 번째 유형의 혼합형태이다.

'별들의 속삭임'과 '영원히 살아보리라'의 결합, '잊지 못할 사랑에 대한 사무치는 그리움', '사과 밭 꽃 그늘 아래서의 첫사랑' 같은 가사를 통해 자연친화적 서정과 미래적 희망이 동시에 드러난다.

마지막으로 기독교적 서정인데, 이는 성서의 진리를 구현하는 신학적 발상이 아니라 문학적 감수성에 의하여 포착된 예술적, 감성적 가사를 드러낸다.

'뉘우침의 촛불을 밝히고', '당신(하느님)에게 무릎 꿇는 나', '하느님의 은총으로 영혼을 맑게 해달라는 기도', '당신께 영광을 돌리는 별들이 초롱초롱 빛나는 새벽기도'와 같이 기독교의 신앙적 성찰과 문학적 감수성이 결합된 작품으로 나타난다.

이상 살펴본 23편의 예술가곡은 시인 박목월이 김연준과의 예술가곡 창작을 위해 새롭게 창작한 것이고, 두 사람의 예술의지가 합일되어 융합된 창작품이다.

6.3 문화융합 측면에서 본 박목월의 시와 김연준 가곡의 융합 원리

앞서 본고는 예술가곡이란 용어의 재개념화한 조작적 정의를 통해 김연준 예술가곡의 범주를 한정한 바 있다. 이 같은 본고의 논지로 볼 때 백남 김연준과 목월 박영종이 공동으로 이루어낸 장르융합을 통한 예술가곡이란 새로운 예술 장르 탄생의 배경에는 어떠한 공식구(formula)와 결합 구성의 원리가 내재돼 있는가를 규명해볼 필요가 있다. 이는 문화콘텐츠학에서 활용되고 있는 문화융합의 창작원리이며 창조적 상상력(creative imagination)을 바탕으로 하는 장르 통섭의 원리이며 본고의 논의를 명증할 이론이기 때문이다.

6.3.1 예술가곡 창작의 두 가지 유형

앞서 이장직은 우리나라 예술가곡을 일별하며 좋은 가곡은 훌륭한 시인과 작곡가가 만나서 이루어진다고 전제하고 한국가곡에 있어서 작곡자가 시를 선택하는 과정에는 여러 가지 요인이 작용하는 데 우선 시의 내용이 작곡가가 소화할 수 있는 만큼의, 생소하지 않는 것이어야 하며 그 다음의 문제는 형식적 요인, 즉 음수율이나 시의 길이에 있고 그 다. 시가 갖는 내용이 작곡의 요인으로 작용한다고 했다. 이장직 이 같은 견해는 시인들이 시가 모두 작곡자들에게 선택되지는 않는 다는 말이다. 예술가곡의 가사로서 적합성이 있어야 한다는 말이다. 작곡가들이 작품을 선택할 때는 두 가지 유형이 있는데 그 하나는 시집으로 출판 되었거나 잡지나 신문등 매체에 발표된 시인의시를 읽고 그것으로부터 얻어진 예술적 감동을 선율로 표현하다는 것이다. 이는 서양의 경우도 다르지 않다. 슈베르트도 괴테의 희곡 <파우스트>나 담시집

<마왕>을 읽고 교감을 통해 얻은 음악적 감동을 오선지에 옮겼던 것처럼 문학텍스트가 선행되는 경우를 말한다. 그 다음 유형은 작곡가와 시인이 협업의 결과로 작품을 창출하는 것이다. 협업이란 결국 시인과 작곡가의 공동 작업이라 할 수 있다.

김연준은 1978년 한양대학교 출판부에서 두 권의 가곡집을 발간하는 데 그 하나는 一木月 朴泳鍾 詩에 의한 白南 金連俊 歌曲集 이란 부제가 달린 가곡집으로

> 1) 길처럼, 2) 월색, 3) 박꽃, 4) 불국사, 5) 임, 6) 牧丹餘情, 7) 이별가, 8) 달, 9) 고사리, 10) 기계장날, 11) 밭을 갈아, 12) 달무리, 13) 산이 날 에워싸고, 14) 파초우, 15) 도포 한자락, 16) 임에게, 17) 먼 사람에게, 18) 청노루, 19) 갑사댕기, 20) 윤사월, 21) 나그네, 22) 三月, 23) 산도화, 24) 산그늘 등

박목월의 시 중 24편이 작곡되어 알려 있으며 이 실려 있고 또 하나는 一素月 金廷湜 詩에 의한 白南 金連俊 이란 부제의 가곡집으로 김소월의 시 34편이 실려 있다.

> 1) 진달래 꽃, 2) 널, 3) 예전에 미처 몰랐어요, 4) 가 는길, 5) 새벽, 6) 왕십리, 7) 춘향과 이도령, 8), 9) 눈, 10) 옛낯, 11) 산, 12), 13) 설움의 덩이, 14) 달빛, 15) 하늘 끝, 16) 금잔디, 17) 꿈, 18), 19), 20) 고기잡이, 21) 못잊어, 22) 망 켕기는날, 23) 생과 사, 24) 개여울, 25) 산유화, 26) 임의 말씀, 27) 임의 노래, 28) 먼 후일, 29) 엄마야 누나야, 30) 오시는 눈, 31) 강촌, 32) 귀뚜라미, 33) 그를 꿈꾼 밤, 34) 제비

이 두 권의 작곡집은 예술가곡 창작의 유형 중 그 첫 번째인 시집으로 출판된 시인의 시집을 읽고 떠오른 예술적 영감을 선율화한 것이

다. 김연준은 이런 유형의 예술가곡을 독립된 두 권의 단행본으로 묶어 냄으로서 협업과 구분했다. 박목월과 김소월은 한국예술가곡 사상 으뜸과 버금가는 작품을 탄생시킨 시인이다. 이는 앞서 논의한대로 예술가곡의 가사로서 최적성을 지닌 시이기 때문이다. 김연준 역시 이 두 시인의 작품이 지닌 가치를 충분하게 이해했음을 말한다. 그리하여 그는 목월과 소월의 시를 읽고 얻은 예술적 영감을 작품화한 것이며 각각 독립된 별도의 출판물로 간행한 것이다. 이는 또 다른 의미에서 이 두 권에 수록 이외의 작품들은 김연준이 동시대의 시인과 작곡가의 협업으로 만들어졌음을 천명한 것이다. 김소월은 이미 죽었으므로 협업이 불가했지만 박목월은 김연준과 같은 학교에 근무하며 서로 교감하고 예술적 감동을 공유 할 수 있는 창작 환경이기에 협업이 가능했다는 뜻이다.

문학과 음악의 협업, 아트 콜라보레이션은 예술가곡이란 제3장르의 예술양식을 창출한 슈베르트와 괴테 이후 오늘날까지 이어지는 가장 핵심적 예술창작 방식으로, 여기에는 문화융합이라는 문화콘텐츠학에서 사용되는 융합의 작동원리가 적용된다. 이를 구체적으로 살펴보자.

6.3.2 조화(harmony)와 분위기(mood)의 합일

문화융합은 서로 다른 속성을 지닌 문화들이 결합함으로써 기존의 것을 넘어서 또 다른 형태로 만들어지고, 시너지 효과를 내는 것을 의미한다. 특히 문화산업적인 측면에서 문화융합은 두 가지 이상의 문화가 서로 어울려 새로운 것을 창조한다는 의미의 기능적 또는 상호작용의 개념으로 쓰인다. 문화융합이라는 한글 표현은 기능적 유형에 따라

컨버전스(cultural convergence) 퓨전(cultural fusion)의 두 가지로 나뉜다.

창조적 재조합, 즉 재조합적 혁신을 가리키는 컨버전스에 비해 퓨전은 겉보기에는 하나같지만 사실 속성이 다른 장르의 문화가 융합된 형태이다. 컨버전스가 물리적 융합이라면, 퓨전은 완전히 성분과 형질이 달라진 화학적 융합이라고 할 수 있다.

이를 정리해보면 다음과 같다.

컨버전스(cultural convergence) : A + B $\rightarrow$ AB
퓨전(cultural fusion) : A + B $\rightarrow$ C

컨버전스나 퓨전과 같은 문화융합이 가능한 이유는, 타자의 이념이나 가치체계를 향해 이해와 공감의 시선을 도모해보려는 공생적 경계넘기(boundary-crossing symbiosis)와 이질적 관점의 융합(Heteroglossia)을 시도하려는 노력이 있었기에 가능했다.

그동안 문학에서는 서로 다른 작품 간의 영향의 문제를 다룰 때 상호텍스트성이라는 용어를 써왔지만, 이연연상은 영향관계의 측면에 집중하는 것이 아니라 동시적인 각성으로 생겨나는 새로운 창작의 결과에 주목한다. 이를 위해서는 대상에 몰입하는 집중력과 창조적 상상력, 그리고 통찰력이 필요하다. 또한 각각의 대상이 갖고 있는 기존의 속성들을 결합함으로써 그 모습과 의미가 바뀌어 새로운 이미지들의 통일체를 만들어내는 창조적 상상력(creative imagination)이 필수적이다. 이러한 관점에서 박목월의 시와 김연준의 가곡의 결합은 문화융합 유형 중에서도 퓨전으로 형상화될 수 있다. 즉 A+B=AB의 물리적 문화융합이 아니라 재조합의 혁신을 이뤄낸 A+B=C의 형태가 된다.

이는 시와 음악이 갖고 있는 공통된 특성에서 기인한다. 시의 내용, 형식, 운율은 가곡의 조성, 박자, 악절과 결합하여 새로운 퓨전을 이루어내는데, 김연준 가곡은 그 자체의 음악적 형식만으로도 서정성을 드러내면서, 박목월의 시를 만남으로써 조화(harmony)를 이루고 공감영역을 넓혀갈 수 있었다. 박목월의 시 역시 음악과의 조화를 통해 새로운 향유자를 창출해냈다. 두 예술가의 창조적 상상력이 장르융합을 통해 예술적 결합을 이루었다.

6.3.3 시의 확장성이 가져온 소통

시는 다른 문학 장르에 비해 일반적으로 간결하고 절제된 양식을 추구하며 감정의 정수를 추구함으로써 서정성을 획득한다. 현대에 와서 이미지에 대한 관심이 높아지면서 시의 조형성이 강조되고 있긴 하지만 언어를 매개로 하는 시의 속성은 변질되지 않으며 언어예술 가운데 가장 음악과 가까운 것이 시문학이다. 이종원은 다른 문학 장르와 비교하여 이러한 음악성이 시의 본질임을 강조한다.

> 소설의 경우 대화의 일부에서 음악적 요소를 부가할 수는 있으나 작품 전체의 어조가 음악성이 농후해지면 결국 감정의 편린이 과도하게 노출되어 서사 전체의 객관적 진실성을 상실하게 되어 서사물로서의 실패를 노정하게 된다. 극 양식의 경우 역시 등장인물의 감정을 드러내는 장면에서 운율감을 지닌 대사가 구사될 수는 있으나 극 전체가 그러한 어조로 구성되어서는 극적 긴장감을 유지하지 못한다. 그러나 시는 음악성을 그 본질적 속성으로 구비하여 그것과 생명을 같이 하는 것이다.[24]

---

24) 이숭원, <시의 본질과 특성에 관한 소고>, 「한양어문」Vol.13, 한국언어문화학회,

시의 음악성은 바꿔 말하면 시의 확장성이다. 즉 시는 음악뿐 아니라 다른 예술 장르와도 다양하게 융합할 수 있는 속성을 근원적으로 갖고 있는 것이다.

「김연준 가곡330곡 선곡집」에 실린 박목월의 시 23편은 창작 당시부터 예술가곡과의 문화융합을 염두에 두고 쓰여진 것들이다. 박목월은 시 창작 과정에 있어서 문자로 소통하는 시와 음악과의 퓨전으로 소통하는 시를 구분했던 것이다. 이 23편의 시는 일반적인 시의 소통 방법이었던 문자화된 시와 예술가곡으로 융합될 시를 구분했던 박목월의 의도 때문에 그동안 어느 전집에도 수록되지 않은 작품이었다. 이는 박목월이 시의 확장성을 인지하고 있고, 그로 인해 다양하게 소통할 수 있는 방법의 하나로 예술가곡을 택했음을 극명하게 보여준다.

1995. 523쪽.

7. 맺음말

연구를 시작하며 필자는 예술가곡은 시문학과 음악의 합일된 예술 장르로서 독일과 오스트리아를 포함한 독일어권에서 발달된 가곡으로, 시인의 시에 작곡가가 선율을 붙이고 이를 성악가가 부르는 음악 양식이다 라고 정의하고 그 효시를 슈베르트의 '<실 잣는 그레첸(Gretchen am Spinnrad)>'으로 비정 했다. 물론 그 이전 시대에도 문학과 음악이 만나 시를 노래의 가사로 사용한 작품들이 없었던 것은 아니나 장르 융합의 인위적 의도로 창작된 작품이 <실 잣는 그레첸>이다. 슈베르트가 괴테의 파우스트를 읽고 떠오른 악상을 토대 작곡된 이 작품을 효시로 창출된 예술가곡은 문학가 음악이라는 두 개의 예술 장르가 합일하여 빚어낸 제3장르의 새로운 예술양식이다. 음악은 본디 사람의 감정과 감성을 선율로 표현하여 청자에게 전달하지만 감성과 감정의 표현이란 그 자체가 대단히 추상적이며 모호한 것이다. 연주자를 통해 작곡자의 생각과 느낌을 전달할 수는 있지만 메시지를 전할 수 없다는 한계를 지니고 있으므로 문학과 음악의 상호보완적이며 필연적인 조우라 아니할 수 없다. 이러한 신개념의 예술장르는 슈베르트의 <마왕>으로 이어지고 서로의 필요에 의해 정착되며 독일어권을 넘어 전파되며 각 나라의 국민음악으로 자리 잡는다. 그 한 갈래가 우리게 전해져 현대시의 면모가 자리 잡히게 되는 1930년대 독일에 유학하여 작곡을 공부한 작곡가 채동선에 의해 정지용의 시 <고향>이 명실상부한 한국 예술가곡의 효시嚆矢로 나타나게 된다. 이후 한국예술가곡은 우리 현대시사의 흐름과 함께하며 모든 국민이 애창하는 노래로 정착 한다.예술가곡은 시인과 작곡가의 협업 뿐 아니라 성악가와 그들의 노래를 반주해주는 연주자의 협업이 필요하다. 본고는 이러한 조건을 예술가곡의 필요충분조건이라 개념했다. 이같은 예술적 협업(Art Collaboration)은 문학 특히 시문학의 표현과 소통방식과 전달체계의 혁신을 가져 왔으며 시의 유용성을 도모했다. 그리하여 우리말과 글을 표현의 도구로 하는 문학은 예술가곡으로 하여 문자텍스트를 벗어와 묵독默讀에서 벗어나 노래 불려지는 시로 그 영역을 확산 하게 된다. 한국예술가곡의 채동선과 김성태 같은 한국의 예술가곡 초기의 작곡가들은 예술가곡 창작에 최적화된 시를 찾기 위해 노력 했는데 그들이 주목한 시인이 바로 정지용이다 1930년대 그는 모국어의 음운론적 자질을 찾아내고 언어를 조탁彫琢하여 시어에 은銀을 낸 시인인데 그의 시는 작곡가들에게 음악으로 구현하는 최적의 작품들이었기에 작곡가들에게 선호 되었다. 이와 함께 다수의 작곡가들은 전통적 서정과 율격을 지닌 김소월의 작품에 주목했다. 김소월 시가 지닌 매력은, 모국어에 대한 천부적 자질을 바탕으로 형성된 시적 리듬과 음률성이 있다. 그의 시는 4마디를 기본단위로 하는 가요형식(song form)의 한 악구와 대응되기 때문이라는 형식적 조건과 전통적 서정을 바탕으로 하는 내용적 조건 대중적 인지도 까지 두루 갖추었기 때문에 김소월의 시를 가사로 창작된 예술가곡이 한국예술가곡의 창작에 15%라는 다수를 차지한다. 그러나 한국예술가곡이 뿌리내리는 과정에서 1940년대 일제 강점의 문화적 암흑기, 해방과 더불어 남북이 분단되는 해방공간의 이념의 혼란기로 이어지는 한국동란 등 우리의 현대사는 격량의 시기를 거치며 시인과 작곡가들은 자신의 이념을 따라 남과 북으로 갈라지게 되는 문화적 지형의 재편을 겪게 된다. 그러나 그 와중에서도 예술가곡의 창작은 지속 된다. 본 연구는 한국예술가곡사의 흐름 속에서 김소월과 함께 우뚝한 자리를 차지하고 있는 시인 박목월을 주목하였다. 1915년 태어나 1978년 영면할 때 가지 그가 생전에 창작한 시는 총 466편인데1) 그중 132편이 예술가곡화 된다. 이는 김소월의 시 148편이 예술가곡화 된 것에 버금가는 것으로 박목월이 한국예술가곡사에서 소월 다음으로 많은 창작작품을 탄생시킨 주역은 다름 아닌 작곡가 김연준이다. 김연준은 박목월과 협업을 통해 총 115 편의 예술가곡을 탄생시킴으로써 박목월에게 김소월에 버금가는 시인으로 자리매김하게 한다.

본연구의 주안점은 예술가곡의 창작에서 박목월시가 가지는 최적성最適性에 있다. 소월과 달리 그는 <문장>지를 통해 시문학파의 주역인 정지용의 시맥詩脈을 정통으로 승계하고 정지용 월북 이후 한국시단의 중추로서 가장 혁혁한 문학적 위상을 확보했다. 예술가곡의 연구는 문

---

1) 박목월 의시가 총망라된 전집은 2003년, 민음사에서 펴냈는데 총 8부로 구성)되어 있으며, 수록된 시들은 모두 466편이다. 이남호 엮음 · 해설(≪박목월 시 전집≫의 구성 및 수록 시편의 수는 1부 ≪청록집≫ 15편, 2부 ≪산도화≫ 29편, 3부 ≪난 · 기타≫ 59편, 4부 ≪청담≫ 44편, 5부 ≪경상도의 가랑잎≫ 72편, 6부 ≪무순≫ 88편, 7부 ≪크고 부드러운손≫ 57편, 8부 미수록작 102편 등이다. 시집에 수록되지 않고 발표된 작품들을 모아 둔 8부 중 7편은 1987년에 발굴되어 ≪문학사상≫에 수록된 것들이다.

학이라는 한 영역의 연구가 아니며, 작곡과 성악의 전제하에서 만 논의가 가능하다 박목월의 시가 가지는 예술가곡적 최적성을 증명하기 위해 필자와 학맥學脈을 같이하는 일군의 국어학자들이 일구어 낸 한국어의 음운론 문체론과 언어기호학적 성과들을 수용하여 이를 증명했다. 박목월이 예술가곡을 위한 협업의 결과들을 점검하여 문학 음악이란 두 장르가 악보를 통해 맺어진 결속을 풀면 100편 이상의 미답未踏의 시가 새롭게 탄생한다. 물론 이 중에는 가곡화 되면서 시의 내용이 멜로디에 맞게 변개된 것도 있을 수 있다. 박목월 사후 출간된 박목월 전집의 수록 미수록 여부와 기존 시의 변개變改여부와 같은 원전 비평적이며 문헌학적 서지학적 연구문학의 연구영역이므로 본고는 다루지 않았다. 그리고 본 연구가 마지막으로 다룬 부분은 백남 김연준과 박목월의 예술적 협업이다. 이 부분은 1994년 발간된 <김연준 가곡 330곡 선곡집>을 중심으로 한정하여 살펴본 것이다. 이는 두 예술가의 협업 연구 다룬 부분은 앞으로 연구의 인트로에 해당된다. 이는 본 연구를 바탕으로 이어지는 후속 연구거나 문학과 음악, 한국 예술가곡에 관심을 두고 있는 후학들의 과제로 남겼다.

부

록

1. 박목월 작사 김연준 작곡 예술가곡 목록

총괄		
박목월 시전집 소재 작품	박목월 시전집 미수록 작품	계
24	87	111

번호	제 목	작곡자	가 사	비 고	박목월 시전집 수록 여부
1	나의조국	김연준	금수 강산 삼천리 축복받은 강토에 한갈래 핏줄 이어서 오 천만의 겨레여 밝은 해와 푸른 강 기름진 터전에 근면과 끈기와 군센 의지로 조국의 번영을 다짐하리라 유구한 문화와 찬란한 전통에 무궁화 만발하게 꽃 피는 동산 자유와 민주주의 높은 이념 아래 오천만 하나로 높은 이념 아래 조국의 번영을 다짐하리라	김연준 가곡 100선집 제 1권	x
2	백합화		마음에 있는 말 차마 못하고 발길을 돌려서 돌아오는 밤 꽃가게 앞에서 지켜보는 한송이 백합화 순결한 백합화 언젠가 내 마음 털어놓으리 언젠가 내 순정 알아주리라 그날이 오기를 가만히 빌며 혼자서 가꾸는 한 송이 백합화	김연준 가곡 100선집 제 1권	x
3	사라진 꿈		아가외 나무 그늘 아래서 굳게 맺은 그 맹세도 무지개 사라지듯 사라진 꿈이여 미소 어린 눈만이 잊혀지지 않는구나 슬픈 사랑아/ 밤이슬에 젖은 그 눈썹만이 안 잊혀지네 사라진 꿈아	김연준 가곡 100선집 제 1권	x
4	영원한 꿈		흐르는 냇물에 써보는 그 이름 사라진 별이어 영원한 꿈이어 이미 지나간 이미 흘러 지나간/ 옛날 옛날의 그리운 그 모습 허무한 것일수록 안타깝게도 그리워라 그 옛날에 안 잊히는 그 이름	김연준 가곡 100선집 제 1권	x
5	그대 창문에		그대의 창문에 불이 켜질 때 나는 발길을 돌렸네 미련도 슬픔도 삼켜버리고 환한 창	김연준 가곡 100선집 제 1권	x

	불이 커질 때	만 돌아보네/ 어두운 밤길을 돌아왔네 쓸쓸히 외롭게 돌아왔네 사랑과 그대의 행복만을 멀리서 멀리서 빌어주네		
6	젊음의 꿈	크나큰 날개를 펴고 날아가는 독수리 오르면 오를수록 아득한 하늘 길로 올라가라 올라가 끊임없이 올라가라/ 이상의 저 먼나라로 닿을 길이 없어도 젊은 날의 푸른 의욕 찬란한 꿈 크나큰 날개를 펴고 날아가는 독수리	김연준 가곡 100 선집 제 1권	x
7	금빛 별 은빛 별	이른 초저녁에 남 먼저 촛불켜고 저 숲 위에서 빛나는 금빛 별 그 어느 누구와 속삭이는 것일까 눈짓이 소곤소곤 사랑의 별 금빛 별/이른 초저녁에 남 먼저 눈을 뜨고 저 숲 위에서 빛나는 은빛 별 그 어느 누구를 마중 나오는 것일까 보내는 것일 까 사랑의 별 은빛 별	김연준 가곡 100 선집 제 1권	x
8	산들바람	바다 넘어 산 넘어 들을 건너서 가을 바람 불어온다 달 밝은 밤에 은빛으로 나부끼는 갈대와 같이 밭 머리 처량한 수수대와 같이 내 마음이 흔들리네 바람에 흔들리네 바다 넘어 산 넘어 들을 건너서 가을 바람 불어온다 달 밝은 밤에 한잎 두잎 떨어지는 가랑잎 같이 들길에 처량한 마른 잎과 같이 까닭없이 내 마음도 바람에 흔들리네	김연준 가곡 100 선집 제 1권	x
9	고향으로 돌아가자	고향으로 돌아가자 꿈길을 더듬어 고향으로 돌아가자 꿈길을 찾아서 우거진 풀을 헤치고 고향으로 돌아가자 두고온 그 땅 그 마을에도 가을은 와서 잎은 지리라 저 푸른 잎이 다 지기전에 가을이 가기 전에 돌아가자 고향으로 돌아가서 쌓인 한을 풀어보자 고향으로 돌아가자 꿈길을 더듬어 고향으로 돌아가자 꿈길을 찾아서 낯익은 길을 따라 고향으로 돌아가자 한숨과 눈물 기다림으로 세월 보내는 그리운 임을 저 푸른 잎이 다 지기 전에 우리가 늙기 전에 돌아가자 고향으로 돌아가서 쌓인 정을 나누어 보자	김연준 가곡 100 선집 제 1권	x

10	저 남쪽 나라로	황금의 귤이 여는 저 남쪽나라로 나의 사랑이 너 와 함께 갈거나 꿈의 날개에 그대를 싣고서 나의 사랑아 너와 함께 너와 함께 영원히 그 곳에서 꿈같이 살거나	김연준 가곡 100 선집 제 1권	x
11	낙엽진 동산	가랑잎이 저 버린 쓸쓸한 동산에 나홀로 오르며 그리운 벗을 생각하니 하염없는 인생길 헤어지면 그 뿐일까 앙상한 가지에는 흰 구름이 걸려 있네 구름조차 외롭게 옛 생각에 잠겼네 가랑잎이 지 듯이 모든건 허사라도 우리의 우정만은 영원히 잊지 못하리라 순정으로 맺은 우정은 영원하리라 나의 벗이여 홀로 쓸쓸한 동산 거닐며 그리운 네 모습을 가슴에 그려보았네	김연준 가곡 100 선집 제 1권	x
12	이별	물결따라 동으로 그대는 떠나고 영을 넘어 구름 속에 길은 아득하다 손은 저 벗님을 지금 보내지만 언제 다시 돌아와서 우리 서로 만나랴 옷깃 스친 가을 바람 천리를 불어가네 달을 따라 서쪽으로 그대는떠나고 도라지 빛하늘 밖에 길은 아득하다 맺은 정 영원히 변할 수 없지만 언제 다시 따뜻한 손 우리 서로 잡으랴 옷깃 스친 가을 바람 만리를 불어가네	김연준 가곡 100 선집 제 1권	x
13	그리운 밤에	잘 자렴 내 사랑아 편히 쉬렴 내 사랑아 오늘밤 나의 꿈에서 그대 만나게 되리 첫사랑을 맹세한 아가와 나무 그늘 아래서 나 외로운 꿈길에서 만나게 될 반가운 모습 그대의 품이 그리운 이 밤 꿈속에서라도 그대를 만나기를 빌며 빌며 외롭게 잠이 드네	김연준 가곡 100 선집 제 1권	x
14	참회	멀리 멀리 흘러온 나무 잎 하나 쓰고 단 인생의 아득한 길을 물결을 따라 흘러온 나무 잎 하나 그 사람과 그 인연을 모두 저버리고 이제사 뉘우치는 나무 잎 하나	김연준 가곡 100 선집 제 1권	x
15	강아지	강아지가 따라 온다 아장아장 따라 온다 요리 조리 달아나도 졸졸졸졸 따라 온다 신사	김연준 가곡 100 선집 제 1권	x

		체면 말 아닐세 꽁무니에 강아지가 졸졸졸 졸졸 따라 온다 신사체면 좀 봐다오 사정사 정 하여봐도 아장아장 따라 온다 강아지가 따라 온다 염치없이 따라 온다 돌 을 던져 쫓아봐도 졸졸졸 따라 온다 신사 체면 말 아닐세 제가 무슨 숙녀라고 신사 뒤를 따라 온다 신사체면 좀 봐다오 사정사 정 하여봐도 꽁무니에 따라 온다		
16	코스모스	바람에 하늘하늘 코스모스여 가을을 흐느 끼는 나의 꽃이여 애달픈 사연을 굳이 감추 고 입술이 퍼렇게 혼자 나와서	김연준 가곡 100 선집 제 1권	x
17	저 먼 곳으로	물결이 잠든 잔잔한 바다 꿈꾸는 수평선 너 머로 배를 띄워서 저 갈까요 구름타고 날아 갈까요 평화와 별의 나라 사랑과 꿈의 그 아득한 나라로 나의 사랑아 함께 갈까나 영 원한 행복을 찾아 그 하늘 아래서 조용히 함께 함께 살아 볼까나	김연준 가곡 100 선집 제 1권	x
18	소녀의 노래	물 오른 버들가지와 같이 장미 꽃 첫 꽃송 이같이 냇물에 씻긴 조약돌같이 글썽글썽 눈물이 고인 젖은 눈동자 그 눈동자가 그리 움을 속삭이는 나의 소녀는 샘물에서 갓 건 져낸 구슬 같네	김연준 가곡 100 선집 제 1권	x
19	이 밤을 즐거이	노래하자 이 밤을 즐거운 이밤 젊은 날의 낭만과 꿈을 사르는 이 밤의 축제여 산화여 뿜어오르는 생명과 사랑의 분수여 아아아 노래하자 모두 들자 축배를 이밤을 위해 우리들의 찬 란한 장래를 위해 이 밤의 축제여 도취여 힘찬 내일의 출발과 승리의 서곡을 아아아 노래하자	김연준 가곡 100 선집 제 1권	x
20	그대를 만날 때	그대를 만날 때는 가슴 부푸네 그대를 만날 때는 가슴 울렁거리네 그대와 손을 맞잡고 저 강가를 걸으면 흐르는 물 부는 바람결 행복을 속삭여주네 떠가는 구름나는 새 행 복을 속삭여주네 그대 만나게 되면은 온세 상이 거룩해져	김연준 가곡 100 선집 제 1권	x

21	등산	소리 높이 부르자 야호 신호 소리 골짝골짜지에서 울리는 메아리 구름 씻어가는 저 산 봉우리에 젊은 꿈이 탄다 낭만이 꽃 핀다 준령을 정복하는 젊음의 승리여 소리 높이 부르자 야호 신호소리 골짝골짜기에서 울리는 메아리 자일을 던져라 피켈을 꽂아라 절벽에 도전하는 젊음의 의지여 고난을 이겨내는 젊음의 승리여	김연준 가곡 100 선집 제1권	x
22	산놀이	어화 벗님네 산놀이 가보세 춘삼월 꽃 시절 꽃 꺾어 전 붙이세 솔순 꺾어빚은 술 너 한 잔 나도 한잔이 산꾀꼴 새 저 산에 뻐꾹새 서로 장단 맞춰 해 가는 줄 모르네 어화 벗님네 산놀이 가보세 봄나비 훨훨 나비따라 가보세 바위 좋고 물 맑은 반석에 자리 잡아 피는 구름 꽃 솔 바람 거문고 온 갖 시름 잊고 해가는줄 모르네	김연준 가곡 100 선집 제1권	x
23	겨울 방랑자	묻지도 말아다오 어디서 왔느냐 묻지도 말아다오 어디를 가느냐고 백설이 쌓인 골짜기 쓸쓸한 숲속을 지나 땅끝에서 땅끝까지 떠도는 겨울나그네 고향이 그리워도 고향을 떠났네 곳곳마다 모든 산 천은 달라도 모든 길은 고향으로 통하고 끝내 돌아가게 될 방랑자의 이 심정을 구름에 띄워 보내네	김연준 가곡 100 선집 제1권	x
24	봄 꿈	달무리 달무리에 운 봄 밤은 유감하여라 유감하여라 잎새조차 제 시름에 겨워 잠든 저 숲긴을 홀로 가노라 시름도 없이 부는 바람만이 나뭇가지를 잡아 흔드네 보금자리에 깃들어 잠든 밤 새들을 놀라게 하고 일깨워 봄 밤을 노래케하네 하늘에 물먹은 별들이 눈짓을 보내는 달무리에 운 숲길을 나홀로 가네 나홀로 정처없이 가노라면 그 풀 길없는 심사를 어이해	김연준 가곡 100 선집 제1권	x
25	영광 – 카나다 여행에서	가도가도 끝이 없는 은혜로운 대평원 풍요한 자연 속에 평화와 자유 넘치네 한가로이 양떼들이 풀을 뜯는 저 목장에 참된 행복이	김연준 가곡 100 선집 제1권	x

	끝없는 평원을 보면서-	손짓을 하네 참된 생활이 손짓을 하네 모든 굴레를아 햇빛 넘치는 대평원의 위대한 축복이여 모든 속된 굴레 헤쳐버리고 평화롭게 살고 싶은 위대한 그 축복이여 가도가도 끝이 없는 은혜로운 대평원 속으로 날고 싶구나 날고 싶구나 날고 싶구나 아 두 날개로 훨훨 날고 싶구나		
26	잃어버린 동산	1. 등불이 꺼져가듯 새벽별이 사라지듯/행복도 사랑도 쉽게 쉽게 가버리고/어두운 그늘만 길게 산에도 들에도 덮여오네/길목마다 가랑잎이 우수수 떨어지네/아쉬워라 빛이어 속절없어라 세월이여/잃어버린 행복을 찾아 오늘도 홀로 헤맨다 2.강물이 흘러가듯 흰 구름이 흘러가듯/젊음도 인연도 쉽게 쉽게 가버리고/가을바람만이 쓸쓸히 산에도 들에도 불어오네/ 길목마다 가랑잎이 우수수 떨어지네/아쉬워라 빛이어 잃어버린 낙원에는 끝이 없는/슬픔의 강이 흘러가네 영원히	김연준 가곡 100 선집 제 2권	x
27	홀로 빛나는 별	바다를 건너가는 외로운 돛대 위에서/반짝반짝 빛나는 이상의 푸른 별이여/외로운 때나 슬픈 때나 갈 길 밝혀/주는 저 푸른 별이여 인생의 길 험해도/줄기차게 걸어가리라 나의 이마 위에/항상 빛나는 별을 이고서 나아가리라	김연준 가곡 100 선집 제 2권	x
28	어머님의 사랑	1. 깊고 깊은 것은 큰 바다라지만 그보다 깊은 건/어머니의 사랑/높고 높은 것은 태산이라지만/(산 높은 것은 태산이라지만)/산보다 높은 어머님의 은혜 2. 밤이고 낮이고 온 정성 다 바쳐 마른 일 궂은 일 보살펴주시며 우리를 위하여 한 평생 보내신/(우리를 위하여 한 평생보내신)/목숨보다 귀한 어머님의 사랑	김연준 가곡 100 선집 제 2권	x

29	황혼의 바닷가에서		1. 넓고 넓은 바다에는 저녁노을이 붉게 타고 저 멀리서 밀려오는 파도는 회게 부서진다/흰 머리를 바람에 날리며 바닷가를 고개 숙이고 서성거리며 지나온 날을 하염없이 되돌아본다/나의 생애가 저 파도에 넘실넘실 출렁거린다 2. 사람의 한 평생이 어이 이리도 허무하나 갈매기만 끼룩끼룩 물길따라 날고 있다/영원이여 우리의 육신은 속절없이 사라져가도 참되게 높이 살아온 뜻은 참된 핏줄로 이어져서 바다와 같이 별과 같이 영원히 살아있으리라	김연준 가곡 100선집 제 3권	x
30	모란이 필 때		1. 모란이 피었네 모란꽃 피었네 모란꽃 피듯이 내 사랑 피게 될까/탐스러운 모란꽃송이 가지마다 피듯이 나의 사랑도 환하게 꽃피게 될까 말까/안타까운 이 봄에 모란꽃이 피었네 2. 비둘기 짝지어 구구구 우는 봄 비둘기 우듯이 내 사랑 피게 될까/골짝마다 비둘기 쌍쌍 짝지어서 울 듯이 나의 사랑도 환하게 꽃피게 될까 말까/안타까운 이 봄에 모란꽃이 피었네	김연준 가곡 100선집 제 3권	x
31	노을 진 행당 언덕		노을비 낀 행당 산 돌아가는 사람들 우리 모두 이 밤을 편히 쉬며 꿈을 꾸리라/아름다운 사랑의 꿈 이 밤에 꾸리라 찬란한 내일의 빛나는 태양 이 동산에 솟아오를 때/밝은 마음 웃는 낯으로 다시 만나게 되리라 진리의 샘 맑은 샘솟는 동산에서/낙원에서 푸른 꿈을 서로 손잡고 함께함께 가꾸리	김연준 가곡 100선집 제 3권	x
32	사랑의 기쁨		1. 어느 날 밤 천사가 꿈속에 나타나서 나의 마음속에 기쁨이 넘치네/숲마다 새들은 날 위해 축복하고 샘물마다 날 위해 즐겁게 노래하네/황금의 태양이여 세상엔 빛 넘치네 2. 어느 날 밤 홀연히 천사가 나타난 후 끊	김연준 가곡 100선집 제 3권	x

		임없이 내 맘에 거문고가 울리네/눈에 비치는 것 귀에 들리는 것이 한결같이 즐겁고 새로웁게 빛나네/황금의 태양이여 세상엔 빛 넘치네		
33	봄은 다시 오네	보슬비가 내려서 산과 들을 적셔주네 은실같은 봄비가 산과 들을 적셔주네/마른 풀에 새움이 돋고 새 생명도 살아나고 마른 땅에 새봄이 새 소망 안아오네/시내 물도 새 가락 새 노래 흥겹게 부르네	김연준 가곡 100 선집 제 3권	x
34	그리운 사랑	바람 불면 귓가에서 그의 음성 속삭이고 꽃이 피면 송이마다 그의 모습이 살아난다/그리운 사랑 그리운 마음 이 마음 어찌하랴 그리운 마음 그리운 사랑 이 마음 어찌하랴/나의 사랑아 온 천지에 그대 향기 풍겨오고 내 마음만 달빛 따라 이리저리 방황하네	김연준 가곡 100 선집 제 3권	x
35	사랑의 등불	사랑의 등불 밝혀들고 머나먼 길가노라 비바람 몰아쳐도 꺼지지않는 사랑의 등불/고달프고 험한 길 서로 도와가노라면 즐거움이 솟아나리/사랑의 등불 밝혀들고 다정하고 살뜰하게 살아가리/사랑의 등 밝혀들고 머나먼 길 가노라면 즐거움 가슴 가득 차오고 사는 보람 가슴 벅차게도 살아나리	김연준 가곡 100 선집 제 3권	x
36	쓸쓸한 시절	마음의 문 굳게 닫고 쓸쓸하게 지낸다 밤이 되면 별을 보며 별과 함께 속삭일 뿐/뜬구름 같은 인생의 길을 외로웁게 걸어간다 그 누가 내 마음을 알아주고 위로하랴/그 누가 내 마음을 달래주고 위로하랴 마음의 문 굳게 닫고 저 하늘의 별만 본다	김연준 가곡 100 선집 제 3권	x
37	인생무상	아름다운 젊은 꿈도 세월이 가면 그 뿐인가 공들이어 쌓은 탑도 돌아보면 허무하다/인생만사 모든 일이 모래로 쌓은 성 같구나 덧없는 긴 그 세월만 물과 같이 흘러가고/황혼 길에 백발만 성성/별과 밤이 찾아 드는데 오 인간의 한 평생이 꿈꾸듯 속절없구나	김연준 가곡 100 선집 제 3권	x
38	사월의 아침	목련꽃 피는 사월 아침 지저귀는 저 새소리 아름다운 저 자연을 즐겁게 노래하여라/	김연준 가곡 100 선집 제 4권	x

		가지마다 새들이 모여 피리를 부는 사월의 아침 까닭없이 샘솟는 즐거움/ 아름다운 계절이여 꿈과 꽃의 계절이여 까닭없이 샘솟는 즐거움		
39	거룩한 밤에	흰 눈 위에 은빛 별이 빛나는 이 거룩한 밤에/ 땅 끝까지 주의 평화 깃들게 하옵소서/ 모든 시샘 모든 걱정 모두 거두어 주옵시고 주님의 사랑으로 마음의 등불 밝혀 들고/ 땅 끝까지 주의 평화 누리게 하옵소서 땅 끝까지 주의 축복을 넘치게 베풀어 주소서	김연준 가곡 100 선집 제 4권	x
40	내 마음은	내 마음은 잔잔한 호수 내 마음은 꿈꾸는 바다 믿음과신뢰 끝없는 사모로 이 마음 충만하다 흔들리지 않는 이 사랑 그대는 아시리 진실로 이 내 마음을 그대만은 아시리 내마음은 잔잔한 호수 내마음은 꿈꾸는 바다 사랑과 믿음으로 충만한 넓은 바다	가곡 100선집 제 4권	x
41	내 마음 임 곁으로	새가 되어 내 마음은 그대 곁으로 가네 어디서나 내 마음 훨훨훨 날아가네 내 사랑아 내곁에서 떠나지 말아다오 내마음 훨훨 날아가네 항상 내 마음은 구름이 되어 그대 곁으로 날아가네 내 사랑아 어디서나 내 곁에 있어다오 내 마음 구름되어 그대 곁으로 날아가네	가곡 100선집 제 4권	x
42	샘물이 솟아나듯	별이 빛나는 한 밤중에 샘물이 졸졸 솟아나 듯 스스로 즐거움에 겨운 나의 마음 나의 기쁨 부는 바람에 꽃가지가 흥겨웁게 홀로 나부끼듯 강물이 흘러 흘러서 가듯 머나먼 길 가노라 나의 마음 속 넘치는 기쁨 저절로 솟는 이 즐거움 뜬 구름같은 세상의 영화 깨끗이 씻어버리고 마음 가난하게 즐기는 이 즐거움	가곡 100선집 제 4권	x
43	마을	메밀꽃 우거진 오솔길에 오솔길에 양떼는 새로 돋은 흰 달을 따라간다/ 닐리리호 들기불던 소치는 아이가 잔디밭에 누워 하늘을 본다 하늘을 본다/ 산 너머로 구름이 나고 또 죽는 것을 목화 따는 색시는 잊어 잊어 버렸다	가곡 100선집 제 4권	x

44	찬란한 꿈	아름답고 찬란한 꿈이여/슬픔의 강물 굽이 굽이 건너 돌아온 오월의 햇빛 속에/탐스럽게 피는 모란 꽃/모든 시련 모든 괴로움을 인내와 의지로 이겨내고/이제 탐스럽게 꽃피는 오원월 모란 꽃이여/아름답고 찬란한 꿈이여/위대한 사랑의 꽃 모란이여/슬픔과 시련을 이겨내고 꽃피는 사랑의 여왕	가곡 100선집 제4권	x
45	별들의 속삭임	1. 저 먼 하늘에서 빛나는 신비로운 별의 속삭임 /머나먼 곳에서 밤새도록 속삭이는 별의 속삭임/깜박깜박 높이 빛나고 다정한 눈짓 보내며/잠 못 이루는 밤과 밤을 속삭이며 밝히네/오 별이여 이 밤에 서로 잠못 이루는/창가에서 너와 더불어 영원 영원을 생각하면서/오 별이여 나와 더불어 너와 함께 속삭이면서 밤새워/이밤을 밝히네 오 별이여 밤을 밝히네 2. 저 먼 하늘에서 빛나는 신비로운 별의 속삭임/먼나먼 곳에서 밤새도록 속삭이는 별의 속삭임/깜박깜박 높이 빛나고 신비로운 저 별나라/꿈과 평화의 그 나라로 꿈과 평화의 나라로/오 동경의 회디 흰 두 날개를 펴고서/창가에 서서 너와 더불어 영원 영원을 살아보리라/오 별이여 나와 더불어 별이 되어 속삭이면서/영원히 살아 보리라 오 영원히 살아보리라	가곡 100선집 제4권	x
46	고향 그리워	깊어가는 가을밤에 고향 그리워/ 맑은 하늘 쳐다보며 눈물 집니다/시냇물은 소리 높여 좔좔 흐르고/ 처량하게 기러기는 울며 나는데/깊어가는 가을밤에 고향 그리워/맑은 하늘 쳐다보며 눈물 집니다/어린 몸이 자라나던 고향 그리워/ 서쪽 하늘 쳐다보며 눈물 집니다/단풍잎은 바람 결에 펄펄 날리고/ 애달프게 벌레들은 울어 쌌는데/어린 몸이 자라나던 고향 그리워/ 서쪽 하늘 쳐다보며 눈물 집니다/	가곡 100선집 제4권	x

47	내 마음 아실 이	내 마음을 아실 이 내 혼자 마음 날 같이 아실 이/ 그래도 어데나 계실 것이면/ 내 마음에 때때로 어리우는 티끌과/ 속임없는 눈물의 간곡한 방울방울 푸른 밤 고이 맺는 이슬 같은 보람을/ 보밴 듯 감추었다 내어드리지 아! 그립다 내 혼자 마음 날 같이 아실 이/ 꿈에나 아득히 보이는가 향맑은 옥돌에 불이 달어 사랑은 타기도 하오런만 불빛에 연긴 듯 희미론 마음은/ 사랑도 모르리 내 혼자 마음은	가곡 100선집 제4권	x
48	저 달이 뜨면	저 달이 뜨며는 흰 달빛 그림자를 밟고 그리운 우리 임이 나를 찾아 오시려나/ 저 달이 뜨며는 밤이슬 자욱한 숲길로 그리운 우리 임이 달빛따라 찾아 오시려나/ 밤마다 창가에서 그대를 기다리는 안타까운 이 마음 안타까운 그리움 달이 뜨면 나의 소원 이루어 지려나		x
49	별이 떨어지는 밤	무한의 바닷가로 별이 떨어지면 끝없는 저 밤바다가 감싸 안는다/모든 것은 사라지고 오직 남는 것은 사랑과 영원뿐이다 아 사랑이어/무한의 바닷가로 별이 떨어지고 출렁거리는 밤물결속에서 끝없이 이어지는 것은 오 사랑뿐이다	김연준 가곡 100선집 제 5권	x
50	망향가	1. 구름도 슬픔에 젖어서 시름없이 흘러가네/정든 나의 고향으로 꿈만 오고 가누나/형제들이 보여 오순도순 살던 영혼의 양지 행복의 샘/고향으로 고향으로 마음은 달려가고 길이 앞을 가로 막네 2. 새들도 슬픔에 젖어서 시름없이 날아가네/정든 나의 고향으로 꿈만 오고 가누나/이웃끼리 모여 다정하게 살던 영혼의 양지 행복의 샘/고향으로 고향으로 자유의 날개	김연준 가곡 100선집 제 5권	x

		펴고 어느 날에 날아가리 3. 신의 이름 불러 본다/저 어둠의 광야에서 사랑아 그대는 지금 먼 하늘로 흐르는 별 운명의 벌어진 틈을 누가 이어주랴/그 아득한 거리를 두고 어둠의 광야에서 신의 이름불러 본다/빛이여 솟아나라 사랑아 그대는 지금 먼 하늘로 흐르는 별/아아 신의 이름 불러 본다 빛이여 솟아나라		
51	밤 바닷가에서	부서져라 밤 바다의 물결 휘몰아치는 사나운 바람 이 괴로운 사랑의 운명을 비웃어다오 비웃어다오 누구를 원망하리오 운명의 수레는 처음부터 어긋나게 구울기 시작할 것임을 사나운 파도에 밀려 부서진 사랑의 배조각을 찢어진 깃발을 잡고 나는 굴복하고 말 것인가/부서져라 밤 바다의 물결 말아올려라 허연 파도 찢어진 깃발을 취켜 올려 나는 다시 싸우리	김연준 가곡 100 선집 제 5권	x
52	첫사랑의 꿈	1. 저녁노을처럼 하염없이 살아진 애틋한 꿈이어 아름다운 첫사랑/서로 귀를 붉히면서 서로 손을 마주 잡고 사과밭꽃 그늘아래/다소곳이 고개 숙여 꿈꾸며 함께 거닐던 그날의 추억이어 2. 흰 구름처럼 속절없이 살아진 애틋한 꿈이어 아름다운 첫사랑/이제 그와 나 사이에 구만리가 가로 막혀/영영 못 만날지라도 어이 그대를 잊으랴/아름다운 첫사랑 애틋한 추억이어	김연준 가곡 100 선집 제 5권	x
53	한 송이 들장미	들길에 피어있는 한 송이 들장미 차마 못 꺾었었네/너무나 가련해 너무나 애처러워 꺾지를 못하고 그냥 지나쳐서/되돌아보면 벌써 꽃잎 져버렸네 져버렸네/나의 첫사랑은 한 송이 들장미/아무도 아무도 꺾지를 않았으니 지고 말았네/들길에 지고 말았네	김연준 가곡 100 선집 제 5권	x
54	발길을 돌리며	마지막이라 생각하며 발길을 돌립니다/회미한 가로등 불에 흔들리는 나의 그림자/	김연준 가곡 100 선집 제 5권	x

		돌아가자 이젠 꿋꿋하게 입술을 다물고/나의 갈 길도 외롭게 걸어가자 사랑이/서러운 줄을 몰랐던 바 아니언만/이젠 모든 것 깨끗하게 단념하고/나의 갈 길을 외롭게 걸어가자		
55	무명 소녀의 무덤 앞에서	한 소녀가 고요히 꿈 꾸듯 두 눈을 감고/세상을 떠났습니다 세상을 떠났습니다/조그만 돌을 다듬어 비석을 세웠습니다/오래오래 여울물같이 세월이 흘러갔습니다/비석조차 이끼 낀 어느 소녀의 무덤 앞에서/이 노래를 불러봅니다 살아서 서럽던 것을/이 노래 가락이 흐느껴 아 슬피 울어줍니다	김연준 가곡 100 선집 제 5권	x
56	돌베개를 베고서	이리저리 헤매어도 이리저리 헤매어도/몸 붙일 곳 없구나 정녕 없구나/바람에 날리는 가랑잎 몸둘 곳이 없구나/흘러 가는 발길따라 아 정처없이 떠도는 몸/오늘 밤도 밤이슬 내리는 들에서 별을 보누나/사랑이여 외로울수록 사모치게 그리운 별사랑이여/찬란한 별빛 아래서 너를 위해 오늘밤도 돌을 베고서/나의 잠자리 내 잠자리 흐뭇하구나	김연준 가곡 100 선집 제 5권	x
57	꽃의 운명	흐르는 물과 같이 부는 바람과 같이/흐르면 노래하고 때로는 울어본다/피었다 지는 꽃의 운명 저 흰구름의 운명/인연도 저와 같아서 맺었다 절로 풀리네/저절로 지는 것 저절로 흐르는 것/아 인연도 저와 같아 절로 맺고 또 풀리나니/속절없는 세월 속에서 맺음 없이 살고 지고	김연준 가곡 100 선집 제 5권	x
58	어둠의 광야에서	신의 이름 불러본다 저 어둠의 광야에서 사랑아 그대는 지금 먼 하늘로 흐르는 별 운명의 벌어진 틈을 누가 이어주랴 그 아득한 거리를 두고 어둠의 광야에서 신의 이름 불러본다 빛이여 솟아나라 사랑아 그대는 지금 먼 하늘로 흐르는 별 아아 신의 이름 불러 본다 빛이여 솟아나라	김연준 가곡 100 선집 제 5권	x
59	눈 오는 밤의	자욱하게 함박눈 오는 밤에 마리아 당신 앞에 두 손을 모아쥐고 빕니다/ 이 가슴의 상	김연준 가곡 100 선집 제 7권	x

		처를 어루만져 주시고 더 높으신 큰 사랑 깨닫게 하옵소서/ 온 세상의 흰 눈이 오는 밤의 마리아 순결하신 핏줄로 다시나게 하소서/ 모든 번뇌 괴로움 모두 씻어주시고 깊고 은밀음이 샘게 하옵소서		
	마리아			
60	겨울 밤의 별	저 숲 사이로 빛나는 겨울의 별이여 밤이 새도록 외롭게 도등불을 켜들고서 애타게도 그 누구를 기다리나/ 기다림의 기나긴 세월 속에서 봄 여름가을이 가버려도 언젠가 오실 그 분을 위하여/ 굵은 사랑의 심지에 불을 밝혀들고서 기나긴 겨울밤 뜬 눈으로 새우네	김연준 가곡 100 선집 제 7권	x
61	이 밤에 저 별은	풀밭에 누어 별을 헤인다/ 무더운 여름 밤 하늘에 빛나는 별을 하나하나 앞날의 행복 점치면서 별들조차도 그리움으로 허연 강물이 뻗쳤는 하늘의 길을 일년 내내 서로 달려와서 만나는 밤/ 그리운 이여 어느날에 은하수/ 강물에 놓여있는 저 오작교를 건너서 가면 만나는 그날이 오게 되리	김연준 가곡 100 선집 제 7권	x
62	돌아가는 길	고향으로 옛 꿈을 더듬어 옛날로 돌아가는 길가의 맑은 샘 그 샘물에 물을 긷던 아가씨는 지금 어머니가 되어서 어디서 늙으리/ 고향으로 옛날로 돌아가는 길 어린 그날에 정답게 사귀이던 그 친구들 그 눈매 그 모습 못 잊으리	김연준 가곡 100 선집 제 7권	x
63	아침의 나라	빛과 소망의 아침의 나라 수려한 강산 기름진 터전/ 한 줄기 핏줄 대대로 이어 축복받은 우리 겨레 사나운 비바람 물리쳐 가며 모든 고된 시련 다 이겨내고 환하게 꽃피는 무궁화 송이/ 고난과 시련을 겪을 때마다 함께 뭉쳐 더욱 꿋꿋하게 줄기차게 뻗네	김연준 가곡 100 선집 제 7권	x
64	푸른 항로	사나운 물결 설레는 바다 허연 잇발로 바위를 물어뜯으며 울부짓는다/ 괴로움에 몸부림 치면서 부디쳐오고 부서지고 넘실거리며 몰리고 되돌아서는 저 바다/ 끝없는 집	김연준 가곡 100 선집 제 7권	x

		넘 꺾이지 않는 줄기찬 의지 억센 상징의 바다여/ 곧도로바른 지표를 향해 굽힐 줄 모르는 이 항해 우리들의 뱃길이/ 아무리 사납고 험해도 푸르른 길을 따라 이상을 향하여 꿋꿋하게 나아가는 이 항로여		
65	옥피리 (시전집 옥피리 2편과 제목 만 동일) 각주처리	안개 피는 밤 강가에 앉아 사무치는 그리움 피리를 분다 /피리는 옥피리 구슬픈 가락이 하늘에 사무쳐 견우와 직녀가 오작교 건너 서로 만나누나 / 하늘 구만리 애를 태우던 별의 사모가 이 밤에 들리네	김연준 가곡 100 선집 제 8권	x
66	샘 같이 꽃 같이	끊임없이 솟아나는 저 산골의 샘같이 웃음 짓는 그 얼굴로 피어나는 꽃 같이 기쁨으로 충만한 나의 사랑/ 나의 꿈 태양 같이 빛나는 우리들의 젊은 아름다운 푸른 날개 힘차게 저으며 꿈꾸는 하늘로 날아 가리라	김연준 가곡 100 선집 제 8권	x
67	푸른 언덕	봄이 왔네 새 봄이 저 언덕은 푸르고 시냇물을 졸졸 노래하며 흐르네/ 묵혀두었던 밭들을 소를 몰고 나와서 밭갈이를 하누나/ 농부들은 즐겁게 저 하늘엔 종달새 아름다운 소리로 노래하며 반기는 따듯한 봄이 왔네	김연준 가곡 100 선집 제 8권	x
68	부둣가 에서	배 떠나가는 부두에 홀로 서있는 나그네 물 밀 듯 하는 외로움 배는 멀어져 가고 외로운 마음은 더욱 쓸쓸하다/ 어느 곳으로 갈까 저 배는 나의 고향 가는 배 나는 가지 못하는 신세 배 떠간다 배 간다/ 나의 마음 싣고 배 떠간다 부둣가의 물결 더욱 쓸쓸한데 멀리 배는 떠나 간다 정든 임을 떠나 보내고 홀로 서있는 마음에 차디찬 이슬 맺힌다/ 돌아서는 발길음 힘 없이 옮기는 발길은 쓸쓸해 어느 곳으로 갈까 저 배는 그대 타고 가는 배 가시는 듯 다시 돌아오소서 배 떠간다 배 떠간다/ 나의 마음 싣고 배 떠간다 부둣가의 물결 더욱 쓸쓸한데 멀리 배는 떠나 간다	김연준 가곡 100 선집 제 8권	x

69	그날 밤	한강에 횃불이 오르던 그날 밤 고스란히 밤을 앉아세우셨네/죽음인들 무서우랴 담담한 마음으로 지난날의 편지를 한 장 한 장 불사르며/나라와 겨레를 구하려고 대의를 위해 일어선 님/님의 뜻을 좇아서 한 밤을 세우셨네	김연준 가곡 100 선집 제 9권	x
70	목련의 노래	1. 가지마다 환하게 촛불이 밝혀지듯 목련꽃 송이송이 피어나면은/사월이 돌아와 온 천지에 우아한 목련꽃 피어나면은/새롭게 그리워라 가신님 그 모습이 우리들의 가슴에도 목련꽃으로 살아 나네 2. 가지마다 환하게 촛불이 밝혀지듯 희고도 아름다운 목련꽃피면/불우한 이들의 구석구석을 크신 사랑으로 감싸주시고/겨레의 모든 수난을 한 몸에 안으시고 하루아침에 꽃같이 저버린 그님 그리워라	김연준 가곡 100 선집 제 9권	x
71	봉사와 사랑의 노래	단비가 내려서 오곡이 자라고 밤이슬이 촉촉하게 흙을 주기듯/자비로운 사랑 겨레를 감싸고 비단결보다도 고운맘씨로/불우한 사람들의 손을 잡아 일으켜서 새로운 소망을 불 밝혀주던/마음의 등불 가신 님이어 가신 님이어	김연준 가곡 100 선집 제 9권	x
72	연당(蓮堂) 가를 거니르면	갖가지 색실 올올이 풀어서 그 아름다운 소녀의 꿈을 수놓는 교동 댁 작은아씨/달빛 어린 연당가 홀로 거니르면 바람도 삼가로와 연못물이 잠들고 연못물이 잠들고/이슬 머금은 연꽃들이 고개 숙여 작은아씨의 앞날을 축원해주었다네/연꽃들이 고개를 숙여 축원해 주다네	김연준 가곡 100 선집 제 9권	x
73	오리티 강의 봄	1. 마성산 그 기슭에서 빛이 뻗쳐 충청도 옥천 땅에 경사가 났네/열두 대문 교동집 육씨 가문에 백옥 같은 따님이 태어났었네/백옥 같은 따님이 태어났었네 2. 티없이 자라나는 별빛 눈동자 한 송이 연꽃인양 맑고 와라/타고난 슬기로움 고운	김연준 가곡 100 선집 제 9권	x

		마음씨 자랄수록 효성도 지극하여라/자랄수록 효성도 지극하여라		
74	온 겨레 하나로	1. 영광된 조국의 번영을 위하여 소망에 불타는 위대한 칠십 년대 힘차게 달리는 겨레의 대열과 오늘의 충만한 보람 속에서 보람 속에서/그 슬픈 그 시련 이겨내고 온 겨레 하나로 굳게 뭉쳐서 통일을 이루어 굳게 뭉쳐서 통일을 이루어 그 원한 그 원한 풀리라 아 그 원한 풀리라/온 겨레 하나로 굳게 뭉쳐서 통일을 이루어 그 원한 풀리라 2. 홀연히 몰아친 회오리바람이 홀연히 몰아친 회오리바람이 우리들이 올르려 모시던 한 송이의 목련꽃을 앗아 갔지만 앗아 갔지만/그 슬픈 그 시련 이겨내고 온 겨레 하나로 굳게 뭉쳐서 통일을 이루어 굳게 뭉쳐서 통일을 이루어 그 원한 그 원한 풀리라 아 그 원한 풀리라/온 겨레 하나로 굳게 뭉쳐서 통일을 이루어 그 원한 풀리라	김연준 가곡 100 선집 제 9권	x
75	작은 아씨의 꿈	어린 날 그 님이 꿈 가꾸던 그리운 그 땅에 봄이 오면/제비는 옛 위에 돌아와서 그 처마 밑에 깃드네/어린 날 그 님이 노니던 그 돌산에 갖가지 꽃이 피어서 환하게 만발하네/초 삼월 새봄이 돌아와서 남에서 바람이 불어오면 그 님의 모습이 새롭게 살아 나네 1. 언젠가 조국이 통일되어 영원한 새봄이 오며는 그리운 님이 다시 살아나시리라 2. 언젠가 조국이 통일되어 영원한 평화가 오며는 그리운 그 님이 살아나시리라	김연준 가곡 100 선집 제 9권	x
76	한국의 꽃	샘솟는 즐거움 신접살림에 오붓한 그 행복 국토를 지키는 위대한 사명 남편의 뜻을 받들어서/국민의 아내답게 굳굳하게 알뜰하게 청렴하게 사신 그 보람/고이 자라난 그 몸으로서 궂은일 마른일 궂은일 마른일 가리지 않고/사랑으로 수놓은 백합 같은 그	김연준 가곡 100 선집 제 9권	x

		마음/굳센 의지와 알뜰한 성실 보람한 주부의 길이어 영원한 한국의 꽃이여 백합이여		
77	겨울 뜰	한 잎 두 잎 나무 잎이 다 저버린 겨울들에서 잎이 저간 자리마다/새움이 맺혀있었구나 오는 봄을 약속하는 새싹들 오는 봄을 약속하는/새움들이 돌아났구나 새싹들이 돌아났구나	김연준 가곡 100 선집 제 10권	x
78	구름의 노래	새들도 떼를 지어 집으로 돌아가는 저 무는 들판 위로 구름이 떠간다/돌아갈 때가 되며는 발을 가진 자이든 날개를 지닌 자이든 본향으로 돌아간다	김연준 가곡 100 선집 제 10권	x
79	그 모습	1. 흘러가는 물을 보면 물속에서도 웃음 짓는 그 모습/떠가는 구름이 가슴 메는 사연 속삭이며 사라져가네 2. 불어오는 바람에도 귀에 들리는 잔잔한 그 음성/떠가는 구름이 가슴에 메는 사연 속삭이며 사라져가네	김연준 가곡 100 선집 제 10권	x
80	사랑과 미움	사랑도 미움도 봄날에 꾸는 꿈 흘러간 물결에 띄워서 보내고 조용한 마음으로 젊은 그날의 잘못을 뉘우치며 헤아려 보지만 가슴 저려오는 이 한가닥 그리움 가슴 아픈 이 그리움 한가닥을 풀길 없네	김연준 가곡 100 선집 제 10권	x
81	꽃피는 사월 돌아오면	목련가지마다 환하게 꽃 피는 사월이 돌아오면 절로 그리워라/겨레를 위하여 정성 다 바치고 겨레의 제단에 목숨을 버린 위대한 그 사랑 그 님 그리워라	김연준 가곡 100 선집 제 10권	x
82	달밤의 바다	사나운 성난 파도 고요히 잠들고 지금은 달빛 속삭이는 잔잔한 바다/인생의 모든 시련과 역경 모두 물리처 이길 때 마다 하느님 크신 은총이 나를 지켜주시고/드디어 승리로 승리의 길로 나를 이끌어 주셨네/사나운 모든 파도 고요히 잠들고 흰 달빛이 아름답게 수놓은 충만한 나의 바다여/하느님의 크신 은총 평생토록 나를 감싸시고 지켜주셨네	김연준 가곡 100 선집 제 10권	x

83	산 위에서	구름도 발아래 엎드려 웅크린 정상에 이르면 차라리 외롭다/우러러보면 한없이 높던 그 봉우리 드디어 정복하고서 정상에 서니/ 막막한 우주 숙연하게 별자리만 드리워져 빛나고/구름도 발아래 엎드려 웅크린 산 위에 이르면 차라리 외롭다	김연준 가곡 100 선집 제 10권	x
84	잊지 못할 그 음성	가셨다고 그 님을 잊을 수 있으랴 가셨다고 그 님을 잊을소냐/철 따라 꽃 피면 송이마다 그립고 부는 바람결에도 살아나는 음성/ 세월이 갈수록 사무치는구나 세월이 갈수록 그 님이 사무치게 그리워지네	김연준 가곡 100 선집 제 10권	x
85	저 산 넘어	길을 찾아 구름은 동서로 헤매이고 철새 떼는 계절따라 천만리 넘나든다/편히 쉴 곳 행복하고 영원한 행복하고 영원한 내 본향아/저 산 위에서 별들은 신비롭게 반짝이고 저 산을 넘고 또 넘어도 잡을 수가 없는 행복/편히 쉴 곳 행복하고 영원한 행복하고 영원한 내 본향아	김연준 가곡 100 선집 제 10권	x
86	길처럼	머언산 굽이굽이 돌아갔기로 산굽이마다 굽이마다 절로 슬픔은일어/ 뵈일 듯 말듯한 산길 산울림멀리 울려나가다 산울림 홀로 돌아 나가다 나가다 어쩐지 어쩐지 울음이 돌고 생각처럼 그리움처럼 길은실낱같다	김연준 <목월 박영종 시에 의한 백남 김연준 가곡집 소재 작품	o
87	월색	달빛을 걸어가는 흰 고무신 오냐 오냐 옥색 고무신 님을 만나러 가지러 아닙니다 얘 낭군을 마중가나 아닙니다 얘돌개울의 디딤돌도 안골짜기로 기어오르는 달 님 이지러얘	김연준 <목월 박영종 시에 의한 백남 김연준 가곡집 소재 작품	o
88	박꽃	흰 옷자락 아슴아슴 사라지는 저녁답썩은 초가 지붕에 하얗게 일어서 가난한 살림살이 자근자근 속삭이며 박꽃 아가씨야 박꽃 아가씨야 짧은 저녁답을 말없이 울자	김연준 <목월 박영종 시에 의한 백남 김연준 가곡집 소재 작품	o
89	불국사	흰달빛 자하문 달안개 무소리 대웅전 큰보살 바람소리 솔소리 범영루 뜬 그림자 흐르히 젖는데 흰 달빛자하문 바람소리 물소리	김연준 <목월 박영종 시에 의한 백남 김연준 가곡집 소재 작품	o

90	임	냇사애달픈 꿈 꾸는 사람 냇사어리석은 꿈 꾸는 사람 밤마다 홀로 눈물로 가는 바위가 있기로 기인한 밤을 눈물로 가는 바위가 있기로 어느날에사 어둡고 아득한 바위에 절로임과 하늘이비치리오	김연준 <목월 박영종 시에 의한 백남 김연준 가곡집 소재 작품	o
91	목단여정	모란꽃이 우는 하얀해으름 강을 건너는 청모시옷고름 선도산 수정그늘 어려보라 빛 모란꽃 해으름 청모시옷고름	김연준 <목월 박영종 시에 의한 백남 김연준 가곡집 소재 작품	o
92	이별가	기러기 울어예는 하늘구만리 바람이 설렁 불어 가을은 깊었네 아아 너도가고 나도가야지/ 한 낮이 기울면 밤이오듯이 우리의 사랑은 저물어갔네 아아 너도가고 나도 가야지/ 산촌에 눈이쌓인 어느날밤에 초불을 밝혀두고 홀로울리라 아아 너도가고 나도 가야지	김연준 <목월 박영종 시에 의한 백남 김연준 가곡집 소재 작품	o
93	달	배꽃가지 반쯤가리고 달이가네 경주군 내동면 혹은 외동면 불국사 터를잡은 그 언저리로 배꽃가지 반쯤가리고 달이가네	김연준 <목월 박영종 시에 의한 백남 김연준 가곡집 소재 작품	o
94	고사리	심산 고사리 바람에 도르르 말리는 꽃고사리 고사리 순에사 산 짐승 내음새 암수컷 다 소곳이 밤을새운꽃 고사리 도롯이 숨이죽는 고사리 밭에 바람에 말리는 구름길육십리	김연준 <목월 박영종 시에 의한 백남 김연준 가곡집 소재 작품	o
95	기계 장날	아우보래이 사람한평생 이러쿵 살아도 저러쿵 살아도 시쿵둥하구나 누군 왜살아 사는건가 그렁저렁 그저살믄 오늘같이 기계 장도서고 허연산뿌리 타고내려와 아우님도 만나잖는가배 앙그렁가이 이사람아 누군 왜살아사는건가 그저살믄 오늘같은 날 지게 목발 받쳐놓고 어슬어슬 한산 비알 바라보며 한잔술로 소회도 풀잖는가 그게다 기막히는기라 다그게유정한기라	김연준 <목월 박영종 시에 의한 백남 김연준 가곡집 소재 작품	o
96	밭을 갈아	밭을갈아 콩을심고 밭을갈아 콩을 심고 꾸륵꾸륵 비둘기야/ 백양잘라 집을지어 초가삼간 집을지어 꾸륵꾸륵 비둘기야/ 대를심	김연준 <목월 박영종 시에 의한 백남 김연준 가곡집	o

		어 바람막고 대를쪄서 퉁소뚫고 꾸룩꾸룩 비둘기야 / 햇볕나면 밭을갈고 달빛나면 퉁소불고 꾸룩꾸룩 비둘기야	소재 작품	
97	달무리	달무리뜨는 달무리뜨는 외줄기 길을 홀로 가노라 홀로가노라 나홀로 가노라 옛날에도 이런밤엔 홀로갔노라 맘에 솟는 빈달무리 둥둥 띠우며 나홀로 가노라 울며 가노라 옛날에도 이런밤엔 울며갔노라	김연준 <목월 박영종 시에 의한 백남 김연준 가곡집 소재 작품	o
98	산이 날 에워싸고	산이 날 에워싸고 씨나뿌리며 살아라한다 밭이나 갈며 살아라 한다 어느짧은 산자락에 집을 모아 아들낳고 딸을 낳고 흙담 안팎에 호박심고 들찔레처럼 살아라 한다 쑥대밭처럼 살아라 한다 산이 날 에워싸고 그믐달처럼 사위어 지는 목숨 그믐달처럼 살아라 한다 그믐달처럼 살아라 한다	김연준 <목월 박영종 시에 의한 백남 김연준 가곡집 소재 작품	o
99	파초우	외로이 흘러간 한송이구름 이밤을 어디에서 쉬리라던고 성긴 빗방울 파촛잎에 후두기는 저녁 어스름 푸른산과 마조앉어라 들어도 싫지않은 물소리기에 날마다 바라도 그리운산 아 온 아츰 나의꿈을 스쳐간 구름 이 밤을 어디에서 쉬리라던고	김연준 <목월 박영종 시에 의한 백남 김연준 가곡집 소재 작품	o
100	도포 한 자락	임자 나는 도포자라기 펄렁펄렁 바람에 날려 하늘가로 떠도는 누가 꿈인줄 알았을락꼬 임자는 포란물감 내도포자라기의 포란물감 바람은 불고 정처없이 떠도는 도포자라기 우얄꼬 물감은 바래지는데 우얄꼬 도포자라기는 헐어지는데 바람은 불고 지향없는 인연의 사람세상 임자 나는 도포자라기 임자는 포란물감 아직도 펄럭거리는 저 도포자라기 누가 꿈인줄 알았을락꼬	김연준 <목월 박영종 시에 의한 백남 김연준 가곡집 소재 작품	o
101	임에게	꿈을 꾸네 꿈을꾸네 대낮에 도구우는 헌수레바퀴 스스로 사모하는 나의자리에 가는 숨결 고운시간 꿈의자리에 나 홀로 열매지는 작은 풀열매	김연준 <목월 박영종 시에 의한 백남 김연준 가곡집 소재 작품	o
102	먼 사람에게	팔을 저으며 당신은 거리를 걸어가리라 먼 사람아 팔을 저으며 나는 거리를 걸어간다 그적막 그 안도 먼사람아 먼 사람아 내팔에	김연준 <목월 박영종 시에 의한 백남 김연준 가곡집	o

		어려오는 그리운 한 반원 그팔에 어려오는 슬픈운명의 보랏빛 무지개처럼 무지개처럼 무지개처럼 나는 팔이 소실된다 손을들어 당신을 부르리라 먼 사람아 당신을 부르는 내 손 끝에 일월의 순조로운 순환아 아 연한 채찍처럼 채찍이 운다 먼사람아 먼 사람아	소재 작품	
103	청노루	머언산 청운사 낡은기와집 산은 자하산 봄눈 녹으면 느릅나무속잎 피어나는 열두구비를 청노루 맑은눈에 도는 구름	김연준 <목월 박영종 시에 의한 백남 김연준 가곡집 소재 작품	o
104	갑사 댕기	안개는 피어서 강으로 흐르고 잠꼬대 구구대는 밤비둘기 이런밤엔 저절로 머언 처녀들 갑사 댕기남끝동삼 삼하고나 갑사댕기남 끝동삼 삼하고나	김연준 <목월 박영종 시에 의한 백남 김연준 가곡집 소재 작품	o
105	윤사월	송화가루 날리는 외딴봉오리 윤사월 해 길다 꾀꼬리 울면 산직이 외딴집 눈 먼 처녀사 문설주에 귀 대이고 엿듣고 있다	김연준 <목월 박영종 시에 의한 백남 김연준 가곡집 소재 작품	o
106	나그네	강나루 건너서 밀밭길을 구름에 달가듯이 가는 나그네 길은 외줄기 남도 삼백리 술익는 마을마다 타는 저녁놀 구름에 달 가듯이 가는 나그네	김연준 <목월 박영종 시에 의한 백남 김연준 가곡집 소재 작품	o
107	삼월	방초봉 한나절 고운 암노루 아랫마을 골작에 홀로와서 흐르는 냇물에 목을 추기고 흐르는 구름에 눈을 씻고 열두고개 넘어가는 타는 아지랑이	김연준 <목월 박영종 시에 의한 백남 김연준 가곡집 소재 작품	o
108	산도화	산은 구강산 보랏빛석산 산도화 두어송이 송이버는데 봄눈 녹아 흐르는 옥 같은 물에 사슴은 암사슴 발을 씻는다	김연준 <목월 박영종 시에 의한 백남 김연준 가곡집 소재 작품	o
109	산 그늘	장독 뒤울밑에 모란꽃 오무는 저녁답 모란목 새순밭에 산그늘이 내려왓다 워어어임아 워어어임 워어어임아 워어어임 길 잃은 송아지 구름만보며 초저녁 별만보며 밟고갔나베 무질레밭 약초길 워어어임아 워어어임 워어어임아 워어어임	김연준 <목월 박영종 시에 의한 백남 김연준 가곡집 소재 작품	o

| 110 | 4월의 노래 | 목련꽃 그늘 아래서/베르테르의 편질 읽노라/구름꽃 피는 언덕에서/피리를 부노라/아 멀리 떠나와/이름 없는 항구에서/배를 타노라/돌아온 4월은/생명의 등불을 밝혀든다/빛나는 꿈의 계절아/눈물 어린 무지개 계절아
목련꽃 그늘 아래서/긴 사연의 편질 쓰노라/클로버 피는 언덕에서 /휘파람 부노라/아 멀리 떠나와/깊은 산골 나무 아래서/별을 보노라/돌아온 4월은/생명의 등불을 밝혀든다/빛나는 꿈의 계절아/눈물 어린 무지개 계절아 | | x |
| 111 | 이별의 노래 | 기러기 울어예는 하늘 구만리/바람이 싸늘 불어 가을은 깊었네/아아 아아/너도 가고 나도 가야지/한낮이 끝나면 밤이 오듯이/우리에 사랑도 저물었네/아아 아아/너도 가고 나도 가야지/산촌에 눈이 쌓인 어느 날 밤에/촛불을 밝혀두고 홀로 울리라/아아 아아/너도 가고 나도 가야지 | | x |

지은이 김용범

한양대학교 국어국문학과 동대학원 졸업(문학박사)
1974년 7월 박목월, 박남수, 김종길 선생 심사로 <심상> 신인상 데뷔
시집 <겨울의 꿈> 등 14권의 시집을 펴냄

창작오페라(국립오페라단) <주몽>, 번안 오페라 <섬진강 나루>, 창작 오페라 <운영>(서울오페라앙상블), 창작 오페라 <나는 이중섭이다>(코리아 챔버 오페라단) 등의 운문 희곡(리브레토) 창작, 창극(국립창극단) <심청>, <춘향> 개작 극본, 서도 소리극(국립국악원) <황진이>, 운문 극본, 비언어극(경기도립 무용단) <달하> 구성 극본, 가무악(서울예술단) <홍랑>, <해어화> 등 운문 극본, 무용극 <아홉 개의 구름과 꿈>, <풀잎 환상>, <황조가>, <무애>, <천형>, <비로자나불에 관한 명상>, <연리근>, <밀러셀프> 등의 무용 대본 등을 창작함

한국문화예술진흥원(현 한국 문화예술위원회) 예술자료관장, 조사연구부장, 한국문화관광연구원 연구실장, 중앙대학교 예술대학원 예술경영학과 객원교수 역임
현 한양 대학교 문화콘텐츠학과 교수

박목월 서정시의

예술가곡화 연구

초판 1쇄 인쇄일	2017년 6월 29일
초판 1쇄 발행일	2017년 6월 30일

지은이	김용범
펴낸이	정진이
편집장	김효은
편집/디자인	우정민 문진희 박재원
마케팅	정찬용 정구형
영업관리	한선희 이선건 최인호 최소영
책임편집	우정민
인쇄처	국학인쇄사
펴낸곳	국학자료원 새미(주)
	등록일 2005 03 15 제25100-2005-000008호
	서울특별시 강동구 성안로 13 (성내동, 현영빌딩 2층)
	Tel 442-4623 Fax 6499-3082
	www.kookhak.co.kr
	kookhak2001@hanmail.net

ISBN	979-11-87488-98-9 *93800
가격	21,000원

* 저자와의 협의하에 인지는 생략합니다.
  잘못된 책은 구입하신 곳에서 교환하여 드립니다.
  국학자료원·새미·북치는마을·LIE는 국학자료원 새미(주)의 브랜드입니다.
* 이 도서의 국립중앙도서관 출판예정도서목록(CIP)은 서지정보유통지원시스템 홈페이지(http://seoji.nl.go.kr)와 국가자료공동목록시스템
  (http://www.nl.go.kr/kolisnet)에서 이용하실 수 있습니다.(CIP제어번호: CIP2017015030)